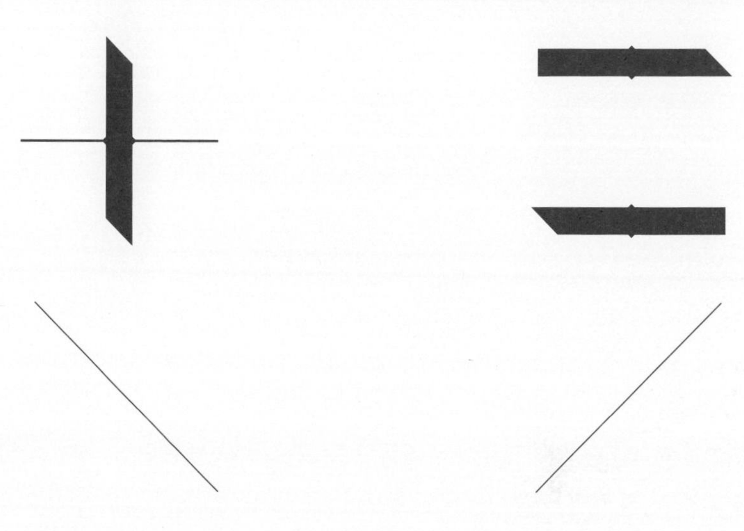

4
下

万里、黎明の空

옮긴이 추지나

—

대학에서 일본지역학을 전공했다. 출판 편집자로 일하다 지금은 일본 문학 전문 번역가로 활동하고 있다. 옮긴 작품으로는 오노 후유미의 십이국기 시리즈를 비롯해, 『잔예』, 『귀담백경』, 『시귀』, 『흑사의 섬』, 미야베 미유키의 『지하도의 비』, 오카모토 기도의 『한시치 체포록』, 나쓰키 시즈코의 『W의 비극』 등이 있다.

—

이 도서의 국립중앙도서관 출판예정도서목록(CIP)은
서지정보유통지원시스템 홈페이지(http://seoji.nl.go.kr)와
국가자료종합목록 구축시스템(http://kolis-net.nl.go.kr)에서 이용하실 수 있습니다.
(CIP제어번호 : CIP2015016463)

십이국기 4 下

여명의 하늘
바람의 만리

小野不由美

오노 후유미 지음, 추지나 옮김

엘릭시르

風の万里、黎明の空

차례

十二國記 4

십이국 전도

十二國全圖

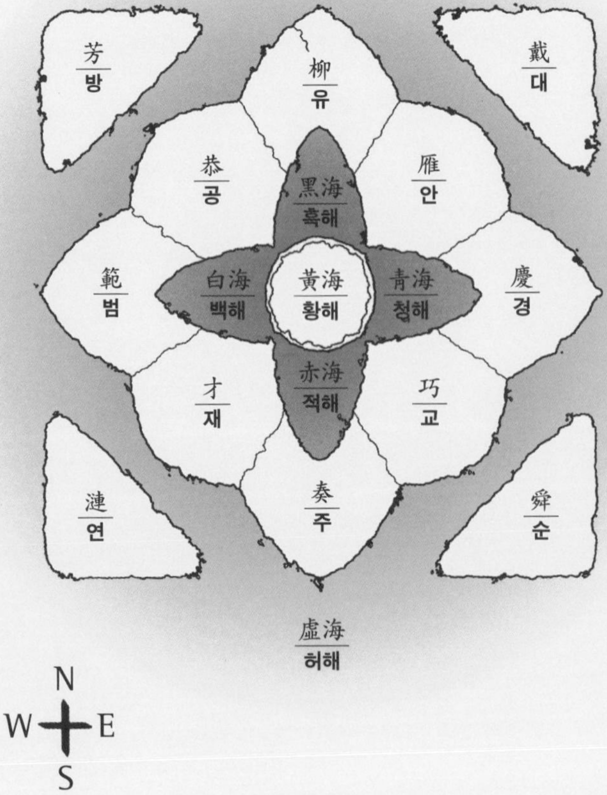

芳 방
柳 유
戴 대
恭 공
雁 안
黑海 흑해
範 범
白海 백해
黃海 황해
青海 청해
慶 경
赤海 적해
才 재
巧 교
漣 연
奏 주
舜 순
虛海 허해

N
W E
S

경국 북방도

慶國 北方圖

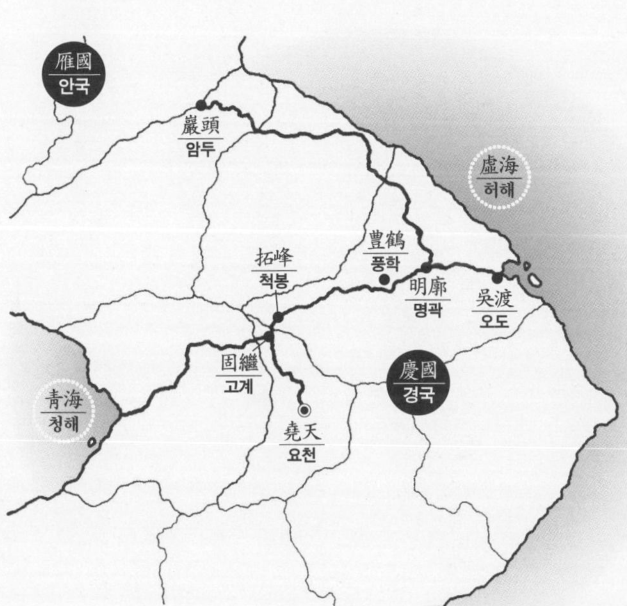

十二國記、風の万里 黎明の空、小野不由美

10 장

001

"요시, 이게 웬 피야!"

온포를 벗자마자 란교쿠가 소리를 질러서 요시는 고개를 내저었다.

"다치지 않았어. 척봉에서 다친 아이랑 마주쳤을 뿐이야."

"어머나……."

"아이가 마차에 치였는데 분위기가 이상했어."

폐문 시각이 얼마 남지 않은 터라 요시는 서둘러 척봉을 나와야 했다. 북위 근처까지 한교를 타고 가서 아슬아슬하게 문이 닫히기 전에 들어왔다.

"앞에 화헌이 달려가고 있었어. 아무리 생각해도 그 화헌이 친 것 같은데 서지도 않고, 아무도 불러 세우지 않았어."

"……아, 쇼코구나."

"누구?"

요시가 어리둥절한 표정을 지었다. 란교쿠는 대청마루의 의자로 돌아가 멈추었던 바느질을 이어서 했다.

"지수止水의 향장이야. 화헌을 탔다면 아마 맞을 거야. 향장 정도는 되어야 탈 수 있으니까."

"유명해?"

"아주 유명하지. 사람을 사람으로 생각지 않는 짐승이야."

란교쿠는 얼굴을 찌푸렸다.

"북위에도 지수에서 도망쳐 온 사람들이 있어. 요새는 그런 얘기도 안 들리지만. 주의 경계에 보초를 세워 도망치는 사람을 감시한대. 그래도 들려오는 소문은 죄다 나쁜 말들뿐이야."

란교쿠의 말에 요시는 생각에 잠긴 듯이 고개를 숙였다.

"……그렇구나."

"여기는 태보의 영지라 다행이야. ……화주의 주후는 아주 악랄한 사람이래. 옛날에는 여기의 영주님이었대."

"엔호에게 들었어."

란교쿠가 고개를 끄덕였다.

"그 무렵에는 정말로 비참했었던가 봐. 화주로 가서 다행이지만, 화주 사람이 불쌍하지. 하지만 이런 말을 하는 우리도 언제까지 평온하게 살 수 있을지 알 수 없어. 지금은 황령黃領(직할령)이라도 언제까지 그럴지 모르니까. 설령 앞으로도 쭉 황령이라 한들 나는 스무 살이 되면 다른 땅으로 보내질 거야. 그곳이 화주가 아니라는 법도 없고……."

"그래, 그렇구나."

"앞으로 이 년 안에 좋은 사람을 만나면 좋겠지만."

웃는 란교쿠를 보며 요시가 얼떨떨한 표정을 지었다.

"북위에서 남자를 만나 땅을 배당받자마자 결혼하는 거지. 상대 호적에 들어가면 같은 이로 토지를 옮겨주거든. 빈 땅이 있을 때의 이야기지만."

요시가 눈을 몇 번 깜빡였다.

"그런 이유로 결혼하는 거야?"

"어디의 땅을 받는지는 아주 중요한 문제인걸. 허배許配라는 직업이 있는 거 알아?"

요시가 고개를 가로저었다.

"아니."

"결혼 상대를 중매해주는 거야. 조건을 말하고 소개를 받지. 돈을 내고 호적에 들어가서 토지를 옮겨. 그러고 나면 헤어져. 그게 허배야."

"그거…… 대단하다."

"그래?"

"봉래에서는 이혼이 간단하지 않아. 요새는 제법 쉽게 헤어지는 사람도 있지만 남들에게 좋은 소리를 들을 만한 일은 아니지. 그러니까 그렇게 쉽게 헤어진다는 말을 듣고 좀 놀랐어."

요시의 말에 란교쿠는 키득키득 웃었다.

"봉래는 행복한 나라구나. 그야 나도 번듯한 사람을 만나 아이를 얻어 함께 살고 싶어. 하지만 지수로 배당받을 바에야 그렇게 하겠어. 그거 알아? 지수에서는 조세가 칠 할이야."

"설마."

조세는 대개 수확의 일 할, 군과 관비를 마련하기 위한 특별세인 부(인두세)가 더해져도 이 할에 미치지 않는다. 그렇게 정해져 있다.

"부가 이 할, 인당 드는 구부口賦가 일 할. 다리를 놓거나 둑을 쌓기 위해 거두는 균부均賦가 이 할, 요마로부터 보호받거나 여차할 때 이가의 보살핌을 받기 위한 안부安賦가 이 할. 다해서 칠 할이야."

"말도 안 돼."

법에는 천강天綱과 지강地綱이 있다. 천강은 태강太綱이라고도 하며, 하늘에서 정한 규율이므로 왕이라 할지라도 이를 거스를 수 없다. 지강은 왕이 만든 법, 마찬가지로 어떤 주후나 영주도 지강을 어겨서는 안 된다. 세제는 지강으로 일 할이라 정해져 있고, 주후나 영주가 징수할 수 있는 부는 오 분까지, 게다가 당분간 조세를 팔 분으로 낮추고 부를 징수해서는 안 된다고 반포했다.

"지금은 부를 징수할 수 없을 텐데. 심지어 백성에게 다른 조세를 부과한다는 이야기는 들은 적이 없어. 안부나 균부라는 것은 대체 뭐지? 그런 돈은 모두 국고에서 내주는 것 아닌가."

란교쿠가 난감해하며 미소 지었다.

"그러니까 쇼코가 나쁜 관리라는 거야. 정말이지 어째서 왕은 쇼코 같은 놈을 가만두는지 몰라."

란교쿠는 그렇게 말하고는 바느질하던 실을 끊고 바늘을 바늘꽂이에 도로 꽂아놓았다.

"저녁 준비해야겠다. 옷 갈아입고 와. 게이케이가 그 피를 보면 깜짝 놀랄 거야."

요시는 대청마루를 나오자마자 곧장 글방으로 갔다. 엔호에게 고하고 안으로 들어간다. 마침 서책을 선반에 꽂고 있던 엔호가 요시를 보고 눈을 휘둥그레 떴다.

"요시, 그 피는 어찌된 게냐."

"사고를 당한 사람을 안고 있었어요. 그보다 엔호, 지수에서는 조세가 칠 할이라고 들었습니다."

엔호는 슬쩍 한숨을 쉬었다.

"그래, 그 이야기를 들었구나. 그래서 지수에 갔었던 게냐."

"그런 것은 아닙니다만, 사실인가요?"

"사실이지. 진정하거라."

"저는 그리 허락한 적이 없습니다!"

목소리가 거칠어진 요시를 보며 엔호는 한 번 더 한숨을 쉬고 의자를 가리켰다.

"분개해도 소용없네. 요시, 북위의 조세는 삼 할이야."

요시는 놀라서 눈을 부릅떴다.

"북위는 황령인데……."

"아무리 어진 주인이 있더라도 시선이 닿지 않으면 소용이 없지 않은가."

요시가 깊은 한숨을 내쉬고 맥없이 엔호 앞에 앉았다.

"낙심 말게나. 군주 혼자서는 정사를 꾸려갈 수 없네. 군주를 받쳐줄 유능한 관리가 없으면 나라를 고루 통솔할 수 없는 법이야."

"하지만……."

"경은 근래 좋은 군주를 얻지 못했지. 북위의 백성이 한탄하는 소리를 들은 적이 있는가? 없겠지. 옛날에 가호가 다스릴 적에는 조세가 오 할이었네. 그런데 황령이 되어 삼 할로 줄었어. 백성은 감사하고 있지."

"말도 안 돼."

요시는 말문이 막혔다.

"쇼코가 징수하고 있는 칠 할의 조세 중에 일 할은 나라, 사 할은 가호의 몫이지. 나머지 이 할이 쇼코의 몫이네. 쇼코는 유능해서 조세를 참으로 잘 거두어. 가호는 그렇게 말하며 쇼코를 총애하지. 보다시피 가호를 위해 사 할의 조세를 정확히 징수할 수 있는 자는 쇼코밖에 없으니까 말일세."

"어째서 그런……."

그런 짓이 용납되는 것인가. 요시는 자신이 한심해서 울고 싶은 심정이었다.

"실제로 화주에서는 정비를 많이 하고 있네. 곳곳의 둑이며 다리, 가호는 조세를 징수한 것이 아니라 공탁금을 받았다고 주장하지. 실제로 둑이나 다리를 지으면 나라는 그 행태를 나무라기 어렵네. 그런데 화주의 다리는 금세 무너져. 비가 내리지 않아도 무너지니 우습지 않은가. 그것 역시 인부가 날림으로 일한 탓이라고 하면 나라는 가호를 나무랄 수가 없네."

"그런 일이……."

조정을 틀어쥔 총재—이미 요시 자신이 좌천시켰으니 태재라 해야 하지만—세이쿄는 독사를 보듯이 가호를 싫어했다. 그토록 미움받으면서도 결코 처벌할 틈을 보이지 않는 것은 대단하다고 해야 할까. 세이쿄가 할 수 없다면 요시의 칙명이 아니고서는 가호를 처벌할 수 없으리라. 칙명으로 가호를 벌하라는 관리의 목소리도 컸지만 확실한 증거도 없이 내리는 칙명은 나라를 어지럽히기 십상이라고 반대하는 관리도 많았다. 그렇게 반대하는 관리조차 분통해했으니 가호는 이만저만 미움받는 것이 아니다.

"그렇게 제 배를 불리는 관리는 꼭 가호나 쇼코만이 아니네. 온 나라에 넘쳐나지. 가호나 쇼코만 단속해도 의미가 없어. 제2의 가호가 나타날 뿐이야."

요시가 고개를 들었다.

"하지 않는 것보다는 낫지 않습니까?"

"어떤 이유로 말인가?"

"그건……."

"쇼코는 짐승이지만 가호가 감싸니까 잡기가 어렵지. 가호는 무척 강하기 때문에 역시 잡기가 어려워. 간단히 할 수 있는 일이라면 벌써 누가 했겠지."

"저는 오늘 쇼코가 아이를 죽이는 모습을 보았습니다."

엔호는 눈을 동그랗게 떴다.

"확실한가? 틀림없이 쇼코가 한 짓인가?"

"아마도요."

요시가 사정을 말하자 엔호는 한숨을 쉬었다.

"그랬어, 그래서 그런 모습이었구나. 그러나 그것으로 쇼코를 잡을 수 있겠나."

"그렇지만……."

"아마도 화헌에 탄 사람은 쇼코가 아니었다고 결론이 나겠지. 그렇지 않으면 화헌이 아이를 죽이지 않았다는 증거가 산더미처럼 나올 게야. 그럴 만한 권력이 있으니 쇼코가 향장 자리에 있는 것이라는 사실을 잊지 말게."

요시는 입술을 깨물었다.

"악독한 관리를 내버려두는 것은 좋지 않지만, 법을 왜곡하여 처벌하면 법이 의의를 잃지. 그것이 방치보다 더욱 죄가 무거워. 조급하게 굴지 마시게."

요시는 고개를 숙인 채 방으로 돌아와 대청마루의 문을 꼭 닫았다.

"……한쿄, 미안하지만 금파궁으로 돌아가주지 않겠어?"

"쇼코 말입니까?"

"응. 손놓고 있을 수는 없어. 게이키에게 말해서 하는 짓을 조사해달라고 해. 그리고 북위의 상황을 보고해줘."

"……알겠습니다."

그 대답을 끝으로 소리가 사라진 대청 안에서 요시는 눈썹을 찡그렸다. 죽은 아이의 모습이 머릿속에 되살아났다. 깡마른 아이였다. 쇼코가 고의로 죽였는지는 알 길이 없다.

"가엾게도……."

아직 어린아이였다. 정말로 쇼코가 죽였다면 쇼코 같은 악독한 관리를 설치게 둔 요시의 책임이나 다름없었다. 숨을 거두기 전에 남긴 말이 귓가에 맴돌았다.

"스즈가 울 테니까 죽고 싶지 않다라……."

남매일까. 아니면…….

요시는 불현듯 시선을 들었다.

"스즈?"

희한한 이름이다. 이쪽 이름 같지가 않다. 오히려…….

신적에 들면 말이 통역되니까 참으로 고약하다. 돌이켜보아도 그 소녀가 어떤 말로 이야기했는지 떠오르지 않는다. 용모도 인상에 남아 있지 않다. 다만 아릴 듯이 비탄 어린 두 눈동자만 생각났다.

요시는 아차 싶어 입술을 깨물었다. 어째서 그 자리에서 알아채지 못했을까. 어디 출신이냐고 물어볼 것을 그랬다.

요시는 피 묻은 옷을 내려다보았다.

—다시 한번 지수에 가볼까.

그렇게 생각하고는 고개를 가로저었다. 만난다고 요시가 무슨 말을 할 수 있을까. 쇼코를 가만둔 자신, 그리고……. 경에는 해객을 차별하는 법이 있다. 요시는 그 법을 철폐하지 못했다. 그런 요시가 해객을 만나 무슨 할말이 있겠는가.

“나는 정말로 한심한 왕이야…….”

002

—사람의 눈물에는 두 종류가 있어.

‘맞아.’

스즈는 구멍 속으로 내려가는 관을 응시했다.

이렇게 괴롭고 슬픈 눈물은 알지 못했다. 가슴을 쥐어뜯듯이 통곡하고 호흡마저 어려워지고, 몸속이 텅 비어버린 것 같은데도 느닷없이 울음이 나왔다.

척봉 바깥에 묘지가 있고, 초라한 총당冢堂• 하나가 덩그러니 세워져 있었다. 항아리와 몹시 흡사한 둥근 관은 총당에 하룻밤

안치된 뒤 구멍 속으로 사라져버렸다.

스즈는 묘지기에게 하지 말라고 애원했다. 땅속에 묻지 말라고. 가엾다고.

—의미 없는 애원임을 스스로도 알고 있다.

달래듯이 등을 다독이고는 매달리는 손에서 빼앗듯이 관을 옮겼다. 또다시 똑같은 헛된 애원만 되풀이하는 스즈의 눈앞에서 관에 돌을 내려치고 구멍을 메운다.

관이 둥근 까닭은 이 세계 사람이 알에서 태어나기 때문이다. 껍데기 안에서 태어나 껍데기 안으로 돌아간다. 부모는 아이가 열리는 이목에서 따온 난과를 돌로 살짝 두드려 금을 낸다. 빨리 태어나라는 주문이다. 그처럼 죽은 자의 재생을 바라며 알처럼 둥근 질항아리 관을 써서 여기에 돌로 금을 낸 뒤 흙으로 돌려보내는 것이다.

구멍이 메워지고 작은 봉분이 만들어지고, 묘지기들이 떠나고 나서도 스즈는 그곳에 우두커니 있었다.

—알고 있었어.

마음 한편으로는 막연히 세이슈가 죽을 줄 알고 있었다. 심각

- 도시 밖 공터의 무연고자 묘지에 세운 사당.

해지기만 하는 증상. 먹는 양도 줄어들어 야위어갔다. 온몸이 다 안 좋았다.

경왕이라면 구해주었을까. 정말로 왕이라면 구할 수 있었을까.

틀림없이 괜찮을 것이라 믿는 반면, 왕이나 어의라 해도 손쓸 수 없지 않을까 생각했었다.

"하지만 이렇게 죽을 리는 없었어……."

어째서 마차에 치여 죽어야 하나. 그러지 않더라도 세이슈는 아마 그리 오래 살 수 없었을 텐데.

"나는…… 바보야……."

스즈는 흙을 움켜쥐었다.

"경왕 따위…… 믿다니. 어째서 오도에서 의원에게 데려가지 않았지!"

의원에게 데려가도 소용없었을지도 모른다. 그런 우려와 경왕이라면 살려줄지도 모른다는 어리석은 기대. 배에서 내리자마자 오도에서 의원에게 데려갈 것을 그랬다. 이런 도시에 오지 않았더라면 좋았다.

"세이슈…… 미안……."

또 오열이 치밀어 올랐다. 아직 눈물이 마르지 않은 것인가.

"미안해……."

해가 기울기 시작했다. 스즈는 자신의 그림자를 가만히 바라보았다.

"누나, 성문이 닫히겠어."

스즈는 멍하니 뒤돌아보았다. 몸집이 작은 그림자를 보고 순간적으로 있지도 않은 기대를 품고 말았다.

"언제까지 그러고 있을 거야? 아까부터 덜덜 떨고 있잖아."

"……내버려둬."

세이슈보다 서너 살은 많아 보인다. 열네 살쯤 먹었을까. 새카만 머리카락에 작은 체구.

"아직 경은 밤중에 마을을 벗어나도 될 만큼 안전한 나라가 아니야."

"……그래."

"그러고 있어도 죽은 사람은 돌아오지 않아."

스즈가 소년을 노려보았다.

"내버려둬. 나한테 신경쓰지 마."

"이대로 요마한테 먹히고 싶어? 자포자기했구나."

"……너는 몰라. 얼른 가버려."

소년은 대답하지 않았다. 조금 뒤에서 스즈를 가만히 지켜보고 있다.

"아무도 몰라! 내 심정은!"

소년은 소리친 스즈에게 조용히 말했다.

“자신을 동정해서 우는 거면 죽은 아이에게 실례야.”

스즈는 흠칫 놀라 눈을 부릅떴다.

—자신이 가여워서 우는 눈물.

“……너, 누구야?”

“척봉에 사는 사람. 같이 마을로 돌아가자.”

스즈가 일어나서 다시 한번 발치의 작은 무덤을 내려다보았다.

“너, 이 아이가 누구인지 알아?”

“벌써 소문이 자자하니까. 주국에서 왔다며?”

소년이 뻗은 손을 스즈는 잠자코 잡았다. 가냘픈 손바닥이 따스했다.

“이 애는 경국의 백성이야. 나라를 도망쳐 교에 갔다가 교에서 도망쳐 주에서 경으로 돌아온 거야.”

소년은 그러냐고 중얼거렸다. 뒤쪽 무덤을 돌아본다.

“가엾어라…….”

응, 하고 대답하고 나니 눈물이 흘러서 멈추지 않았다. 스즈는 소년의 손에 이끌린 채 울면서 도시로 돌아갔다.

“척봉에 산다고 했지?”

아슬아슬하게 폐문 전에 곽벽 안쪽으로 돌아왔다. 스즈는 문 안쪽 바로 오른편에 난 길을 보지 않으려고 애쓰며, 손에 닿은 손바닥을 꼭 쥔 채 그 길을 지나쳤다. 중앙의 큰길을 꽤 걷고 나서야 겨우 손을 놓았다.

"응. 누나도 경 사람이야?"

"아니. 나는 재에서 왔어."

"긴 여정이었구나. 묵을 데는 있어?"

스즈는 있다고 대답했다.

"말을 걸어줘서 고마워."

소년은 "응" 하고 대답하고 스즈를 바라보았다.

"기운을 좀 차렸네. 앞을 보고 걷지 않으면 구멍 속으로 굴러 떨어져."

"구멍 속?"

"자신을 향한 연민 속."

"맞아."

스즈가 중얼거렸다. 세이슈에게 큰 실례다. 또 혼나겠다.

"정말로 그래……. 고마워."

"응."

"너는 이름이 뭐야?"

"셋키."

스즈가 셋키의 얼굴을 들여다보았다.

"있지, 세이슈를 친 사람이 붙잡혔는지, 안 붙잡혔는지 아니?"

셋키가 "쉿" 하고 스즈에게 눈짓했다.

"큰 소리로 떠들지 않는 편이 좋아."

셋키는 근처 골목으로 스즈를 불렀다.

"……그놈이 체포될 일은 없어."

"그놈? 누군지 알아?"

"지인이냐는 뜻이면 아니야. 나는 그런 자식과는 알고 지내고 싶지 않아."

너무나 강경한 말에 스즈가 눈을 동그랗게 떴다.

"누구인데?"

"이 도시 사람은 다들 알고 있어. 향장이 타지에서 온 남자아이를 죽였다고."

"향장……."

"향장 쇼코. 기억해둬. 이놈이 지수향에서 가장 위험한 인간이니까."

"……죽였어? 그 녀석이 세이슈를?"

"쇼코의 화헌 앞에 그 아이가 뛰어들어서 화헌을 세우고 말았어. 그래서야."

"그래서라니. 그런, 고작 그 정도 일로."

"쇼코에게는 그걸로 충분해."

"너무해……."

스즈는 벽에 등을 기댄 채 스르륵 주저앉았다.

"세이슈는 똑바로 걷지 못해……."

스즈는 무릎을 끌어안았다.

"정말로 업어서 데려갈걸 그랬어……."

어째서 업기를 꺼렸을까. 이제 그렇게 가벼웠는데. 못 할 리 없었는데.

"누나, 자신을 나무라면 못써."

스즈가 고개를 가로저었다. 그러지 않고는 배길 수 없었다.

"쇼코를 원망해서는 안 돼."

"왜!"

셋키의 얼굴에는 강한 의지가 엿보였다.

"쇼코를 원망한다는 건 그놈에게 죽는다는 뜻이니까."

그렇게 말하고 고개를 돌리고는 불쑥 몇 마디 덧붙였다.

"가르쳐주지 말걸 그랬나……."

003

쇼케이는 라쿠슌과 함께 유북국 동부에서 고수산을 넘어 안주국으로 들어갔다. 국경을 넘은 순간 말끔하게 정비된 길에 쇼케이는 눈을 휘둥그렇게 떴다.

고수산 산등성이를 타고 산골짜기를 걷고 산 표면에 구불구불 뻗은 길을 올라, 산 중턱의 도시에서 하룻밤 묵은 뒤 더욱 올라가자 조금 높은 봉우리 정상에 비탈을 따라 도시가 펼쳐져 있었다. 좁고 긴 도시 중앙을 분단한 높은 곽벽에는 거대한 문이 있었다. 이 문 앞까지가 유국이고 문 너머부터 안국이다. 곽벽 안쪽과 너머의 도로 상태와 도시 형태가 완전히 다른 것이 흥미로웠다.

닳고 팬 돌이 깔린 길은 문을 경계로 가지런하고 빈틈없이 깔린 포석으로 바뀌었다. 큰길이라면 바큇자국이 남은 길 좌우에 작은 가게가 늘어선 광경이 당연하고, 사람과 마차로 복잡한 법이었다. 그런데 문 너머, 안주국으로 들어서자 작은 가게가 깔끔하게 늘어서 있고, 작은 점포와 길가 사이를 사람들이 지나다녔다.

"굉장하다……."

길가에 늘어선 높은 건물. 그중 몇 채는 사 층이나 오 층 높이

석조 건물로, 모든 창문에 유리를 끼웠다. 유국도 높은 건물의 창문은 마찬가지로 대부분 유리를 끼웠지만 유의 도시는 어딘지 모르게 낡고 음울한 인상을 주었다. 건물이 많이 낡은 탓인지도 모르고, 건물 앞 오래된 돌바닥에 남아 있는 얼어붙은 물웅덩이 탓인지도 모른다. 어느 쪽이든 유국의 도시는 안국의 도시를 열심히 따라 하다가, 모방하는 데 지쳐서 손을 놓아버린 것처럼 보였다.

—풍요롭다고는 들었지만.

북방 나라 중에 가장 풍요로운 나라. 그렇게 알고는 있었지만 도시의 모습은 상상 이상이었기에 쇼케이는 벌어진 입이 다물어지지 않았다.

"안도 추운 나라인데 어째서 이렇게 다를까."

기후로는 방국이나 안국이나 큰 차이가 없다. 안국이 방국보다 남쪽이지만 겨울에는 대륙 북동쪽에서 얼어붙을 듯한 계절풍이 분다. 실제로 돌아다녀본 바로는 안국에 가까워질수록 따뜻해지지는 않았다.

"커다란 광산이라도 있어?"

라쿠슌을 돌아보자 그는 없다면서 웃었다.

"방국이나 유국이랑 달리 안국은 아무것도 없어. 밀을 경작하고 소를 기르는 게 다야."

도시는 크고 상업도 번성하지만 나라의 부는 땅에서 얻는 수확이 대부분을 차지하고 있다고 라쿠슌은 말했다.

“아무리 그래도 이렇게나 다르구나.”

“그야 주상의 격이 차이 나기 때문이겠지.”

“나라님의 차이라고? 이게?”

“오백 년 동안 나라가 기운 적이 없다는 건 엄청나게 큰 차이야.”

“하지만…….”

“옥좌가 빌 일이 없으면 자연재해가 적지. 전쟁이나 천재도 없고 인구가 늘어나. 늘어난 인구가 열심히 개간하니까 농지도 늘지. 농지 또한 두루두루 손질해서 비옥해. 수확한 곡물은 나라가 잘 관리해서 시세가 폭락하지 않도록 해줘. 나라는 땅을 다스리고, 이것이 점점 축적되어가니까 온 나라 구석구석까지 정비가 잘되어 있지.”

라쿠슌이 말을 이었다.

“이를테면 도랑을 파서 우기에 대비한다고 쳐. 도랑에 작은 다리를 놔. 무너지지 않도록 돌다리를 놓을 거야. 길을 가로지르는 도랑에는 뚜껑을 덮어. 제대로 된 방침이 있고, 그에 따라 도시를 다스리지. 십 년이나 이십 년으로는 나라의 구석구석까지 돌보지 못해. 한 가지 방침이 오랫동안 나라를 이끄니까 이런 변경까지 손길이 닿은 거야."

쇼케이의 부친은 삼십 년을 옥좌에 있었다. 선왕은 재위 오십 년을 채우지 못했다. 그에 비해 오백 년이라는 오랜 시간 한 왕이 통치한 결과가 이것이다.

"왕이 단명하는 나라는 가여워. 모처럼 가게를 얻어 크게 키워도 홍수로 떠내려가버리면 처음부터 다시 시작해야 하지."

"그러네……."

"봉왕이 엄격하다는 건 유명한 사실이니까. 쇼케이에게는 미안하지만 그런 왕을 얻으면 백성은 불행해져."

쇼케이는 라쿠슌의 옆얼굴을 살짝 살폈다.

"그런가?"

"왕이란 백성을 구해주는 존재니까. 백성을 괴롭히는 왕의 재위가 길게 이어진 예는 없어. 현재 괴롭다면 가까운 장래에 왕이 승하해 더욱 안 좋아진다는 이야기잖아. 실제로 재보까지 죽으면 다음 왕이 즉위하기까지 오 년이나 십 년은 걸려. 이십 년이 걸린 예도 흔해. 스무 해 동안 자연재해가 계속되면 땅은 황폐해질 대로 황폐해지고 입에 풀칠하기도 어려워져."

"어느 왕이든 백성을 구하기 위해 애쓰고 있어. 하지만 그게 반드시 결실을 맺어 바로 결과가 나오지는 않아. 나라가 어려우면 인심도 사나워지니까. 우선 형벌을 무겁게 해 무질서한 백성을 바로잡아야지. 그건 필요한 일이라고 생각하지 않아?"

적어도 쇼케이의 아버지는 그렇게 말했다. 새로운 법을 포고할 때마다 너무 엄격하지 않느냐는 관리가 반드시 있었다. 하지만 나라를 다시 세우기 위해서는 필요하다고 입버릇처럼 말했다.

"어느 정도는 필요하겠지만 모든 일에는 한도가 있잖아. 왕이 쓰러졌다면 지나쳤다는 이야기겠지."

"방국의 왕은 천명을 다해 승하한 게 아니야. 찬탈자가 왕을 시해했어."

라쿠슌은 고개를 끄덕였다.

"혜주후가 일어나 왕을 쳤다지. 시해는 대역죄지만 반드시 나쁜 것도 아니야. 왕이 나라를 손도 쓰지 못하게 망가뜨리기 전에 일부러 쓰러뜨려 저지하는 일도 있으니까. 실제로 그러는 편이 나을 때가 있어."

쇼케이는 고개를 숙였다. 어째서 아버지 주타쓰가 그토록 미움받았는지, 어째서 겟케이 같은 찬탈자가 인망을 잃지 않았는지 깨달았다. 백성은 주타쓰가 나라를 더욱 기울게 하리라 믿었던 것이다. 나라가 심각하게 기울기 전에 결단을 내려 피폐해지는 것을 막은 겟케이를 칭송한다. 백성은 그렇게 평가했다. 그리고 그런 왕에게 간언하지 않았던 쇼케이에게도 똑같은 증오가 돌아왔다.

라쿠슌이 가자고 채근해서 쇼케이는 쇠퇴한 듯한 유국에서 호화로운 분위기가 흐르는 안국으로 걸음을 내디뎠다. 도시 이름은 똑같이 북로北路.

안국으로 들어갈 때에 정권 검사를 받았다. 관례로 길을 따라 국경을 넘으면 정권을 검사한다. 범죄자의 통행을 단속하기 위해, 들고 들어오는 짐을 감시하기 위해서였다. 정권이 없다고 해서 내쫓기는 경우는 없지만 그러면 관의 심문을 받아야 한다.

사전에 그렇게 들은 터라 쇼케이는 긴장하며 문졸에게 정권이 없다고 했다. 문 옆 건물로 가라고 지시받았지만 다른 문졸이 저지했다.

"아, 괜찮아. 이분 일행이다. 보내드려."

그렇게 말한 문졸은 정중하게 인사하고는 라쿠슌에게 정권을 돌려주었다. 쇼케이는 고개를 갸우뚱하며 문을 지나간 뒤에 다시 물었다.

"대체 정체가 뭐야?"

"그러니까 학생이래도."

"생각해보면 라쿠슌은 아주 수상해."

"……음, 사정이 좀 있어. 쇼케이에게도 사정이 있는 것처럼 말이지."

"꼭 유국을 조사하는 것 같았어."

"그렇기는 하지. 나는 다른 나라를 보고 싶었어. 교에서 안국에 대해 여러 이야기를 들었지만 실제로 가보니 듣기만 한 거랑은 많이 달랐어. 학교는 마침 새해부터 방학이고. 그래서 그동안에 다른 나라도 보고 싶었어. 그렇게 이야기했더니 유국에 간다면 편의를 봐주겠다는 분이 계셨지. 대신에 유국이 어떤 상황인지 알려달라고 해서 그러겠다고 한 거야."

쇼케이가 라쿠슌을 흘끔 보았다.

"이를테면 유국이 기울고 있는지?"

응, 하고 라쿠슌이 고개를 끄덕였다.

"이건 중요한 일이야. 만약 유국이 정말로 위태롭다면 국경은 앞으로 위험해져. 유에서 난민이 흘러들겠지. 난민을 받아들일 마음의 준비가 필요해. 미리 알고 있는 것과, 모르는 건 큰 차이가 나니까."

"그러니까 안국의 높으신 분께서 조사해달라고 한 거야?"

"맞아. 안은 훌륭한 나라야. 정말로 풍요롭고 땅도 백성도 잘 다스리고 있지. 하지만 실제로는 문제가 없지는 않아."

라쿠슌이 뒤돌아보았다. 문을 보고 그 너머를 가리켰다.

"유국의 도시는 초라하지. 아무리 생각해도 머물기에는 안국의 숙소가 좋아 보여. 그래도 해가 저무는 이맘때면 유국으로 들어가는 사람이 있어. 왜인 줄 알아?"

쇼케이가 돌아보고 고개를 갸우뚱했다.

"그러고 보니 신기하네. 저렇게 많이 나가다니. 이 시간이면 다음 도시까지 갈 수 없을 텐데."

"안국에는 값싼 여관이 없어."

"……응?"

"안국 백성들은 부유하니까. 여관에 머물 때에도 낯선 사람과 뒤섞여 자야 하는 숙소에 머물 필요가 없어. 그래서 애초에 그런 여관은 인기가 없고, 있어도 묵으려는 사람은 숙박비를 떼어먹기 십상인 가난뱅이뿐이니까 여관에서도 싫어하지. 하지만 안에 사는 사람 모두가 풍족하지는 않아. 부민, 난민, 입에 풀칠하기도 어려운 사람들이 있지. 그런 사람들이 머물 숙소가 안에는 적어. 여행하는 것도 마찬가지지. 안에는 치거馳車밖에 없어."

가도에는 보통 치거라 불리는 두 마리에서 네 마리의 말이 끄는 마차가 달린다. 가도 근처 도시에서 도시로, 빠르게 달려 승객을 실어나른다. 마차는 보통 근교 농민이 여가를 이용해 하는 장사지만 치거는 전문 업자가 몬다.

"안은 풍족하니까 농민은 농한기에 마차를 몰아 푼돈을 벌 필요가 없어. 보통 치거라고 하면 귀인이 아니면 탈 수 없지만 안의 치거에는 누구든 탈 수 있지. 가격도 아주 싸. 마차 시세만큼 싸지는 않지만. 백성은 살림살이에 여유가 있어서 개의치 않고

치거를 이용하지. 하지만 가난한 사람들이 이용할 마차가 없으니까 그 사람들은 먼 길을 가려면 찬바람을 맞으며 걸어가는 수밖에 없어."

쇼케이는 다시 문을 돌아보았다. 유국으로 나가는 여행자는 정말로 다들 피로한 기색이 역력하고 옷차림도 남루했다. 문 옆 건물로 들어가는 사람이 압도적으로 많으니, 정권이 없는 부민이나 난민이 많은 것은 일목요연했다.

"안은 풍요로우니까 사람이 모이지. 하지만 안의 백성과 유입된 사람들 사이에는 빈부 차이가 뚜렷해. 숙소를 잡지 못하는 가난한 사람들이 길가에서 자다 얼어죽지. 그게 싫어서 막다른 곳으로 내몰린 사람들은 여행자에게서 돈을 훔쳐. 안국이 안고 있는 가장 큰 문제는 난민이야. 큰 도시에는 안국 백성보다 난민이나 부민 숫자가 많아. 안은 최근 몇십 년이나 난민의 처우에 골치를 앓고 있어."

"그래서 유국 상태를 신경쓰는 거구나……."

"그런 거지."

"라쿠슌의 정권에 이서한 사람은 누구야?"

라쿠슌은 꼬리만 흔들고는 대답하지 않았다.

"정권을 보면 안 돼?"

쇼케이가 묻자 잠자코 품속에서 정권을 꺼냈다. 그 뒷면, 선명한 묵서는 '안주국 총재 인 하쿠타쿠'라 적혀 있었다.

"……총재."

라쿠슌은 수염을 흔들었다.

"총재와는 면식이 없어. 추우를 빌려준 분이 총재에게 부탁해 주었을 뿐이지."

총재는 백관의 수장이다. 총재에게 부탁할 수 있다면 그 인물은 나라의 중추에 가까울 것이다.

"……대단하구나."

라쿠슌은 귀밑을 긁적였다.

"딱히 내가 대단한 인물인 건 아니야. 어쩌다 경왕과 친분이 있어서 그래."

"경왕……."

말한 순간 가슴이 꿰뚫린 것처럼 아렸다.

"어떻게…… 너 같은……."

"반수랑 아는 사이냐고?"

라쿠슌의 말에 쇼케이는 허둥지둥 사과했다.

"미안."

"별로 사과할 일은 아니야. 보다시피 나는 반수야. 하지만 그걸 나쁘다고 생각하지 않으니까. 손해를 보았다고 생각한 적은 있지만."

"그런 뜻이 아니었어."

"알아. 나는 경왕과 아는 사이야. 친구지. 나도 녀석을 친구라고 생각하고 녀석도 나를 친구라고 불러. 옆에서 보기에 기묘하기 짝이 없을 테고, 나도 처음에는 저항감이 있었어. 나라님이잖아. 나라님을 친구라고 부를 수는 없잖아. 그렇게 말했다가 야단맞았어."

"……경왕한테……?"

"응. 사람과 사람 사이에는 서 있는 거리만큼밖에 차이가 없어. 그렇게 말하더라고."

라쿠슌은 쑥스러워하며 웃었다.

"길가에 쓰러져 있는 녀석을 주웠지. 그래서 안국까지 데려갔어."

쇼케이는 입을 떡 벌렸다.

"길가에 쓰러져 있었다고? 경왕이?"

"그 녀석 해객이거든. 태과야. 그 녀석이 흘러들어온 교국은 해객을 처형하는 나라야. 도망치다 길가에 쓰러져버렸지."

쇼케이는 가슴을 억눌렀다. 왕이 된 소녀는 아무 고생도 없이 그런 행운을 손에 넣었다고 믿었다.

"처음에는 경왕을 관궁으로 데려가서 포상으로 괜찮은 직업을 얻을 수 있으면 좋겠다고 생각했어. 하지만 그 녀석이랑 지내는 사이에 그런 생각이 아무래도 비굴한 것처럼 느껴졌어. ……포상을 주겠다고 원하는 것이 뭐냐고 묻는데, 소학少學에 입학하고 싶다고 할 작정이었던 게 실제 상황이 되자 입으로는 대학에 들어가고 싶다고 술술 말해버렸지 뭐야. 집에서 열심히 공부했으니 대학에 가서도 반드시 따라갈 수 있다고 엄청난 소리를 떠들어버렸어."

쇼케이는 복잡한 심경으로 라쿠슌을 바라보았다.

"나를 안국으로 데려가도 아무도 포상을 주지 않을 거야."

"그런 게 아니야. 너, 감옥 안에서 괴로워 보였어."

"내가?"

"괴롭고 괴로워서 참지 못하는 얼굴이었어."

라쿠슌이 실눈을 지었다.

"나랑 만났을 무렵 경왕도 그랬어."

"그래서 나도 주웠구나."

라쿠슌이 웃었다.

"그래서 내가 그런 인연이라고 했지?"

11 장

001

안국은 유국의 남동쪽에 있지만, 겨울 기후는 크게 다르지 않다. 마차가 아니면 여행하기 어렵기는 유국과 마찬가지였다. 마차는 없으므로 치거를 이용한다. 치거는 튼튼한 객차를 끌고 정비된 가도를 따라 남쪽으로 나아갔다.

가난한 여행자는 나란히 가도를 걸었다. 불어치는 바람은 냉랭해서 걷고 있어도 몸이 얼어붙을 것이다. 여행자는 품속에 근파자를 안고 숯을 담은 봉투와 땔감을 든 채 구부정한 자세로 걸었다. 가도 여기저기에서 여럿이 모은 땔감을 때 몸을 녹인다. 그런 사람들을 곁눈질로 보면서 치거는 가도를 달려간다.

"걸어서 먼 길을 가려면 고생이 이만저만이 아니구나……."

쇼케이는 맞은편에 앉은 라쿠슌에게 말을 걸었다. 객차 안에는 세 사람이 앉을 수 있는 의자 두 개가 마주 놓여 있었지만, 승객은 쇼케이와 라쿠슌 단둘이었다.

"쇼케이는 역시 대국에 갈 생각이야?"

쇼케이는 한숨을 내쉬었다.

"사실은 경국에 가고 싶었어."

"그래?"

"경으로 가서 하관이 되어 경왕과 가까워지고 싶었어. 교묘하게 환심을 사주마고 생각했지. 잘되면 경왕에게서 옥좌를 찬탈할 작정이었어. 내가 생각해도 반쯤은 공상일 뿐이지만 반쯤은 아마 본심이었겠지. ……화낼 거야?"

라쿠슌은 수염을 꼿꼿하게 세웠다.

"화는 내지 않겠지만. 그게 진심이었다면 나는 그 녀석 얼굴을 똑바로 못 쳐다봤겠구나."

그러게, 하고 쇼케이가 웃었다.

"그래서 호적이 필요했어. 대국에 가면 경국으로 데려가줄 배가 있다고 하니까. 경국에서 토지와 호적을 준대."

라쿠슌은 기억을 더듬듯 위를 쳐다보았다.

"맞아, 그런 이야기를 했었지."

"길량으로 대국까지 갈 생각이었는데 일단 경으로 가서 토지를 준다는 곳을 찾아봐도 괜찮을 것 같아."

쇼케이는 무릎 위에 깍지 낀 제 손을 응시했다.

"나, 공주인 자신에게 무척 집착했어. 왕궁에서 호화롭게 살던 자신을 잃고 싶지 않았어. 밭에서 일하는 것도 허름한 옷을 입는 것도 무척 부끄러웠어. ……경왕이 내 또래 여자아이라는 이야기를 듣고 그녀가 괘씸했어. 내가 잃은 것을 전부 가지다니 용서할 수 없었어."

"그랬구나."

"솔직히 말하면 지금도 여전히 싸구려 숙소에서 자는 데 거부감이 있어. 모직물로 지은 옷이 부끄러워. 하지만 이게 벌인 거야."

깍지 낀 손가락에 힘을 주었다. 거친 손가락 끝이 창백하다.

"나는 왕궁에서 놀기만 하고 아무것도 하지 않았어. 백성이 시해할 정도로 아버지가 미움받고 있는 줄은 몰랐어. 알려고도 하지 않았어. 그에 대한 벌이야. 겟케이, 혜주후가 내 선적을 지운 이유를 이제야 알았어."

"……응."

"공주가 아니라면 나는 이가의 신세를 질 수밖에 없어. 아직 미성년자고, 관리가 될 기지도 없는걸. 그러니까 이가에 넣은 거야. 나는 그런 사실을 전혀 몰랐어."

"이제 알았으니 됐잖아."

"맞아."

쇼케이가 웃었다.

"경왕은 어떤 사람이야?"

"나이는 아마 쇼케이 또래지."

"나처럼 어리석지는 않겠지."

"그 녀석도 그렇게 말하던데. 자신은 어리석다고. 그런데 왕이 되어도 되느냐고."

쇼케이는 또 웃었다.

"……나랑 닮았나 봐."

"닮긴 했지. 쇼케이가 더 여자다워. 그 녀석은 무뚝뚝한 구석이 있으니까."

쇼케이는 키득키득 웃고는 창밖에 스치는 풍경을 보았다.

"나, 경에 가보고 싶어……."

경왕을 만나보고 싶다. 만나지 않아도 된다. 왕이 만든 나라를 보고 싶다.

"안국 여기저기서 경국으로 보내주는 여단을 꾸리고 있긴 한데."

쇼케이는 그 말을 듣고 라쿠슌을 보았다.

"아아, 경왕이 옥좌에 올랐으니 다들 나라로 돌아가는구나."

"꽤 많은 사람이 경으로 돌아가려고 했지. 어떤 왕인지는 모르지만 등극할 때 연왕이 도우셨으니까 훌륭한 인물일 거라고 경 사람들이 좋아했어."

"응……. 그런 이야기가 돌았지. 하지만 그렇다고 반드시 현군이라고 단정지을 수는 없는데."

"그렇기야 하지. 그래도 안국에 있기보다는 돌아가는 편이 나을 거야. 토지가 있으니 근근이라도 땅에 뿌리를 내리고 살 수 있잖아."

라쿠슌은 쓴웃음을 지었다.

"경국에서 앞날이 보이지 않아 도망쳐 왔는데 정작 안국에서는 난민으로 살아가기 힘겹지. 기운 나라에 남기보다야 낫고 안국에서도 잘 살펴주지만 안국 백성의 풍요로운 삶을 보면 한탄스럽기도 할 거야. 이 나라 백성이 되려면 안국의 관청에서 토지를 사든 관리가 되는 수밖에 없는데 둘 다 녹록지가 않아. 안국에서 살아갈 생각이면 부민 신분으로 호농에게 고용되어 땅을 경작하거나 남의 가게에 들어가 일할 수밖에 없으니까 백성은 나라를 그리워하지."

"알아……."

"나는 행운아야. 우연히 운좋게 대학에 들어갔지. 경의 백성도 다른 난민에 비하면 운이 좋아."

"그래?"

"경왕은 연왕과 친교가 있으니까. 경왕이 경의 백성을 잘 부탁한다고 연왕에게 말하고, 연왕이 알았다고 대답하는 것만으로도 꽤 많은 혜택이 생겨. 적어도 경 사람들은 나라까지 보내주잖아. 그 비용은 안과 경의 국고에서 부담하지. 그 부분에 대해서는 경과 안 사이에 제대로 타협을 하고 있어. 하지만 다른 나라 백성들은 큰일이야."

"그렇구나……."

"경왕은 운이 좋아. 뭐라 해도 안국이라는 강한 뒷배가 있지. 애써주면 좋겠는데……."

경국은 어떤 나라일까. 방국에서 멀고 먼 남쪽 나라.

"그 여단은 경의 백성이 아니면 보내주지 않는 걸까."

"경의 백성이 아니면 안 된다는 법은 없어. 정권이 없으면 조사할 방법도 없고, 집이 불타 정권조차 챙기지 못하고 도망친 사람들도 있으니까. 꼭 경으로 가겠다면 내가 고수까지 바래다줄게."

"라쿠슌."

"다음 도시에서 다마가 기다리고 있어. 내가 데리고 있던 추우 말이야. 그 녀석을 타면 이틀 만에 고수산까지 갔다 관궁으로 돌아갈 수 있어."

쇼케이는 남동쪽을 보았다.

"내가 경에 가는 게 걱정되지 않아?"

"가. 경을 보고 와."

"……그럴게."

"마음이 후련해지면 관궁으로 와서 상태가 어떤지 알려주지 않겠어?"

쇼케이는 고개를 끄덕였다.

002

쇼코.

세이슈를 죽였다.

숙소에서 웅크리고 있는 스즈의 머릿속에는 그 두 가지 말밖에 없었다.

"……용서 못 해."

몇 번이고 중얼거렸을 때 문을 두드리는 소리가 들렸다. 여관의 종업원이다.

"손님, 벌써 문이 열렸어요. 더 계실 겁니까?"

스즈는 품속에서 지갑을 꺼냈다.

"한동안 머물 거야. 여기 선금이야."

닷새 치 여비가 들어 있었다. 요천까지 겨우 닷새 거리밖에 남지 않았다.

"아, 예에."

지갑 안을 살핀 종업원이 허둥지둥 돌아갔다. 그 모습을 보고 스즈는 허공을 응시했다.

"……용서 못 해, 쇼코……."

스즈는 그 뒤로 거리를 배회했다. 구경하러 돌아다니는 척하며 아무에게나 말을 걸어 쇼코에 대해 물었다.

사람들의 입은 무거웠다. 입막음하는 존재가 있기 때문이 틀림없다.

맨 처음에는 쇼코의 죄를 물을 작정이었다.

그러나 닷새 동안 도시를 돌아다닌 결과 불가능하다는 사실을 깨달았다. 쇼코는 절대적인 힘을 가진 향장이었다. 지수향에 군림하는 왕. 조세는 나라의 규정보다도 훨씬 무겁고, 이문은 쇼코의 품속으로 사라진다. 조세 징수는 가혹하기 그지없다. 법을 쥐락펴락하며 내키는 대로 백성을 처벌했다.

그만큼 비상식적인데도 쇼코는 여태껏 문책을 당한 적이 없다. 이곳 사람들은 앞으로도 없으리라고 말한다. 쇼코는 착복한 어마

어마한 조세를 고위 관리에게 뿌려서 안전을 확보하고 있다.

다음으로 생각한 것은 요천으로 가서 경왕에게 직소하는 것이었다. 왕을 뵙기는 쉽지 않겠지만 채왕이 이서한 정권이 있다.

그러다 닷새 더 거리를 돌아다니고 나서 그 생각도 포기했다.

쇼코의 비상식적인 행동은 닷새 동안 거리를 돌아다니며 안 것보다 훨씬 심각했다. 지수향 안에는 은밀한 원망과 한탄 소리가 가득했지만, 아무도 그 말을 하고 싶어 하지 않을 만큼 쇼코의 압정은 무시무시했다.

칠할일신七割一身이라고 가르쳐준 사람이 있었다.

조세는 토지에서 얻은 수확의 칠 할. 거기서 조금이라도 부족하면 제 한몸을 바쳐야만 한다. 출두해 처형당하든지 가족의 목을 하나 들고 가든지.

쇼코는 여에서 사냥을 한다고 한다. 마음이 내키면 근교에 있는 여에 가서 여자와 아이를 납치해 간다. 며칠이 지나 넝마가 된 사람들이 버려진다.

이따금은 교의 국경 쪽에서 상인이 온다고 한다. 또는 대에서 배가 도착한다. 마차 안, 배 안에 쌓인 짐은 사람이었다. 자기가 죽인 만큼 망해가는 나라에서 부민과 난민을 모아 감언이설로 꼬드겨 지수로 부른다. 기운 나라에 많은 식량을 가지고 가서 집과 땅을 잃은 사람들에게 나눠주면 오랜만에 식량을 얻은 사람들은 지수가 얼마나 풍요로운 땅일지 상상한다. 이 마차를, 배를 보낸 향장은 얼마나 인정 많은 성품일까. 마차와 배는 식량을 내린 대신에 사람들을 태우고 돌아온다. 토지와 호적에 낚여 찾아온 사람들은 나중에서야 자신의 경솔함을 저주하게 되는 셈이다.

어째서. 스즈는 분노를 금치 못했다.

—어째서 경왕은 쇼코 같은 짐승을 관리로 두지.

거리에서 수군대는 소문이 있다. 쇼코가 이토록 백성을 학대하고도 벌을 받지 않는 까닭은 굉장한 뒷배가 있기 때문이다. ……어쩌면 그 인물은 요천에 있는지도 모른다. 요천의 금파궁에서 가장 높은 곳에.

그게 여왕予王이라는 소문을 들려준 사람이 말했다.

선왕은 나라를 다스리는 데 전혀 흥미가 없었다. 어떤 관리가 어디에서 무엇을 하든 조금도 신경쓰지 않았다. 뻔뻔스럽게 아첨하며 옥이나 비단을 바친 자는 그것만으로 죄를 사면받았다고 한다.

척봉 사람들은 여자가 왕이 되었기 때문이라고 말한다.

경과 여왕女王은 맞지 않는다. 평온한 치세가 이루어진 예가 없다.

스즈는 스스로를 비웃고 말았다.

봉래 출신의 왕, 이 세상에서 유일하게 스즈를 이해해줄 사람. 상냥하고 연민에 가득한 왕.

—얼토당토않다.

경왕은 스즈의 희망이었다. 모든 동경의 대상이었으며 그 자체로 스즈의 버팀목이었다. 만나고 싶다고 몇 번을 되뇌었을까. 그런 자신의 어리석음에 웃음이 났다.

"용서하지 않을 거야. 쇼코도…… 경왕도."

스즈는 척봉을 나와 요천으로 향했다. 예정대로 닷새 만에 요천에 도착한 뒤 낙관을 써서 계신에서 찾을 수 있는 돈을 몽땅 찾았다. 채왕이 이 소식을 듣고 눈살을 찌푸릴지도 모르지만 그런 것은 개의치 않았다.

처음에 스즈가 찾아간 곳은 관에서 허가한 가극架戟(무기상)이었다.

요마는 평범한 무기로는 벨 수 없다. 어쭙잖은 검으로는 검이 부러져버린다. 요마를 사냥하기 위해서는 특수한 주술을 건 무기가 필요한데, 이런 무기는 국부, 동관부에서밖에 만들 수 없으므로 특별히 동기冬器라 부른다. 동관이 관허 상인에게 동기를 도매로 넘긴다. 이 동기상을 특별히 가극이라 한다. 표식으로 가게 입구에 관의 허가증과 창戟을 걸어架 두기 때문이다.

가극에서 다루는 무기는 갑옷과 병기다. 요마와 요수를 포박하는 밧줄과 사슬도 여기에서만 판다. 돌이켜보면 아득히 먼 남서쪽, 재국 파산 기슭의 가극을 몇 번이나 오갔을까. 동주 리요가 타는 적호를 돌보는 마구간지기를 위해 스즈는 몇 번이나 갑옷을 사러 갔었다.

지극히 평범한 척치戚幟(무기상)와 달리 가극에서 파는 무기에는 대놓고 말할 수 없는 또 다른 특징이 있다. 신선을 벨 수 있는 것이다.

향장쯤 되면 신분은 하대부, 어엿한 신선이다. 이자를 상처 입히려면 특수한 검이 필요하다.

스즈는 가게 안을 물색해 단검을 골랐다. 쓸 줄은 모르지만 아무튼 이게 필요했다. 가극은 웬만한 손님에게는 동기를 팔지 않는다. 채왕이 이서한 정권이 비로소 도움이 되었다.

이어서 간 곳은 기상騎商이었다. 기수를 취급하는 특수한 상인이다. 말이나 소에는 볼일이 없다. 스즈가 필요한 짐승은 말보다 빠르게 달리고 어떤 장벽도 뛰어넘을 수 있는 기수였다.

기수로 삼는 요수는 황해에서 생포한다. 요마가 날뛰는 황해에서 요수를 잡는 사냥꾼들은 엽시사獵尸師라 불린다. 요수를 잡아 돌아올 때보다 동료의 시체를 들고 돌아오는 경우가 압도적으로 많은 탓이다. 엽시사가 잡은 요수를 조교해 기수로 훈련하는 기상 또한 죽음과 밀접한 장사였다. 그러므로 기수는 대부분 값비싸다. 최고라 불리는 기수 추우를 잡거나 길들일 수 있다면 그것만으로 평생 먹고살 수 있다고 한다.

스즈는 가게 안으로 들어갔다. 작은 가게 내부에는 중년 남자 혼자 장부를 넘기고 있었다.

"어서 오세요."

남자는 눈만 들고 말했다. 얼굴 오른쪽 볼부터 정수리에 걸쳐 심한 흉이 있다. 오른쪽 눈도 무참히 찌부러졌다.

"기수가 필요한데."

"얼마짜리?"

남자는 얼마나 낼 수 있느냐고 물었다. 스즈는 탁자 위에 환을 올려놓았다.

"이 돈으로 살 수 있는 놈이 필요해."

남자는 환을 보고는 붙임성 있게 물었다.

"날 수 있는 게 좋아? 빠른 게 좋아?"

"나는 녀석이 좋아. 말을 잘 듣는 기수가 필요해."

"새는 탈 수 있나?"

요조를 타는 것은 손쉬운 일이 아니다.

"아니. 되도록 말이었으면 좋겠어."

"그럼 삼추三騅지. 그 이상은 무리야."

"어떤 짐승이지?"

"푸른빛이 도는 말이야. 훨훨 날 정도는 아니지만 다리 힘은 있어. 어지간한 강을 뛰어넘는 정도를 원한다면 도움이 되지. 다리는 그리 빠르지 않아. 음, 말의 세 배쯤 빠르고 금방 지치지. 그래도 좋다면 잘 길들인 놈이 있어."

스즈는 고개를 끄덕였다.

"그게 좋겠어."

"어디에 살지?"

남자가 사는 곳을 물은 까닭은 기수가 도시 안에 없기 때문이다. 스즈가 자신의 이름과 머무는 여관 이름을 가르쳐주었다.

"그리로 데려가지. 이레쯤 걸려. 사흘 안에 필요하면 삼추를 달리게 해야 하니까 하루는 쓸 수 없어. 주인이 바뀐 직후에는 쉬게 해줘야 하거든."

"이레면 돼."

"절반만 받지. 잔금은 기수를 받으면서 줘."

스즈는 고개를 끄덕였다.

"좋아. 기다릴게."

기다린다는 말대로 스즈는 남은 돈을 아껴 쓰며 여관에서 기수를 기다렸다. 동경하던 요천. 능운산 기슭에 펼쳐진 계단 모양 도시.

감명을 받지는 않았다. 세이슈가 없다는 사실이 그저 슬펐다.

—여기가 요천이야, 세이슈.

올려다본 능운산 산꼭대기에 왕궁이 있다. 그곳에 경왕이 있다. 쇼코를 용인한 어리석은 왕이다.

스즈는 품속의 단검을 쥐었다. 쇼코를 치고, 기수를 타고 재빠르게 요천으로 되돌아가 채왕이 이서한 정권을 이용해 경왕을 알현한다.

어떤 욕설을 퍼부어줄까. 쇼코는, 경왕은, 불행한 경의 아이를 죽였다.

가게 사람의 말대로 삼추는 이레 뒤에 도착했다. 심부름꾼으로 온 남자는 스즈에게 향구香毬를 건넸다.

향구는 향을 넣고 피워 허리띠에 달기 위한 작고 둥근 장식품이었다. 안에는 기상들이 조합한 향이 들어 있다. 기상들은 이 향을 진하게 풍기며 요수를 길들인다. 남에게 팔려가도 요수는 향내에 끌려 의문을 품지 않는다. 그 뒤에 서서히 향의 양을 줄여 주인 냄새를 기억하게 한다.

스즈에게는 흥미 없는 일이다. 스즈를 기억하지 않아도 된다. 요천으로 돌아온 뒤에는 못 타게 되어도 상관없다.

스즈는 사흘 동안 요천에 머물며 삼추를 길들이고 지수향의 척봉으로 돌아가는 여행길에 올랐다.

—세이슈, 곧 원수를 갚아줄게.

쇼코에게도 경왕에게도 세이슈의 고통을 알게 해줄 것이다.

003

아침 일을 마친 요시는 세 사람을 배웅했다. 이쪽 학교는 몇 살까지 학교에 다닌다는 것이 정해져 있지 않아서 란교쿠도 게이케이와 함께 소학小學에 다녔다. 소학에서는 주로 읽고 쓰기와 산수를 가르친다. 세는나이로 일곱 살, 만으로 다섯 살부터 다니게 되어 있지만 졸업 같은 것은 없으므로 어른도 가고, 어른에게 안겨 젖먹이도 간다. 요컨대 사람이 모여 수다를 떠는 대신 좀더 실속 있는 이야기를 하자는 지극히 태평한 장소였다. 사람들이 여에서 이로 돌아와 있는 동안에만 소학에 다니므로 소학도 봄부터 가을에는 문을 닫는다. 그보다 높은 학교에 가려면 소학의 장長인 여서의 추천을 받아야 한다.

요시는 인기척 없는 이가에서 꾸물거리며 고민했다. 스즈라는 소녀를 찾으러 척봉에 가볼까 말까. 요천으로 보낸 한교도 아직 돌아오지 않았다. 그것도 망설이는 이유 중 하나였다. 점심을 준비하면서 어떻게 할까 머리를 굴리고 있던 참이었다.

"요시!"

엔호는 늘 게이케이, 란교쿠와 함께 나가서 같이 돌아온다. 돌아오는 세 사람 중에 게이케이가 맨 먼저 안채로 뛰어들었다.

"어서 와."

"있잖아, 손님이 왔어."

"나한테?"

응, 하고 게이케이가 고개를 끄덕이며 등뒤를 돌아보았다. 란교쿠가 엔호와 함께 들어와서 요시에게 형용할 수 없는 미소를 지었다.

"……진문辰門 근처 영가관榮可館이란 여관에서 기다리겠대."

"여관에서?"

란교쿠가 키득키득 웃으면서 부엌으로 들어왔다. 벽 뒤편으로 요시를 부른다.

"남자야."

요시는 눈살을 찌푸렸다. 머릿속에 떠오른 사람은 척봉의 수상한 여관에서 만난 남자였다.

"혹시 우락부락한 남자야? 키가 아주 크고."

란교쿠가 목소리를 낮추며 웃었다.

"늘씬한 사람이었어."

"그럼 열네다섯 살쯤 먹은?"

큰 남자 아니면 남자를 막은 소년일까 싶었지만 란교쿠는 요시를 가볍게 흘겨보았다.

"너무하네. 어떻게 그이를 잊을 수가 있어? 심복이 왔다고 하면 알 거래."

요시가 눈을 동그랗게 떴다.

"심복이라니 대단하다."

요시가 허둥지둥 손사래를 쳤다.

"마, 말도 안 되는 소리야. 그런 거 아니야."

"어머나, 수줍어하기는. 제법 근사한 사람이던걸? 차림새도 훌륭하고."

"아니래도. 그 녀석은 무슨 소리를 하고 다니는 거야."

"그 녀석? 정말로 친하구나."

란교쿠가 큰 소리로 웃고는 소매를 걷고 우물가로 향했다.

"괜찮으면 바로 가봐. 오늘밤에 못 돌아오면 연락해."

"……역시 너였구나."

요시가 말하고서 여관 객실로 들어갔다. 거실에 앉아 있는 새치름한 얼굴을 노려보았다.

상대방은 조금 어리둥절해하며 눈을 크게 뜨고 고개를 갸웃거렸다. 이내 정중하게 고개를 숙인다. 감아서 늘어뜨린 천이 어깨 너머로 흘러 떨어졌다.

"불러서 죄송합니다."

평소보다 소박한 편이기는 하지만 확실히 차림새는 훌륭하다. 관복으로 나올 수는 없었을 테니 당연하다만.

"정말 당치도 않는 방법으로 불러내는구나."

"예?"

안내해준 여관 종업원이 의미심장한 시선을 던지며 나간다. 말도 하지 않았는데 거실 문을 닫고 가서 요시는 깊은 한숨을 내쉬었다.

"됐어."

한숨 섞인 대답을 하며 의자에 앉았다. 발치에서 쿡쿡하고 웃음소리가 들렸다.

"한쿄로군. 한쿄를 보내면 됐으련만."

"이가가 어떤 곳인지 보고 싶었습니다. 괜한 짓을 한 것입니까?"

"상관은 없는데. 그보다 무슨 일이지? 네가 일부러 걸음할 줄은 몰랐어."

게이키는 무릎 위의 문서궤에서 종이 다발을 꺼내 탁자 위에

가지런히 놓았다.

"옥쇄는 가지고 계십니까?"

"뭐야, 그런 거였어?"

요시가 쓴웃음을 지으며 고개를 가로저었다.

"그런 거면 말해줘야지. 가지고 오지 않았어."

"그럼 서면을 맡길 테니 내일 한쿄를 통해 보내주십시오."

"알겠어."

요시는 서면을 문서궤째로 받아들었다. 모든 것을 게이키에게 맡기겠다고 했지만 고관대작에게 내리는 명령에는 왕의 옥쇄가 필요하다. 지면을 슥 넘기며 훑어본다. 요시는 한문을 읽지 못하므로 정말로 보기만 할 뿐이다. 내용을 이해하기 위해서는 게이키가 읽어주어야 한다.

"이가는 어떠십니까?"

"응? 좋은 곳이야. 엔호도 좋은 분이고, 이가의 아이들도 착하고."

"그런 것 같더군요. 잘되었습니다."

"신경쓰이는 점이 있기는 하지만……."

요시가 중얼거리자 게이키는 "그 일 말입니다만" 하고 목소리를 낮추었다.

"말씀하신 쇼코에 대해서 우선 관적官籍으로 관에 물어보았더니 화주 지수향, 향장으로 악명 높은 인물이더군요."

"화주는 문제가 있군. 주후 가호도 그렇고 쇼코도 그렇고."

"분을 넘는 일도 많아서 처벌하고자 제관이 애를 쓰고 있사오나 가호의 비호를 받고 있는데다 번번이 그가 감싸는 통에 그럴 수가 없습니다."

"엔호는 가호를 꼬리 없는 짐승이라고 불렀어."

"그렇습니다."

"다행히 지수는 가까워. 향장인 쇼코에 대해서는 상황을 조금 살펴보지. 화주 주도에도 한 번쯤 가볼까."

"너무 위험한 일은……."

"하지 않을게. 충분히 주의할게."

게이키는 요시를 흘끔 보았다.

"정말이십니까? 비린내가 납니다."

"뭐?"

요시가 허둥지둥 겉옷 냄새를 맡았다.

"피 냄새겠지요. 주상께서 무슨 일을 하신 것은 아닌 듯합니다만."

"그래. 사고를 맞닥뜨렸을 뿐이야. 어제 일인데 아직 냄새가 나?"

"원한이 담긴 피는 아니라 아주 희미합니다만. 정말로 조심하시지 않으면 곤란합니다."

원한이 담긴 피, 요시는 쓴웃음을 지었다. 위왕과 싸우는 동안 게이키에게 곧잘 들은 말을 떠올렸다. 설령 대의가 있더라도 사람을 죽이거나 죽이라고 명령하면 흐른 피는 원한을 품고 요시에게 들러붙는다. 기린은 실제로 피에 약하기도 하지만 원한이 담긴 염念 또한 기린을 괴롭힌다.

"……조심할게."

게이키는, 기린은 비린 음식을 먹지 못한다. 받아들이지 못하는 것은 아니나 기름으로 볶거나 튀긴 음식조차 몸에 해를 끼친다. 엔키 로쿠타는 봉래로 흘러간 기린이 오래 살지 못하는 이유가 그 탓일 것이라고 했다. 왕이 없는 기린의 수명은 삼십 년 전후로 짧다. 봉래로 흘러간 기린의 수명은 그 삼분의 일밖에 되지 않는다.

기린은 그런 생물이다.

"정말로 조심할 테니까……."

"그리 부탁드립니다."

"요천의 상황은 어때?"

요시가 애써 밝게 묻자 게이키는 떨떠름한 얼굴을 했다.

"역시 주상께서 계셔야 합니다."

게이키는 가볍게 한숨을 내쉬었다.

여전히 권력을 다투는 관리들이 조정을 양분하고 있다. 필두인 전 총재 세이쿄가 실권을 잃고 반대파의 수장인 태재가 죽었다지만 상황은 달라지지 않았다. 큰 권력이 없으니 그들의 관심이 통치보다 세력 다툼으로 쏠려버린 감도 있었다.

어떤 이는 그럴싸하게 떠든다. 왕은 시해가 두려워 봉래로 돌아갔다고. 어떤 이는 안국에 보호를 요청했다고 하고, 또 어떤 이는 사실은 내궁 깊숙한 곳에 숨어 있다고 하고, 심지어 도망친 전 맥주후 고칸이 왕을 납치했다고 하는 자도 있는 형편이었다. 어떻든 공통점은 옥좌를 내팽개친 왕을 향한 비난과 두 번 다시 왕이 옥좌로 돌아올 일은 없지 않을까 막연히 의심하고 있는 부분이었다.

게이키의 말에 요시 역시 한숨을 쉬었다.

"그렇군."

"조정이 제 뜻대로 되지 않는 데에 속을 태우고 연왕께 청하여 안국에서 관료를 부를 작정이라고 떠드는 자도 있습니다."

"뭐야?"

요시가 눈을 부릅떴다. 입술을 살짝 깨물고 이내 씁쓸하게 웃었다.

"……그래, 나는 연왕의 원조가 없으면 아무것도 하지 못한다고들 생각하는 거군."

사실이었지만, 의존하고 있다고 여겨지는 것은 분하다.

"그럴 리는 없다고 생각합니다만, 그 같은 마음은 없으시겠지요?"

요시는 어깨를 움찔하고는 게이키를 보았다.

"어째서 굳이 그것을 묻지?"

녹색 눈동자에 강인한 기색이 떠올랐다.

"확인할 필요가 있는 일인가?"

게이키는 주인이 무엇을 꾸짖는지 깨닫고 저도 모르게 눈을 피했다. 요마의 시선도 끄덕없건만 주인의 시선은 똑바로 볼 수가 없었다.

"너만은 나를 믿어주어야 해."

"……죄송합니다."

"가장 나를 믿지 못하는 사람은 나 자신이니까. 누군가 의심하지 않더라도 나만은 내가 왕이 될 자질이 있는지 의심하고 있어. 의심이 지나쳐 도를 잃은 왕도 있겠지. 그러니까 설령 온 세상 모든 사람이 나를 의심해도 너만은 나를 믿어야 해."

"예" 하고 고개를 끄덕인 심복을 보고 요시는 손에 든 서면을 펼쳤다.

"게이키는 서둘러 돌아가야 하나?"

"너무 서둘러 돌아가면 여러모로 지장이 있겠지요. 저는 안국에 간 걸로 되어 있사오니."

요시가 피식 웃었다.

"그랬지. 그럼 게이키도 척봉에 한번 가보겠어?"

"척봉이라면 지수향입니까?"

"그래."

요시가 대답했다.

"화주의 주도…… 뭐라고 했더라."

"명곽明郭 말입니까?"

"응. 명곽에 가보고 싶어. 명곽에 가서 척봉을 들여다봐야겠어. 화주 상황을 알고 싶어. 괜찮으면 길을 안내해줄래?"

"하오나……."

게이키가 말을 흐리자 요시는 선명한 빛깔의 눈을 들었다.

"게이키도 봐두면 좋겠어. 왕궁에서는 절대로 보이지 않을 경의 모습을."

"예."

"그러면 이걸 해치울까. 미안하지만 읽어주겠어?"

004

"엔호."

요시가 말을 걸고 글방 가리개 바깥에서 멈추어 서자 안에서 점잖은 대답 소리가 들렸다.

"요시인가. 무슨 일인가."

"실례하겠습니다."

요시는 글방 안으로 들어갔다. 엔호는 창가 서탁 앞에 앉아 이쪽을 돌아보았다.

"죄송하지만 잠시 공부를 쉬고 싶습니다."

"상관없네. 이번에는 어디에 가시는가?"

조용히 간파당해서 요시는 쓴웃음을 지었다.

"화주의 주도까지 가볼 참입니다."

"명곽인가. 화주가 신경쓰이나."

"신경쓰입니다."

요시는 솔직히 대답했다.

"란교쿠는 화주로 배당받을 바에야 일단 누군가와 결혼하겠다고 했습니다. 결혼해서 헤어지는 편이 낫다고요. 사람들이 그토록 꺼리는 화주의 상황이 신경쓰입니다. ……되도록 그런 일을 하지 않았으면 좋겠어요. 란교쿠도 좋아서 하는 일은 아닐 테죠.

그래야만 할 사정이 이 나라에 있기 때문에…….”

느닷없이 엔호가 웃음을 터뜨리는 바람에 요시는 어리둥절해서 눈을 크게 떴다.

“엔호?”

“그래, 왜의 혼인에는 융통성이 없던가.”

엔호가 요시를 손짓으로 불렀다. 평소처럼 요시는 엔호 옆 의자에 앉았다.

“그런 연민은 그만두시게. 이쪽에서는 혼인은 그다지 중한 일이 아니야. 왜에서는 어째서 혼인을 하지?”

“……혼자서는 외로우니까.”

“그렇다고 혼인할 필요는 없지. 확실히 살아가면서 배우자가 없다면 외로울 게야. 그러니까 인간은 함께하지. 이쪽에서는 야합野合이라고 하네만.”

“으음, 아이가 태어나면 곤란하니까…….”

“여기서는 이목에 바라지 않는 한 자식은 생기지 않아. 이목에 기도드리기 위해서는 혼인할 필요가 있지. 혼인하지 않았다면 이사里祠에서 허가를 내려주지 않으니까 말일세. 단순히 반려만 원한다면 혼인할 필요는 없지.”

“아아, 그렇군요…….”

“아이를 원한다면 혼인하네. 필요 없다면 야합으로 충분하지.

다만, 아이를 바라기 위해서는 부부가 함께 같은 이사 아래, 다시 말해 한마을에 살아야 해. 그리 정해져 있기 때문이지. 그래서 혼인하면 마을을 옮기지. 한쪽이 있는 마을로 다른 한쪽이 이동하는 게야. 헤어진다고 해서 원래 살던 마을로 돌아갈 필요는 없지. 그래서 자신이 있는 마을이 고된 사람은 다른 살기 좋은 마을에서 짝을 찾아."

"그렇게 나라를 이동할 수도 있나요?"

"할 수 있지만 그러기 위해서는 먼저 같은 나라 호적을 얻어야 하네. 타국 사람과는 혼인할 수 없으니까. 이것만은 태강으로 정해져 있어 어찌할 수가 없지. 아이를 바라는 자는 같은 마을의 혼인한 부부여야만 한다, 혼인하는 이들은 반드시 그 나라 남녀여야 한다고 말이지."

"왜 그럴까요……?"

글쎄, 하고 엔호가 쓴웃음을 지었다.

"그 까닭은 이목이나 천제께 여쭈어보는 수밖에 없겠지. 어쩌면 왕이 그 나라에서 난 자가 아니면 안 된다는 이치와 관계가 있는지도 모르고. 일찍이 타국 사람과 혼인을 인정한 왕도 있었던 모양이지만 그 부부가 이목의 가지에 끈을 두르려 해도 결코 묶이지 않았고 아이를 점지받지도 못했기에 결국 폐지할 수밖에 없었다고 하네. 세상의 섭리인지도 모르지."

"신기하네요."

요시가 중얼거리자 엔호는 슬며시 웃었다.

"왜에는 신이 계시지 않지. 그러나 이곳에는 천제가 계시네. 천제가 세상의 섭리를 정한 게야. 태강의 첫째를 아시는가?"

"천하는 인도로 다스릴 것?"

"그렇지. 이에 거슬러 백성을 학대할 수는 있지만 반드시 이를 거스른 보복이 따르지. 그와 같이 태강에 거슬러 법을 세울 수는 있지만, 그것은 절대로 제대로 작용하지 않게 되어 있어. 세상의 이치가 있으니 그에 따라 태강이 짜여 있는 것인지, 전설에서 말하듯이 천제께서 태강을 내리신 것인지는 분명치 않네만."

"……그렇군요……."

요시는 새삼 신기한 세계라고 생각했다.

"자네에게 들은 이야기로 보면 왜의 혼인은 집안을 지키기 위해, 결국 혈통을 분명히 하기 위한 제도일 테지. 그러나 이쪽에는 집안 같은 것이 없어. 이쪽에서는 자식이 스무 살이 되면 집을 떠나지. 아무리 부유한 자라도 재산을 자식에게 물려줄 수 없네. 본인이 환갑이 되면 토지도 집도 나라에 돌려주어야 해. 바라면 죽을 때까지 가지고 있을 수도 있지만 사후에 이것을 누군가에게 남길 수는 없지. 모은 재산만은 반려자에게 남길 수 있지만 이는 부부가 이룬 재산이기 때문이야. 남편이 죽으면 아내에게 남기지만 아내가 죽으면 이것도 나라에서 거두어가지. 반대로 제아무리 가난한 자라도 먹고살 수 없어지면 나라가 먹여주게 되어 있어."

"……그럼 왜 아이를 가지죠?"

엔호가 웃었다.

"하늘은 부모의 인품을 보고 아이를 내린다고 하던가. 요컨대 부모가 된다는 것은 하늘에 인품을 인정받았다는 이야기일세. 밤에 아이의 영혼이 빠져나가 오산으로 날아가 천제께 부모에 대한 보고를 한다고 하네. 인간은 사후에 그에 따라 심판을 받는다지."

"아주 종교적인 일인가요?"

"수도修道에 가깝다고 하는 편이 옳겠지. 아이를 점지받고 그 아이를 훌륭하게 키우는 것이 사람에게 도를 닦는 일인 게야. 실제로 아이를 가져도 좋은 일은 그리 없어. 키우는 데 품이 들고 돈이 들지."

"그런 주제에 스무 살이 되면 집을 나가버리는 거군요."

"그런 것이지. 그러니까 부모는 아이에게 정성을 다하지. 아이에게 천대받는 것은 하늘의 천대를 받는 것이네. 아이를 통해 하늘을 섬기는 게지."

"그렇군요……."

"자네에게는 신기하겠지. 혈통이 이러쿵저러쿵하는 사람도 없어. 자네가 말하는 혈통에 해당하는 것은 동성일까. 혼인하면 한쪽이 다른 쪽 호적에 들어가지. 본인들의 성은 바뀌지 않지만 호적이 한쪽으로 통합되는 게야. 아이는 반드시 통합된 호적에 있는 성을 물려받지. 여기에는 의의가 있네. 하늘이 천명을 바꿀 때 동성인 자가 천명을 받는 일은 없기 때문이지."

"예에……."

"선대 경왕, 여왕予王의 본성은 조舒였지. 따라서 자네 부모의 성은 조舒는 아닐 게야. 교국으로 말하면 요전에 붕어한 왕이 조張였지. 그러니까 다음 왕의 성은 조張가 아니네. 방국의 왕도 붕어했는데, 이자의 본성은 손孫. 다음 봉왕의 성이 손孫이 아닌 것만은 확실한 게야."

"그렇군요. 그렇다면 제 친구가 다음 각왕塙王이 될 일은 없겠군요."

"성이 조張라면 과거 사례로 보아 있을 수 없지. 이는 어찌할 수 없는 섭리네. 성은 태어날 때에 받아 이후 바뀌지 않아. 부모가 이혼했다고 해서 변하거나 하지 않고, 자신이 혼인해도 바뀌지 않지. 따라서 사람은 따로 고유의 씨氏를 가지지. 성에는 그 정도 의미밖에 없으니까."

"왜의 상식과는 완전히 다르네요."

"그러하겠지."

엔호가 맞장구를 치며 웃었다.

"왜에서는 일단 혼인하면 그 관계를 완고하게 지키는 모양이지만, 이쪽 사람은 이혼하고는 혼인하는 일이 잦아. 다른 사람 아이라도 꺼리지 않고 길러. 아이가 딸린 재혼은 환영받지. 아이가 많을수록 반겨. 부모 될 자격이 있으니까, 난사람이라 이거지."

"그렇군요."

"굳이 자식을 원하지 않는 자도 있지. 그런 사람은 혼인할 필요가 없으니 야합으로 해결한다네. 혼인하면 번잡한 절차가 많이 따라다니니까 자식을 포기한 사람은 야합으로 납득하는 게야. 계속 따로 사는 사람도 많으니까, 먼 곳에 사는 사람과 야합하면 겨울이 아니고서는 자칫 반려자를 만나지 못하기도 하지."

"그렇겠네요."

"부부가 모두 관리라면 문제는 더욱 심각하네. 관리가 되면 당연하지만 이동이 있지. 혼인하면 부부를 떨어뜨리지 않으니까 당연히 승진의 길이 제한되네. 이것을 꺼려 혼인하지 않는 자도 많아."

"그런 거였군요……."

그러고 보니 관리 중에는 독신자가 많다. 결혼한 사람은 대부분 반려가 관리가 아닌 자다.

“이쪽 사람에게 혼인이란 그 정도의 일이네. 아이를 바라면 의의가 있지만 아이를 얻을 생각이 없으면 별 의미가 없지.”

요시는 그러냐며 한숨을 내쉬었다. 지금 란교쿠에게는 아이를 얻는 것보다 어디로 배당받을지가 더 문제인 것이다.

“정말로 특이하네요.”

요시는 중얼거리고는 불현듯 고개를 갸웃거렸다.

“저는 결혼할 수 있나요?”

엔호가 쓴웃음을 지었다.

“왕은 사람이 아니니.”

“그렇군요…….”

“이미 혼인했다면 모를까 일단 옥좌에 오르면 이후에는 혼인할 수 없지. 왕이라면 야합이 되겠구먼. 따라서 자식도 얻지 못하네. 야합한 반려자에게 왕후, 태공의 작위를 주어 공표한다면 혼인한 것이나 진배없네만. 그러나 자네에게는 백성이라는 자식이 있어. 아이를 통해 하늘을 섬긴다는 의미는 다르지 않지.”

“그러네요.”

엔호는 대답하는 요시를 향해 웃었다.

“어디든 가보시게. 자기 자식 일이니 잘 봐두는 것이 좋을 게야.”

요시가 고개를 끄덕였다.

"그럼 내일부터 잠시 이가를 비우겠습니다."

요시는 침상에 누워서 멍하니 허공을 쳐다보았다.

—백성이 자식. 자식을 통해 하늘을 섬긴다.

요시는 고국에서 따로 신을 믿지 않았다. 천제라는 신을 받드는 마음은 제 것으로 소화할 수 없었다. 신을 섬긴다는 말이 멀게 느껴진다.

깊이 한숨지었을 때 갑자기 어딘가에서 긴장한 목소리가 들렸다.

"주상, 사람이 있습니다."

"……뭐?"

실례하겠다는 말을 남기고 사라진 한쿄의 기척은 얼마 지나지 않아 돌아왔다.

"이가 주위를 다섯 명쯤 되는 남자들이 둘러싸고 있습니다."

요시가 몸을 일으켰다.

"누구지?"

"모르겠습니다. ……아아, 사라졌습니다."

"미행해."

"분부 받들겠습니다."

그렇게 대답하고 나간 한교는 이튿날 이른 아침에야 돌아왔다.

"북위에서 하룻밤을 보내고 성문을 나갔습니다. 척봉으로 가는 마차를 찾고 있었습니다."

요시는 행장의 가죽끈을 묶었다.

"아무래도 다시 한번 척봉에 갈 수밖에 없겠어."

12
장

001

"누나."

묵을 곳을 물색하고 있는데 느닷없이 뒤에서 누가 자신을 불렀다.

삼추가 있으니까 마구간이 있는 숙소여야 한다. 기수를 훔치는 것은 큰 죄지만 고가인 탓에 도둑이 근절되지 않는다. 기수를 판 사람이 그렇게 가르쳐주었다. 그리 비싸 보이지 않고 마구간이 있는 여관이 분명히 있었던 것 같아, 이전에 척봉에서 묵었던 숙소 근처를 돌아다니고 있던 참이었다.

돌아보니 오가는 사람들 사이로 일전에 무덤가에서 만난 소년이 있었다.

"너……."

소년은 폐문 전의 인파를 헤치고 스즈 곁으로 달려왔다.

"돌아왔어? 왜?"

스즈가 고개를 갸웃했다.

"왜냐니?"

"어딘가로 갔었잖아. 여관을 나온 것 같기에 척봉을 나간 줄 알았는데."

스즈는 셋키라고 했던 것 같은 소년의 이름을 떠올렸다.

"내가 묵은 곳을 어떻게 알았어?"

셋키와 만난 날, 셋키는 스즈를 숙소까지 배웅해주지 않았다. 큰길에서 헤어졌다.

셋키는 겸연쩍어하며 목을 움츠렸다.

"아, 미안. 누나를 뒤쫓아갔어."

"어째서."

"신경쓰였으니까. 누나가 쇼코에게 무슨 짓을 하지 않을까 싶어서."

스즈는 움찔했다.

"……그럴 리가 없잖아."

"그러면 됐지만. 누나 기수야? 사 왔어?"

"맞아. 마차 여행에 질렸거든. 이제 마차에 태워야 하는 환자도 없고.”

스즈가 씁쓸하게 웃었다. 셋키는 그러냐며 눈을 내리떴다.

“마침 잘됐다. 너, 마구간이 있는 저렴한 여관 아는 데 없니?”

이제 스즈의 주머니는 가볍다. 마구간이 있는 여관이라고 어디든 괜찮은 상황이 아니었다.

셋키는 눈을 휙 들었다.

“우리집이 여관을 해. 더럽지만. 마구간은 없어도 뒷마당에 이 기수 정도는 둘 수 있어. 괜찮아, 우리집 물건을 훔쳐갈 만한 녀석은 없으니까.”

셋키는 스즈의 손을 잡아끌었다.

“숙박비는 됐으니까, 묵고 가.”

셋키의 집은 상당히 허름한 구역에 있었다. 길에 무리 지은 남자들이 스즈와 삼추를 꽤나 의미심장한 눈으로 지켜본다.

“……괜찮은 거야? 어째 위험한 곳 같은데.”

스즈가 삼추를 끌면서 묻자 셋키는 싱긋 웃었다.

“걱정하지 마. 아, 저기야.”

스즈는 셋키가 가리킨 곳을 보았다. 작고 낡았지만 깨끗한 여관이었다. 셋키는 잰걸음으로 입구 옆으로 가서 울타리 쪽 문을 열고 손짓으로 스즈를 불렀다.

"이쪽이야. 이리로 들어와."

들어간 곳은 크고 작은 나무통이 놓인 골목 같은 통로였다. 그 곳을 지나가자 작은 마당과 채소밭이 나왔다. 셋키는 채소밭 울타리를 가리켰다.

"저기에 묶어둬. 이 녀석은 뭘 먹지?"

"평범한 여물이나 목초면 된대."

"어디서 조달해 올게. 우선 물을 줘야지."

셋키는 우물로 달려가 두레박을 떨어뜨렸다. 그때 뒷문이 열리더니 올려다보아야 할 만큼 커다란 남자가 모습을 드러냈다.

"셋키, 저기 저 대단한 물건은 뭐야."

남자는 스즈를 보고는 미심쩍은 표정을 지었다. 셋키는 두레박을 올리면서 남자에게 웃어 보였다.

"이 손님 기수야. 우리집에 묵을 거야. 말했지, 전에 무덤에서 만난 사람."

남자가 알아듣고는 입가를 씩 누그러뜨리며 호감 가는 미소를 지었다.

"아, 그래, 큰일을 치렀다고. 아무튼 들어와. 다 쓰러져가는 여관이지만."

"당신도 이 여관 사람이야?"

남자는 스즈를 주방으로 들이더니 앉으라고 권했다. 얌전히 앉자 남자는 큰 냄비에서 국자로 뜨거운 물을 퍼서 찻잔에 담아 스즈 앞에 내었다. 손님 접대가 상당히 얼렁뚱땅했다.

"내가 주인으로 되어 있어. 실제로는 셋키가 꾸려가고 있지만."

"동생이야?"

"그래. 영특한 동생에게 부려먹히고 있다는 게 맞아."

남자는 큰 소리로 웃었다.

"나는 고쇼虎嘯라고 하는데, 그쪽은?"

"오키 스즈."

"특이한 이름이로군."

"해객이니까."

"그래?"

남자가 눈을 동그랗게 떴다. 스즈도 내심 놀랐다. 스스로도 해객이라고 털어놓으면서 아무 감정도 동하지 않았다. 돌이켜보면 해객이라고 말할 때마다 스즈는 무언가를 기대해왔다.

"그거 고생했겠구나."

스즈는 고개를 내저을 뿐이었다. 방황하는 괴로움은 사소한 일이다. 스즈는 지금 건강하고 부모를 잃은 것도 고향에서 쫓겨난 것도 아니다. 적어도 아직 살아 있다. 그렇게 여겨졌다.

"형, 이런 곳에 손님을 앉히면 안 되지."

주방으로 들어온 셋키가 고쇼를 가볍게 노려보았다.

"뭐, 상관없잖아."

"상관있어. 됐으니까 형은 어디서 여물이나 목초를 얻어 와."

고쇼는 알겠다고 흔쾌히 대답하더니 스즈를 향해 웃고는 주방을 나갔다. 셋키는 그 모습을 지켜보더니 슬며시 한숨을 쉬었다.

"미안. 형은 정말로 대충대충이라니까."

"됐어. 그보다 미안해. 목초를 찾으려면 고생이지 않아?"

"괜찮아."

셋키가 웃었다.

"객실로 안내해줄게. 더럽지만 눈감아줘."

이런 곳에 있는 여관인데 손님이 아예 없지는 않았다. 객실은 네 개 정도지만 스즈가 있던 사흘 동안 손님이 줄줄이 드나들었다. 1층 식당에 무리 지은 남자들은 더욱 많았다. 그다지 풍채가 좋지 않은 남자가—가끔은 여자가—항상 자리잡고는 숙덕거리며 이야기에 열을 올렸다. 뒷마당으로 이어지는 골목을 낀 집 쪽에도 손님이 드나드는 모양이었다.

—이상한 여관이야.

스즈는 그렇게 생각하면서 짐을 정리하고 생각 끝에 얼마 들지 않은 지갑을 행장 위에 두었다. 가늘고 길쭉한 꾸러미만 어깨에 지고 어둠이 깔린 뒷마당에서 삼추에 안장을 올렸다.

"이런 시간에 외출하려고?"

건물 쪽에서 뒷마당으로 나온 고쇼가 물어서 스즈는 고개를 끄덕였다.

"응. 잠깐 산책 좀 하고 올게."

"성문은 닫혔어. 어디 가는 거지?"

스즈는 이 물음에 대답하지 않았다. 고쇼는 고개를 기울인 채 스즈를 가만히 보더니 조심하라고 했다. 주방 등불의 불빛이 비쳐, 가볍게 들어올린 손에서 반지가 희미하게 빛났다. 스즈는 고개를 끄덕이고 고삐를 쥔 채 통로를 따라 바깥으로 향했다.

—맞아, 사슬이야.

삼추에 올라타면서 스즈는 생각했다. 고쇼가 끼고 있는 가는 반지는 둥근 사슬로 만든 고리다. 가는 철을 반지만 한 크기로 둥글게 말아서 엮어 쇠고리 모양 띠를 만든다. 여유가 별로 없는 계층 사람들이 허리띠에 매달아 장식하는 모습을 본 적이 있었다. 그 사슬을 분해해 고리를 손가락에 끼운 것이다. 그러고 보니 그런 짧은 사슬이 주방 구석에 무슨 주술처럼 걸려 있었다.

—셋키도 끼고 있었어.

셋키뿐만이 아니다. 이따금 객실 복도에서 만난 남자도 식당에 무리 지은 남자도, 어쩌면 여관에 드나드는 사람 대부분이, 또는 모두가.

무언가 기묘한 것을 발견한 것만 같아 석연치 않은 마음으로 큰길로 나왔다. 이미 밤이 깊어 길을 걷는 술 취한 사람마저 얼마 없는 시간이었다.

도시 중앙에는 향성이 있다. 향 같은 관청이 성벽 안쪽에 있다. 그 성벽 주위를 한 바퀴 도는 내환도內環途 동쪽으로 으리으리한 저택이 있었다.

—쇼코. 지수향의 향장, 척봉의 짐승.

향장이라면 향성 내성에 관저가 주어진다. 쇼코는 관저 외에도 척봉에 커다란 집을 두 채 가지고 있다. 그리고 척봉 바깥, 공한지 일곽에는 거대한 저택이 있다.

스즈는 요사이 도시를 돌아다니며 쇼코가 근래 세 채의 집 중에 내환도 근처 저택에 머문다는 사실을 알아냈다. 공한지에 있는 저택은 오로지 손님을 불러 여흥을 탐닉하기 위해 쓰이는 모양이었다. 쇼코가 지금 내환도 근처 저택에 있다는 것은 그 짐승이 향성에서 흉계를 꾸미고 있음을 뜻했다. 어떤 파렴치한 꿍꿍이인지는 모르지만 그것이 지수 사람들을 괴롭히리라는 것만은 확실했다.

스즈는 그 집을 차가운 시선으로 흘끔 보고서 삼추를 타고 도시 구석으로 향했다. 인기척 없는 도관[•]과 절이 줄지은 부근에서 삼추에서 내려 문이 닫힌 도관 앞 눈에 띄지 않는 곳에 앉았다.

—기다려, 세이슈.

스즈는 품속에 손을 집어넣었다. 치마저고리 허리띠에 꽂아 놓은 단검을 슬쩍 잡았다.

요마를 베는 칼이 신선의 몸도 찢어발겨준다. 이미 삼추가 도시를 둘러싼 곽벽을 뛰어넘을 수 있다는 사실을 확인해두었다. 곽벽을 넘을 수 있다면 저택 담장을 넘기는 손쉬우리라. 집주인이라면 저택 안쪽에서 쉬겠지. 실제로 내환도에 면한 그 저택 안쪽에는 사치스러운 누각이 있었다.

—우리의 원한을 뼈저리게 깨닫게 해주마.

스즈는 무릎을 세게 끌어안았다.

002

깊은 밤, 스즈는 삼추를 끌고 내환도로 향했다. 쇼코의 저택

• 도교 사원.

옆 샛길을 돌아 뒤쪽으로 나가 장벽 안쪽 누각을 올려다보았다.

장벽을 넘어 누각으로 달려 들어가 쇼코를 덮치고 도시를 뛰쳐나온다. 곧장 요천으로 가서 경왕을 면회한다.

—용서할 수 없어. 쇼코도 경왕도.

스스로를 설득하듯 되뇌고 삼추에 타려고 고삐를 고쳐 쥐었을 때였다. 그 손을 잡은 손이 있었다.

"……안 돼."

스즈가 펄쩍 뛰며 반사적으로 물러나는 바람에 삼추에 부딪혔다. 삼추가 불만 어린 소리로 나직하게 울었다. 뒤돌아본 곳의 사람 그림자, 큰 키와 바위 같은 어깨선.

"고쇼."

스즈의 등뒤에서 나타나 그녀 손에서 고삐를 빼앗은 사람이 있었다. 숙소에서 이따금 본 남자였다.

"어떻게……."

고쇼와 그 남자만이 아니다. 넓지 않은 길의 야음 곳곳에 남자들이 숨어 있었다.

고쇼는 스즈의 손을 가볍게 다독였다.

"당연하지만 안에는 쇼코만 있는 게 아니야. 호위병이 널려 있어. 그놈들을 전부 베어버릴 수 있어?"

고쇼는 나직하게 말하고 스즈의 손을 잡아끌었다.

“돌아가자.”

“싫어. 내버려둬.”

고쇼가 스즈를 응시했다.

“네가 우리 여관에 묵었다는 사실이 쇼코에게 알려지면 우리도 쇼코에게 처형당하겠지.”

스즈는 화들짝 놀라 고쇼를 쳐다보았다.

“눈 시퍼렇게 뜨고 순순히 죽을 마음은 없지만 그렇게 되면 이래저래 곤란해.”

“난…….”

스즈는 장벽 너머의 누각과 고쇼를 번갈아 보았다. 셋키나 고쇼에게 폐를 끼치는 것은 바라는 바가 아니지만 눈앞에는 원수의 집이 있다.

고쇼는 스즈의 어깨를 살짝 흔들었다.

“네 심정은 알았어. 그러니까 같이 돌아가자.”

여관 앞에는 사람이 모여 있었다. 스즈가 고쇼 일행과 함께 돌아오자 사람들 속에서 등불을 들고 있던 셋키가 달려왔다.

“누나, ……다행이다.”

마찬가지로 다행이라는 목소리가 사람들 사이에 가득해서 스즈는 고개를 떨어뜨렸다. 고쇼가 스즈의 어깨를 다시 한번 다독였다.

"다들 미안. 손님을 데리고 돌아왔다."

모인 사람들이 안도한 듯이 떠들썩하게 소리치며 한 사람 두 사람 자리를 떴다. 가면서 스즈를 가볍게 두드리는 손이 여럿 있었다.

"무사해서 다행이야."

"성급하게 생각하지 마."

"정말이지 간이 오그라들었어."

스즈의 경솔함이 고쇼 형제에게 폐를 끼친다. 그것을 나무라는 것은 아닌 듯한 목소리에 스즈는 당황하며 삼삼오오 자리를 뜨는 사람들을 지켜보았다.

"자, 들어가자."

고쇼가 재촉하는 통에 스즈는 여관 식당으로 떠밀려 들어갔다. 남자 중 한 사람이 삼추를 뒤쪽으로 끌고 갔다.

안에는 남자들이 여럿 있었고, 거기에 더해 남자 열 명 정도가 스즈와 함께 식당으로 들어왔다. 스즈를 의자에 앉히고, 주방으로 후다닥 들어간 노인이 그녀 앞에 따뜻한 김이 오르는 찻잔을 가져다주었다. 정신이 들고 보니 뼈 마디마디가 얼어서 이가 덜덜 떨렸다. 스즈는 양손으로 찻잔을 감싸쥐어 곱은 손을 덥혔다.

고쇼가 탁자 위에 손을 얹고 스즈를 내려다보았다. 손가락에 끼워져 있는 쇠로 된 고리가 보였다.

"이봐, 쇼코가 밉나."

스즈는 반지에서 시선을 떼었다. 고쇼를 올려다본다.

"……미워."

"쇼코를 미워하는 놈은 너 혼자가 아니야. 놈도 자신이 미움받는 것쯤은 알고 있어. 너, 무기를 지니고 있는 것 같은데 다루는 법은 알아? 정말로 자신이 쇼코를 어떻게 할 수 있을 거라고 생각해?"

"그건……."

"그 집에 소신(호위)이 몇 명이나 있는지 알아? 쇼코 곁에 가려면 얼마나 많은 놈들과 싸워야 하는지 말이야."

스즈는 고개를 떨어뜨렸다.

"스즈로는 무리야. 울컥해서 쳐들어간다고 해치울 수 있는 상대가 아닌걸."

"그렇지만……!"

고쇼는 눈가를 누그러뜨렸다.

"확실히 그 아이는 가여웠지……."

스즈가 고쇼를 쳐다보았다. 모습이 일그러졌다. 눈 깜빡할 사이에 치밀어 오른 것이 넘쳐서 볼에 흘러 떨어졌다.

"세이슈……는…… 몸이…… 안 좋았어."

스즈는 흐느꼈다.

“죽일 필요, 없었잖아. 경에서 쫓겨나 간 교에서 살던 땅을 잃고 도망칠 수밖에 없었어. 아버지가 눈앞에서 요마에게 먹히고 어머니도 돌아가시고. 요마가 공격했을 때 다친 상처 때문일 거야. 많이 아팠어. ……그렇게 조그마한데 너무나 괴로워 보였어.”

“그랬구나…….”

고쇼는 스즈의 깍지를 꼭 낀 손을 두드렸다.

“병을 고치려고…… 요천으로 가는 길이었어. 아침마다 무척 괴로워하고, 점점 안 좋아지기만 하고, 몸보신될 만한 음식을 먹여도 전부 토해버리고……. 바싹 야위어서 똑바로 걷지도 못하고…… 눈도 잘 안 보였어.”

뜨거운 눈물이 얼어붙은 볼을 태운다.

“두고 가지 말걸. 여관을 찾을 때 업고 갈걸 그랬어. 그러면 죽지 않았을 텐데…….”

깡말라서 무척 가벼웠을 텐데.

“……이따위 도시 오지 말걸 그랬어. 더 빨리 다른 곳에서 의원에게 데려갔더라면…….”

“누나는 자신이 미운 거구나.”

갑작스러운 말에 스즈는 셋키를 바라보았다. 스즈의 옆자리에 앉은 셋키는 스즈를 응시하고 있었다.

"쇼코보다 자신이 미웠던 거야. 쇼코를 벌하고 싶은 것이 아니라 자신에게 벌을 내리고 싶었던 거구나."

스즈가 눈을 깜빡거렸다.

"……맞아."

눈을 깜빡일 때마다 눈물이 넘쳐흐른다.

"두고 가지 말걸. 이런 도시로 데려오지 말걸. 내 탓이야. 내가 세이슈를 데려오는 바람에……!"

달콤한 꿈에 끌어들여 세이슈를 죽게 했다.

"죽고 싶지 않다고 했어. 그렇게 건방진 말만 하던 애가 죽는 게 무섭다고 울었어. 하지만 죽어버렸어. 나 때문에. 이제 되돌릴 수가 없어. 사과하지도 못하고 용서받을 수도 없어……."

스즈는 엎드려 울었다.

"세이슈는 용서해줄 거야. 그런 아이인걸. 하지만 나는 용서 못 해!"

"누나가 아무리 애써도 죽은 사람은 살아 돌아오지 않아. ……유감이지만."

"하지만……!"

"누나가 하려 했던 일은 아무 의미도 없는 일이야. 오히려 안 좋아. 그 원한은 누나만의 것이고 개인적인 분노로 사람을 해치면 쇼코와 똑같은 살인자가 될 뿐이야."

"그럼 쇼코를 용서해? 어떤 놈인지 들었어. 많은 사람을 괴롭히고 세이슈처럼 죽였어. 앞으로도 죽이겠지. 그걸 그냥 허용하라고?"

툭, 하고 어깨를 두드렸다. 고쇼였다.

"용서하지 않을 거야."

고쇼는 쳐다보는 스즈를 향해 웃었다.

"쇼코를 원망하면 호된 보복을 당하지. 그게 무서워서 다들 입을 다물어. 보지 못한 척, 듣지 못한 척, 지수에 있는 놈들이 그런 겁쟁이뿐이라고 생각하지 마."

"……고쇼, 당신."

스즈가 고쇼를 올려다보고, 시선을 돌려 셋키를 보았다. 이어서 식당 안에서 잠자코 스즈를 지켜보는 남자들을 둘러보았다.

"당신들……."

쇠로 된 반지. 모두 똑같은 반지를 끼고 있다.

"쇼코는 반드시 쓰러뜨린다. 우리는 시기를 기다리고 있어. 스즈가 선수를 치면 곤란해."

고쇼는 그렇게 말하고서 품속에서 사슬을 꺼냈다. 고리 하나를 잡아 뜯어 스즈에게 내밀었다.

"쇼코를 잊고 어딘가 평화로운 곳으로 가. 그러지 않을 거라면 이걸 받아."

고쇼는 위협하는 눈빛을 하고 있었다.

"단, 이걸 받으면 빠져나갈 수 없어. 배신했을 때에는 제재를 각오해야 해."

"……줘."

스즈가 손을 뻗었다.

"배신은 하지 않아. 뭐든 할게. 세이슈의, 내 원한을 풀 수 있다면!"

003

쇼케이는 안과 경 사이의 국경인 고수산을 올라 경으로 들어갔다. 가도를 가로막은 도시 이름은 암두巖頭, 라쿠슌 덕분에 국경은 어렵지 않게 넘었다.

"몸조심해."

쇼케이를 경의 도시에 남기고 라쿠슌은 안으로 돌아갔다. 쇼케이는 라쿠슌을 전송하며 참지 못하고 고개를 숙였다.

—고마워.

라쿠슌은 정권을 준 사람에게 받은 돈이 아니라, 자신의 호주

머니에서 제법 두둑하게 노잣돈을 챙겨주었다. 많은 것을 받았다. 쇼케이를 미워하지 않고 이런 곳까지 데려다주었다. 감사할 일을 세자면 한이 없다.

아아, 그렇구나. 쇼케이는 꼬리를 흔들며 떠나가는 반수를 지켜보면서 생각했다.

남에게 감사한 적이 없었다. 누군가에게 진심으로 사과한 적도 없었다. 방국의 시골 마을, 여서인 고보에게 고개를 숙이고 공국의 왕궁, 공왕에게 고개를 숙이며 살았지만 진심으로 고개를 숙인 적이 쇼케이에게는 없었다. 고개를 숙이고 싶을 만큼 남에게 감사한 적이 없었다. 미안하다고 생각한 적이 없었다.

다시 한번 머리를 숙이고 고개를 들자, 정비된 안의 도시, 큰길에 라쿠슌의 모습은 보이지 않았다. 추우를 타고 서둘러서 관궁으로 돌아간 것일까. 슬슬 방학도 끝날 무렵인데 괜히 길을 돌아가게 했다.

한숨을 한번 쉬고, 쇼케이는 뒤쪽 큰길을 둘러보았다. 유와 안의 국경에서 본 것 같은 차이가 안과 경 사이에 있었다.

—여기가 경.

도시는 고수산 정상을 넘은 곳에 있었다. 안국과 경국을 나누는 중문中門에서 계단 모양으로 비탈을 내려가자 도시가 펼쳐졌다. 중문 앞 큰길부터는 도시가 내려다보이고 동시에 도시 밖,

고수산 기슭에 펼쳐진 국토가 내다보였다.

쇼케이와 마찬가지로 대로에 서서 주변을 둘러보는 몇 명이 실망스러운 한숨을 내쉬었다. 안에 비하면 너무나 황량한 광경이었다. 초목이 시든 겨울 산야는 눈이 없어서 더욱 메마른 적막함을 드러냈다.

국경에 있는 도시는 크다. 그런데 도시에 들어서도 도무지 활기가 없었다. 흙을 다져놓았을 뿐인 길에 도시 자체도 그리 넓지 않고 작은 건물이 나직하게 밀집해 있었다. 북쪽 도시에 비하면 확실히 따뜻한데 어느 창문이고 꼭 닫혀 있다. 유리를 끼운 창문도 보이지 않는 탓에 이 도시는 완강하게 무언가를 거부하고 있는 것처럼 보였다. 도시 곳곳에 반쯤 허물어진 건물이 남아 있거나 건물의 잔해가 쌓여 있었다. 길에는 어수선하게 작은 가게가 늘어섰고, 좁은 건물에서 넘쳐난 항아리며 부서진 가구 때문에 거리는 더욱 어수선했다. 도시 바깥을 둘러싼 환도에는 널조각이나 천으로 간신히 바람을 피하는 판잣집이 몇 채나 서 있고, 그곳에 지칠 대로 지친 표정을 한 사람들이 모닥불을 뚱하니 둘러싸고 있었다.

경국은 파란波乱의 국가, 근자에 오래도록 장수한 왕이 선 예가 없다. 한 왕이 오래 치세를 베푼 안국과의 차이는 잔혹할 지경이었다.

많은 사람이 줄지어 경국의 도시로 들어온다. 대부분이 난민 무리였다.

"조금은 나아졌을 줄 알았는데."

대로에 선 남자의 막막한 중얼거림은 흘러든 사람들의 마음을 대변하는 것 같았다.

"아아, 역시 돌아오는 게 아니었어."

큰길을 걷는 사람들의 한숨이 쇼케이의 귀에 들렸다.

"이렇게 쇠락한 나라였나. 어째 더 심해진 것 같아."

"나는 왕이 붕어한 뒤에 나라를 나갔지만 이렇게까지 엉망은 아니었어."

큰일이야, 쇼케이도 마찬가지로 길을 걸으면서 생각했다.

—나라를 다시 일으켜 세우려면 큰일이겠어.

난민은 안에서도 두통거리였겠지만 경에서도 마찬가지이리라. 안에서 풍요로운 나라를 보고 온 백성은 아무래도 안과 경을 비교하게 된다. 실제로 쇼케이가 태어난 방에 비하면 경의 상태는 한숨이 나올 정도로 심각하지는 않았다. 하지만 안의 도시와 비교하면 그 차이는 너무나 뚜렷했다. 안주국 도시의 번창함과 활기에 비하면 이 도시는 폐허처럼 여겨졌다.

그 사람들과 함께 거리를 걷고, 저렴해 보이는 여관으로 들어갔다. 세 번째 집에서 간신히 빈방이 있는 여관을 찾았다. 넓은 방에 여럿이 함께 자는 여관이었다.

같은 여관에 숙박한 난민의 표정은 가지각색이었다. 고국으로 돌아오는 날이 온 것이 기뻐서 마냥 활기찬 사람, 나라가 기운 것을 핑계로 풍요로운 나라로 가서 평온하게 살려던 꿈이 깨져 풀이 죽은 사람.

"왕이 여자라는 얘기 들었어?"

객실 한쪽에 모인 사람들의 이야기 소리가 들렸다.

"여왕이야, 또?"

"그 얘기를 더 일찍 들었으면 안에 남았을 텐데."

"여자는 글렀어. 무능한데다 금방 나라를 어지럽히지."

"또 같은 길을 따라 안으로 도망치게 되려나."

"다음에 또 도망치게 되면 나는 두 번 다시 경으로는 돌아오지 않을 거야."

—정말로 큰일이야.

쇼케이는 한숨지었다. 어쩐지 경왕이 남처럼 여겨지지 않는다. 그녀의 고생을 생각하면 자연스레 한숨이 나왔다.

—지금쯤 왕궁에서 똑같이 한숨을 쉬고 있을까.

"지금이라도 되돌아갈까."

"관둬. 안국에 있어도 변변한 일 따위 없어. 어차피 우리는 안국에서 태어난 게 아니니까."

“하지만 고향 마을로 돌아가기도 그렇고.”

“마을이 남아 있으려나.”

그중 한 사람이 몸을 내밀었다.

“그러고 보니 오도에서 출항하는 배 이야기 들었어?”

“무슨 소리야?”

“대국으로 가는 무장선이야. 화주 어딘가의 향장이 띄우는 배래. 대에서 살기 어려운 난민을 태우고 돌아온다나 봐.”

“그게 뭔 말이야. 설마 여기서 대국으로 가려고? 관둬.”

“그 말이 아니라. 가만, 어디였지. 그래, 맞아, 지수야. 지수향 향장이 난민을 가엾게 여겨 배를 보내고 있대. 그 배를 타고 지수로 가면 지수에서 토지와 호적을 준다는 거야.”

“지수면 화주와 영주 경계던가.”

“그렇게 난민을 떠맡을 정도면 지수는 풍족한 것 아닌가. 부탁하면 우리도 받아줄지도 모르지.”

여자가 손사래를 쳤다.

“설마, 그렇게 그럴싸한 이야기가 어디 있겠어. 어디서 들은 얘기야? 속았구먼, 이 사람.”

“아니라니까. 나 말고 들은 사람 또 있지?”

쥐 죽은 듯이 대화가 끊어졌다.

“아무도 없잖아. 속아넘어간 거야.”

"그럴 리가 없는데. 아무도 못 들었어? 정말로?"

쇼케이는 망설인 끝에 입을 열었다.

"들은 적 있어요."

빙 둘러 모였던 사람들이 순간 흐트러지며 쇼케이에게 시선이 쏠렸다. 남자 한 사람이 다가왔다.

"들었어? 거봐, 역시 진짜였지?"

"네. 유국에서 들었어요. 유국에서 대국으로 가는 뱃사공이 그런 배를 만났다고 했어요."

사람들이 술렁였다. 살기 편할지도 모르는 지수로 가는 것과 이미 없어졌을지도 모를 고향으로 돌아가는 것을 저마다 비교하며 언성을 높였다.

"가볼까."

"살던 마을도 이제 없는데. 강이 범람해서 잠겨버렸거든."

"그래도 살던 곳이 낫지."

사람들의 반응은 반반이었다. 당장에라도 지수로 달려갈 것 같은 사람부터 말도 안 된다, 무슨 안 좋은 꿍꿍이가 있을 게 틀림없다고 역설하는 사람까지 다양했다.

"너는 어쩔 거야. 어디에서 왔니?"

그 질문에 쇼케이는 고개를 갸웃했다.

"방국에서 왔어요. 글쎄요, 토지는 필요하지만 아직 성인이 아니라서."

나이를 속일 수는 있겠지만.

"지수가 그렇게 풍요로운 곳이라면 가보는 건 나쁘지 않겠죠."

쇼케이는 말하고서 스스로 납득했다.

"네, 일할 만한 곳을 찾던 참이었으니까 일단 지수로 가보려고요."

쇼케이는 이튿날 지수를 향해 길을 떠났다. 유국에서 익숙해진 여럿이 타는 마차가 여행 수단이었다. 유국나 안국과 달리 가도를 걸어 여행하는 사람도 많았다. 실제로 걸어도 추위 때문에 큰일을 치를 일은 없어 보였다. 걸으면 몸에 열이 나니까 손끝이랑 발끝이 어는 것을 제외하면 그리 괴롭지 않다.

가도를 남하해 화주 주도 명곽으로 향했다. 수도 요천으로 향하는 커다란 가도가 명곽을 동서로 지나 지수향까지 관통해 나 있었다.

산야는 확실히 너무나 척박했다. 길을 가다 보면 건물이 무너진 여도 많았다. 경작하지 않은 채 메마른 농지, 불길에 타서 잿빛으로 말라죽은 산림. 눈이 거의 쌓이지 않은 탓에 그런 모습들이 눈앞에 펼쳐졌다.

가끔 사람이 있는 작은 마을의 공터에는 자그마한 무덤이 빼곡히 늘어서 있기도 했다.

—저토록 많은 사람이 죽었다.

쇼케이는 소름이 끼쳤다. 황폐한 산천, 잃어버린 목숨. 그것이 모두 왕의 탓, 왕이 옥좌에 없었던 탓이다.

"아가씨는 어디에서 왔나?"

마차 옆자리에 앉은 노파가 물어서 쇼케이는 풍경에서 시선을 거두었다. 경의 마차는 뒷부분에 덮개가 없는 경우가 많았다.

"방국에서 왔어요."

"소설에서 듣기로 방의 임금님이 돌아가셨다던데 정말이니?"

"네."

노파는 그러냐며 근파자를 껴안았다.

"방도 이리 되겠구나……."

툭 던진 말에 쇼케이는 눈을 부릅떴다.

틀림없이 이렇게 되리라. 많은 사람이 죽고 그 육친이 가해자를 미워한다. 쇼케이가 혜후 겟케이를 미워한 것처럼. 고보가 쇼케이를 미워한 것처럼.

—아아, 정말로 미움받을밖에.

이토록 국토가 황폐해지는 것이었다면 미움받을 수밖에 없다.

"……경국은 새 왕이 오르셔서 다행이네요."

쇼케이의 말에 노파가 나직하게 웃었다.

“형편이 나아지면 좋겠지. 이전 왕이 즉위했을 때에도 그렇게 생각했지만…….”

노파는 그 말만 하고는 입을 다물었다.

004

경국 화주는 도읍이 있는 영주 동쪽 끝에서 허해를 향해 가늘고 길게 뻗어 있다. 요시가 게이키를 동반하고 향한 주도 명곽明郭은 화주 동쪽에 있다. 허해에서 곧장 청해로 향하는 큰 가도가 관통하고, 고수에서 남하하는 가도가 명곽에서 교차한다.

“명곽은 육로의 요지입니다.”

사령의 발을 빌려 이틀이 걸린 여행, 명곽에 다 와서 사령에서 내렸다. 남은 여정을 걸으면서 게이키가 말했다.

“이 가도는 경 북부의 생명선이에요. 특히 허해 쪽 종착점 오도는 경에서 거의 유일한 허해 쪽 항구입니다. 남쪽에서 싣고 오는 쌀과 소금, 순舜에서 싣고 오는 약천藥泉의 물, 북쪽에서 싣고 오는 모직물과 밀, 이 모든 것이 농지의 수확으로는 부족한 북부 백성의 생활에 보탬이 되지요.”

"북부는 가난한가?"

요시가 묻자 게이키는 고개를 끄덕였다.

"산지가 많고 좋은 경작지가 적습니다. 기후도 여름에 건조하고 가을 초엽에 장마가 지는 일이 많아서 수확은 날씨에 달렸습니다. 달리 뚜렷한 산업도 없지요."

"흐음……."

"특히 지금은 남쪽에서 청해를 돌아 도착하는 배가 대부분 끊겼으니 오도의 의의는 큽니다. 심지어 안과의 고수에는 관문이 하나밖에 없습니다. 북방 육로의 요소 암두, 해로의 요소 오도, 여기에서 들어온 짐은 먼저 이 가도를 지나갑니다. 특히 명곽은 반드시 통과해야만 합니다."

"북부 중에서도 화주는 풍요로운 편인가."

요시의 말에 게이키는 살짝 쓴웃음을 지었다.

"화주 가도에는 화적이 자주 출몰합니다. 그래서 짐을 지키기 위해 화주는 주사를 파견하고 성채를 쌓아 짐을 호위하고 있습니다. 그만큼 짐에 통행세가 드니까 화주를 통과하는 물자 가격은 여기서 단숨에 뛰지요."

"……그렇군."

하지만 실제로 암두와 오도에서 짐을 받으려면 화주를 지날 수밖에 없다.

"가호는 유능한 관리로군."

요시가 말하자 게이키는 참으로 끔찍한 듯이 눈살을 찡그렸다.

"그만하십시오. 명곽 인근에 짐을 저장하고 여행자가 묵을 수 있는 큰 도시가 있습니다. 북곽北郭과 동곽東郭이라고도 부르는 모양이온데, 명곽의 일부이면서 명곽보다도 큽니다. 농지를 없애고 땅을 고르고 곽벽을 높이 쌓아 물자와 여행자를 지키기 위한 도시를 밑바닥부터 만들었습니다. 그것이 전부 도시를 이용하는 여행자의 부담입니다. 실제로 노동력을 제공하는 것은 화주의 백성, 백성은 좀처럼 끊이지 않는 부역에 신음하고 있습니다."

"잘도 가호 같은 놈을 화주 같은 요소의 주후로 임명했군."

한숨 섞인 말을 하자 게이키가 살짝 눈을 내리깔았다.

가호를 화주에 임명한 사람은 선대 왕인 여왕予王이었다. 가호는 여왕에게 요천 교외의 정원을 진상했다. 그것은 정원이 아니라 마을에 가까웠다. 문을 들어서면 소박한 자연의 정취가 넘치는 한가로운 정원, 작은 민가가 여섯 채 정도 늘어서 있고 사슴을 기르는 노인이 있고 꿩을 기르는 아이가 있다.

가호는 여왕에게 아름답고 작은 마을을 바쳤다. 그녀가 꿈꾼 평온한 삶을 누릴 수 있는 꿈 같은 마을이었다. 여왕은 이를 반겨 자주 발걸음하며 가호에게 고마워했고 그의 바람을 이루어주었다. 화주를 내준 것이다.

그 작은 마을 사람들에게 말을 걸고, 그들에게 둘러싸여 정원의 풀을 뽑고, 한쪽에 마련된 작은 집에서 아이들에게 자수를 가르치던 여왕은 진심으로 행복해 보였다. 그녀가 정원에 흠뻑 빠지지 않았다면 얼마나 좋았을까. 왕궁으로 돌아가고 싶지 않다고 우는 그녀를 간청하여 데려갈 때마다 게이키는 그녀의 명운이 다해감을 확인해야만 했다.

—옥좌에 올라서는 안 되었다.

그녀를 위해서는 좋지 않았다. 그러나 천계는 그녀를 지명했다. 그녀가 아닌 어느 누구도 경왕일 수는 없었다.

"……게이키?"

작은 목소리로 이름을 불러서 게이키는 다급히 제정신을 차렸다. 고개를 갸웃하며 올려다보는 새 주인의 모습을 바라보았다.

"왜 그러지?"

"아닙니다."

게이키가 고개를 가로저었다. 고개를 들고 산야를 둘러본다. 계류를 따라 뻗은 가도 너머에 우뚝 솟은 능운산, 그 기슭에 곽벽이 보였다.

"저기가 명곽인가 보군요."

운해를 꿰뚫은 명곽산, 그 기슭에 모인 완만한 산들의 산등성이가 만든 골짜기에 도시가 구불구불 펼쳐졌다.

“어디가 중심 도시라는 거야…….”

요시는 명곽 성문 앞에 서서 대로를 둘러보았다. 한산하고 인기척 없는 광대한 길이다.

도읍이나 주도에 해당하는 도시의 문은 열한 개, 군에서 현성에 해당하는 도시는 열두 문이 있다. 도읍 및 주도는 열두 문 중 북쪽 가운데에 있는 자문子門이 없다. 그 대신에 도시 북쪽에는 능운산이 접해 있고, 국부나 주부가 있다.

요시는 게이키와 함께 서쪽에 있는 유문酉門을 통해 명곽으로 들어갔다. 유문에서 동쪽으로 곧장 칠백 보, 도시 중앙에 있는 관아인 부성府城에 이르는 큰길은 넓이가 백 보 가까이 된다. 어느 도시든 큰길 양쪽에 늘어선 작은 가게 때문에 길 폭이 크게 좁아지게 마련이다. 그곳을 오가는 마차와 사람들 무리. 그러나 이 도시에는 작은 점포가 하나도 보이지 않는다.

변두리에도 난민 모습이 보이지 않았다. 게이키의 사령을 빌려 사흘이 걸린 여정에서 지나친 곳 어디에서나 쉽게 찾아볼 수 있던, 가난한 사람들의 웅크린 모습이 보이지 않았다. 그 대신에 활기도 없었다. 작은 점포도 노점도 없고 거리에 북적이는 사람들도 없다.

요시와 함께 문을 지나온 사람들 가운데 몇 명이 놀라서 큰길을 둘러보았다.

요시는 좌우를 둘러보고, 입을 꾹 다문 채 익숙한 발걸음으로 문을 지나 외환도外環途를 향해 걸어가는 바로 옆 남자에게 말을 걸었다.

"저…… 죄송한데요."

남자가 걸음을 멈추고 어디를 보는지 모를 시선으로 요시를 보았다.

"오늘 무슨 일이 있었나요?"

무거워 보이는 바구니를 등에 짊어진 남자는 흥미도 없다는 듯이 큰길을 둘러본 뒤 흐릿한 눈으로 요시를 쳐다보았다.

"……아니. 별일 없어."

"하지만 벌써 날이 저무는데."

"여기는 이게 일상이야. 묵을 데를 찾거든 북곽이나 동곽으로 가. 북곽은 해문亥門 너머, 동곽은 묘문卯門을 나가면 있어."

짧고 나직하게 말하고서 남자는 짊어진 바구니 위치를 고치듯 흔든다. 그러더니 냉큼 발길을 돌리고 묵묵히 걸어갔다.

도시에 제2, 제3의 도시가 부수적으로 비대해지는 것은 흔한 일이다. 적어도 안국에서는 자주 보았다. 모두 통틀어 하나의 이름으로 부르기도 하지만, 부속된 시가에 별명을 붙이는 경우도 많다.

"……어떻게 생각해?"

요시는 옆에 서 있는 게이키에게 조용히 물었다. 머리에 천을 두른 게이키가 고개를 갸웃했다.

"글쎄요. 지나치게 한산해 보입니다만……."

"응. 인기척이 없는 것도 그렇고 자잘한 가게도 없다니 무슨 영문이지?"

좌우 외환도를 둘러보아도 노점 하나 없다. 인적도 드물고, 이따금 오가는 마차의 바퀴 소리가 공허하게 메아리쳤다.

"무슨 일이 있었나?"

이제 막 도시로 들어온 여행자가 느닷없이 말을 걸어서 요시는 저도 모르게 쓴웃음을 지었다.

"글쎄요. 이게 무슨 영문일까요."

삼인조 여행자들이었다. 그들도 당황해서 큰길을 둘러보았다.

"여기가 명곽이지?"

"그럴 겁니다."

"이렇게 썰렁한 주도는 처음 봤어……. 두 사람은 이 도시 사람인가?"

요시가 아니라고 고개를 가로젓자 남자들은 더욱 난처한 듯이 다시 한번 대로를 둘러보았다.

"가게도 없고 사람도 없잖아."

"무슨 나쁜 일이라도 있었나?"

"흉사가 있었다면 하얀 깃발이 눈에 띄겠지."

도시에 흉사가 있으면 도시 여기저기에 하얀 깃발이 오르고 구석구석에 새하얀 당幢이 걸린다. 그것조차 없는 것을 보면 무슨 일이 일어나서 이토록 한산한 것은 아닌 모양이었다.

의아해하며 큰길을 걸어가는 남자들을 지켜보고 있는데 요시 옆에서 불쑥 나직한 목소리가 들렸다.

"피비린내가 납니다……."

"게이키?"

올려다본 하얀 얼굴은 어렴풋이 불쾌한 기색을 띠고 있었다.

"마치 도시에 저주가 괴어 있는 것 같습니다."

요시가 걸음을 돌렸다.

"돌아가자."

주상, 하고 작은 목소리로 부르는 심복을 요시가 돌아보았다.

"바깥쪽에 길이 있었어. 북쪽과 동쪽에 도시가 있는 거로군. 바깥으로 돌아가도 되겠지. 굳이 도시를 가로질러서 너에게 부담을 주고 싶지 않아."

13
장

001

"우리에게 이름은 없어."

고쇼는 우물에서 물을 길으며 말했다. 스즈는 우물가에서 물통과 항아리를 씻었다.

"모두 천 명 정도 돼. 대부분 지수향에 있지."

"그렇구나."

"만약 도시에서 무슨 일이 생기면 이 반지를 낀 사람을 찾아. 말을 걸고 어디에서 왔느냐고 물어. 반드시 공수해야 해."

"공수?"

스즈는 양손을 내보였다. 공수는 신분이 높은 사람들의 인사였다. 가볍게 쥔 왼손을 오른손으로 감싸듯이 포개서 겹친 손을 살짝 들어 인사한다. 공수하기 위해서는 긴 소매가 필요하다. 스즈가 지금 입은 것처럼 손목까지밖에 오지 않는 소매로는 공수할 수 없다.

"기분 문제지."

고쇼가 웃는다.

"요컨대 자연스럽게 상대방에게 반지를 내보이면 돼. 어디에서 왔는지 묻고 맥주 산현産縣 지금支錦에서 왔다고 대답하면 동료로 인정받을 수 있어. 너는 노송老松에서 온 오쓰 에쓰乙悅라고 답해."

"그게 무슨 말이야?"

어리둥절한 표정의 스즈를 향해 고쇼가 가볍게 웃었다.

"지금은 옛 지명이야. 벌써 몇백 년도 전, 달왕達王이라는 왕의 시대에 지금이란 토지가 있었고, 그곳에 노송이라는 비선飛仙이 나타났지."

"지금에 동부를 세운 거야?"

"아니. 노송에게는 동부가 없었어. 자력으로 승선한 비선이지. 그러니까 노송이나 송노라고 하는 거야. 노老가 붙은 비선은 그런 신선을 말해. 송백松伯이라고도 부르지만."

"아, 선백仙伯이구나."

백의 작위를 받는 비선은 오산에 종사하는 여선, 남선, 자력으로 승선한 선인뿐이다. 특별히 이들을 선백이라 부르기도 한다.

"시정에서 도를 가르치다가 달왕의 부름을 받고 조정에 출사했지. 한동안 나라님을 섬기고 어느 날 자취를 감춘 대단한 비선이래. 씨명이 오쓰 에쓰인가 보더군. 하기야 정말로 있었는지 없었는지는 모를 일이고. 강사講史• 같은 데에 자주 등장해."

"그렇구나……."

"남 일처럼 듣고 있을 때야? 너도 반지를 낀 사람이 말을 걸면 똑같이 대답해야 해."

"아, 맞아, 그렇지."

"동료라면 어떤 놈이든 믿어도 돼. 반드시 너를 도와줄 거야. 우리의 결속력은 단단하니까. 이 점은 자신 있어."

"……그놈을 쓰러뜨리기 위해서?"

"당연하지."

고쇼는 고개를 끄덕였다.

"척봉의 변두리는 대부분 무덤이야. 그 자식이 죽인 백성 시체가 빼곡히 깔려 있지. 누군가 쳐야만 해. 아무도 놈에게 심판을 내려주지 않으니까."

• 역사를 이야기로 들려주는 공연물.

스즈는 움찔하고 손을 멈추었다. 그놈…… 지수향 향장, 쇼코.

"어째서 그런 놈이 제멋대로 활개를 치는 거야?"

"그놈을 눈감아주는 거물이 있다는 얘기지."

"이를테면 요천에?"

스즈가 쳐다보자 고쇼는 놀란 듯이 눈을 부릅떴다. 두레박을 내려놓고 우물가에 앉았다.

"어째서 요천이지?"

"그런 소문을 들었어. 요천의 가장 높은 사람이 쇼코를 감싸고 있다고."

고쇼가 그러냐고 중얼거렸다.

"그런 소문이 있긴 했지. 다름 아닌 왕이 쇼코를 눈감아주고 있다고 말이야. 하지만 과연 그럴까."

"아니야?"

"난 몰라. 쇼코가 득세할 수 있는 건 가호가 쇼코를 감싸고 있기 때문이야."

"가호?"

"화주의 주후야. 화주후의 보호 덕에 쇼코가 활개를 치고 다니지. 화주후인 가호도 쇼코에게 지지 않을 짐승이야. 쇼코만큼 남의 시선도 개의치 않는 악당은 아니라는 점만 다르지."

"그랬구나."

"가호는 선왕인 여왕에게 임명받아 주후가 되었어. 무능한 왕에게 알랑거려서 여왕에게서 화주를 얻었지. 거세게 불만을 드러내며 직소하는 사람들이나 무기를 들고 항의하는 사람들도 있었지만 여왕은 가호에게 물렀어."

"너무해……."

"그 가호가 새로운 왕의 시대가 되어도 파면되기는커녕 아직 기세가 등등하지. 새로운 왕도 그놈을 감싸고 있는 거라고 의심하는 사람들이 있는 것도 당연해. 게다가 맥후는 파면되었으니까."

"맥후?"

고쇼는 뒷마당의 좁은 하늘을 쳐다보았다.

"영주 서쪽에 있는 맥주의 주후야. 백성들은 맥후를 매우 경애했지. 소문으로는 사리에 아주 밝은 인물로, 올여름 새로운 왕이 오르기 전에 위왕이 나타나 온 나라가 혼란스러웠을 때는 끝까지 위왕에게 저항하며 버텼어."

"그런데 파면당한 거야? 가호와 쇼코는 용서받고?"

고쇼는 고개를 끄덕였다.

"그래서 새로운 왕을 불안하게 여기는 백성도 많아. 우리가 보기에는 왜 맥후가 파면당하고 가호의 기세가 등등한지 이해할 수가 없지. 하기야 새로운 왕은 아직 등극한 지 얼마 되지 않았으니 어쩔 수 없다는 소리도 들리긴 해."

스즈는 항아리를 헹군 물을 거칠게 버렸다.

"분명히 경왕도 이전 임금님과 별 차이 없을 거야."

"너, 설마."

고쇼가 스즈를 빤히 보았다.

"왕까지 어떻게 하려는 심산은 아니겠지?"

스즈는 시선을 피했다. 고쇼는 어이가 없다는 듯이 한숨을 내쉬었다.

"터무니없는 생각을 하는 놈이구나, 너. ……하필이면 금파궁으로 쳐들어갈 생각이었어? 그런 짓을 네가 할 수 있을 리 없잖아."

"……해보지 않으면 몰라."

고쇼는 우물가에서 훌쩍 내려와 스즈 앞에 몸을 숙였다.

"……그 아이의 죽음이 그렇게 괴로웠어?"

스즈는 고쇼를 바라보고는 손으로 시선을 떨구었다.

"이렇게 말하면 그렇지만, 불행한 아이는 얼마든지 있어. 이 나라에서는 드물지 않아. 황폐한 나라에서는 말이야. 나라가 황폐해지면 어떤 비참한 일이든 일어나게 되어 있지."

"응. 알아……."

스즈는 한숨을 내쉬었다.

"나는…… 해객이야."

알고 있다는 듯이 고쇼는 눈짓으로 긍정했다.

"두 번 다시 집으로 돌아갈 수 없고, 말도 안 통해. 뭐가 뭔지 모르는 곳으로 내던져진 자신이 무척 가여웠어."

"그래……."

"하지만 나는 전혀 불쌍한 게 아니었어. 세이슈에 비하면 정말 많은 혜택을 받았어. 그런 자신을 알지 못하고 가여워하느라 세이슈를 여기까지 끌고 왔어."

"그렇게 자신을 나무라는 건 좋지 않아."

스즈는 고개를 내저었다.

"나는 정말로 행운아였어. 여러모로 힘든 일은 있었지만 그저 참기만 하면 됐는걸. 그 정도 일이었어. 쇼코 같은 놈이 있고, 많은 사람이 괴로워하고 있는 줄은 꿈에도 몰랐어. ……지금은 내가 무척 싫어."

스즈는 말하고서 작게 웃었다.

"괜한 분풀이야. 자신을 증오하는 대신에 쇼코를 미워하고 싶은 건지도 몰라. 셋키의 말이 맞아. 그래서 자신이 더 싫어졌어……."

스즈가 시선을 들었다.

"하지만 쇼코를 이대로 두면 안 돼. ……아니야?"

"맞아."

"이 나라는, 다른 지역은 모르지만 적어도 지수는 불쌍한 사람들을 괴롭히는 땅이야. 그러니까 아무도 괴로워하지 않아도 되게끔 하고 싶어. 아무도 세이슈처럼 죽게 하고 싶지 않아."

"그것도 알아."

"솔직히 말하면 난 자신을 믿을 수가 없어. 내 괴로움이나 원한 따위 조금도 신용할 수 없으니까. 하지만 고쇼나 셋키가 쇼코를 쓰러뜨리고 싶다고 바랄 만큼 미워한다면, 나도 쇼코를 미워해도 되겠지?"

"으음……."

덩치 큰 남자가 어깨를 작게 움츠린 채 쪼그리고 앉아서 물가에 한숨을 토해냈다. 쓴웃음을 짓고 있었다.

"사실 나도 잘 몰라."

"뭐?"

"괴로운 일 같은 건 잊어버리면 그만이야. 살아 있으면 그런 일은 한도 끝도 없으니까. 일일이 마음에 담고 끙끙거려봤자 아무짝에도 소용없잖아. 그 대신 좋은 일도 있지. 나쁜 일은 잊어버리고 좋은 일은 기뻐하고, 그렇게 살아가는 수밖에 없잖아?"

스즈는 고개를 갸웃거리며 고쇼를 쳐다보았다.

"솔직히 말해서 나는 나라나 정치 같은 어려운 일은 잘 몰라.

쇼코가 나라를 위해 가치 있는 향장인지 아닌지 잘 몰라. 가호도 그렇고 맥후도 마찬가지야. 어쩌면 쇼코는 정치에 있어서는 의의가 있는 놈인지도 몰라. 그런 놈이라도 어딘가에 쓸모가 있을 수도 있지. 하지만 나는 그놈이 있는 한 고단해."

"고단하다고?"

"나는 천성이 단순하니까 죄도 없는 아이가 치여 죽었다는 이야기를 들으면 울컥하지. 울컥하면 괴로운데 열불이 나서 잊을 수가 없어. 셋키는 영특해. 소학小學에서 서학序學, 상학庠學으로 단숨에 진학하더니 상상上庠에도 들어갔어. 소학少學에 추천도 받았어. 관리가 되는 길을 쏜살같이 달려왔어. 내 입으로 말하기 낯간지럽지만 그 녀석은 유망한 놈이야. 하지만 나는 그게 기쁘지 않아. 진심으로 기뻐할 수가 없어. 관리가 되어 어쩔 건데? 향부에 들어가 쇼코 밑에서 일하는 건가. 가호 세력에 가담하는 건가. 나는 내 동생이 그런 놈들의 동료가 되는 것이 기쁘지 않아."

"……고쇼."

"실제로 셋키도 싫었겠지. 눈에 들었는데 그만둬버렸어. 잊고 싶은데 잊지 못하는 짜증나는 일이 있어. 기뻐하고 싶은데 기뻐할 수 없는 일이 있어. 나는 그런 상태가 고단해서 싫어. 태어난 이상은 어떻게든 유쾌하게 살고 싶잖아? 하지만 쇼코 같은 놈이 있는 한 나는 아무래도 그렇게 생각할 수가 없어. 그러니까 어떻게든 하고 싶을 뿐이야."

스즈가 한숨을 내쉬었다.

"……그뿐이야?"

"그뿐이야. 향성으로 쳐들어가 쇼코를 한 방 먹이고 분이 풀릴 일이라면 그렇게 하겠어. 하지만 그런다고 속이 후련해지는 것도 아니고 애초에 불가능한 짓이잖아. 쇼코를 어떻게든 손볼 생각이라면 여럿이 합세해서 향장 자리에서 끌어내리는 수밖에 없어. 놈이 죽어도 싫다고 한다면 죽여서라도 끌어내겠어. 어쩌면 내가 하는 짓은 터무니없는 일일지도 모르지. 그렇지만 나는 자신을 위해 참을 수가 없어."

"그렇구나."

"어린애가 떼쓰는 것 같군. 셋키라면 더 다양하게 생각하고 있겠지만."

스즈가 웃었다.

"나는 고쇼가 하는 말이 더 이해가 잘돼."

덩치 큰 남자가 그러냐고 대꾸하며 작게 웅크린 채 웃었다.

"내가 뭘 하면 돼?"

"삼추를 빌려줘. 우리는 지금 무기를 모으고 있어. 쇼코와 소신을 상대하는데 가래나 괭이로는 맞설 수 없으니까."

"짐을 운반하면 되는 거지?"

"내 오랜 단골집 중에 한세이蕃生라는 남자가 있어. 로 한세이라고 하지. 이 사람이 짐을 준비해줘. 거기까지 갔다 와줄 수 있겠어?"

스즈가 힘차게 고개를 끄덕였다.

"할게."

002

"여기가 명곽이야."

마부가 내려준 도시 성문 앞에서 쇼케이는 놀라서 곽벽을 올려다보았다. 쇼케이가 놀라고도 남을 만큼 곽벽의 형태는 엉망진창이었다.

"……이상한 도시네."

푼돈을 건네면서 말하자 마부인 청년이 웃었다.

"그렇지. 다른 데서 온 사람은 다들 그렇게 말해."

"난 도시 곽벽은 반듯한 담이라고 생각했어."

"맞아."

청년도 곽벽을 쳐다보았다. 주도 정도 되는 큰 도시의 곽벽이라면 일반적으로 상당히 두껍고 위에는 사람이 걸을 수 있는 보장步墻이 있게 마련이었다. 화살을 쏠 수 있게끔 기복을 이룬 성가퀴를 두르고 곳곳에 마면馬面이라 불리는 돌출부가 있다. 형태는 다소 다르더라도 대개 네모반듯한 모양으로 높이는 특별한 이유가 없는 한 일정하다. 그런데 여기 명곽에서는 정상적인 부분을 찾는 편이 어렵다. 황당할 정도로 높은 곽벽이 이어지는가 싶으면 갑자기 낮아져서 곽벽 너머가 보이는 곳이 있다. 성가퀴는커녕 보장조차 제대로 갖추지 못한 부분이 있고, 이런 담이 쓸데없이 구불구불 제멋대로 이어졌다.

"여기는 정확하게는 북곽이라고 불러."

청년의 말에 쇼케이는 그를 돌아보았다. 그는 쓴웃음을 짓듯이 웃어 보였다.

"아, 여관은 북곽이나 동곽에만 있어. 원래 해문亥門 바깥에 딸린 창고 몇 개가 모여 있는 곳이었지. 그 주변에 으리으리한 곽벽을 올린 거야. 곽벽을 계절마다 넓혀서 이렇게 되었어. 엉망진창이지? 안쪽은 더 심각해. 낡은 곽벽이 그대로 남아 있거든. 길을 잃지 않게 조심해."

고맙다고 인사하자 마부는 복잡한 얼굴로 곽벽을 쳐다보고는 마차로 돌아갔다. 쇼케이는 다시 성문 안쪽을 들여다보았다.

곽벽을 커다란 굴 형태로 도려낸 문길에 커다란 문짝만 덜렁 있는 투박한 성문, 편액에는 그저 '명곽'이라고만 씌어 있다. 그 너머는 마부 청년의 말대로 허름하고 낡은 돌로 쌓은 곽벽이 가로막고 있었다. 그 아래에는 판자를 그러모아 천을 쳐서 간신히 누울 만한 크기로 지은 천막집으로 복작거렸다. 피로에 잔뜩 찌든 얼굴을 한 사람들이 문 주위까지 넘쳐나 공터에는 난민이 바람 한번 불면 휩쓸려 갈 것 같은 마을을 이루었다.

도시 안으로 한 걸음 들어서니 그 모습이 더욱 비참하다는 사실을 절절히 알 수 있었다. 계획 없이 세운 곽벽의 자취, 대체 얼마나 많은 역부들이 이 쓸모없는 곽벽을 위해 고역을 강요당했을까. 과연 제구실을 했을까 의심스러울 정도로 낮거나 얇은 곽벽도 남아 있다. 그런가 하면 황당할 정도로 높고 두꺼운 곽벽이 남아 있기도 했다.

도시는 지저분하고 길은 꾸불꾸불한데다 곳곳이 막다른 골목이었다. 쇼케이는 이렇게나 어지러운 도시는 달리 알지 못한다. 무질서하게 만든 건물, 사람의 흐름을 무시한 마차 정거장, 그것을 더욱 어지럽게 하는 난민 무리.

"대체 어떻게 된 도시야……."

중얼거린 쇼케이는 사람들이 한 방향으로 불안한 시선을 던지며 걸어가는 것을 알아챘다. 많은 사람이 도시 중앙부로 통하는 듯한 길을 불안한 눈길로 흘끔 쳐다보고 지나간다. 어떤 이는 긴장한 표정으로 중앙부로 걸어가고, 어떤 이는 겁먹은 얼굴로 등 뒤를 흘끔거리며 흐름에 거슬러 반대 방향으로 걸음을 재촉했다.

"……?"

쇼케이는 고개를 갸웃하고 그쪽으로 걸어갔다. 모퉁이 하나를 돌 때마다 중앙부로 걸어가는 사람이 급속도로 늘더니 결국 되돌아가려 해도 인파에 떠밀려 마음대로 되지 않았다.

"……그만둬."

느닷없는 목소리에 쇼케이는 사람들에 치이면서 돌아보았다. 혼잡 속에서 노인이 쇼케이를 향해 손을 들었다.

"가지 않는 것이 좋아. 끔찍한 광경을 보게 될 게야."

무슨 소리냐고 되묻고 싶었지만 인파가 쇼케이를 내몰았다. 주위를 살피는 동안에 떠밀려서 어느 틈에 쇼케이는 도시 중앙에 난 큰길까지 와 있었다.

큰길이 아니라 광장이라 하는 편이 옳을 만한, 갑자기 탁 트인 장소였다. 반쯤 무너진 곽벽으로 둘러싸인 트인 길. 그 주위에 서 있는 병사들과 가운데에 줄줄이 묶인 사람들.

—끔찍한 광경.

광장 중앙에 연행된 사람들의 허리에 지운 오라, 오라를 든 억센 남자들을 보면 무슨 일이 일어날지 짐작이 간다. 광장 바닥에 깔린 두꺼운 판자가 확신을 더욱 굳건히 했다.

"책형……."

저 판자에 사람을 못박는다.

"방국 말고도 이런 형벌을 내리는 곳이 있었어……?"

사형이 존재하지 않는 나라는 없다. 라쿠슌이 그렇게 가르쳐주었다. 하지만 보통은 참수, 웬만큼 무거운 형벌이라도 효수, 그 이상의 형벌은 어디에서도 내리지 않게 되었다고 법을 잘 아는 반수는 가르쳐주었다. 그렇다면 당연히 경국에도 없어야 하지 않은가.

"보지 않는 것이 좋아."

옷을 잡아끄는 사람이 있어 돌아보니 피로에 찌든 얼굴을 한 중년의 몸집 작은 남자였다.

"아가씨가 보기에는 너무 끔찍해. 돌아가."

"어째서 저런 벌을……."

남자는 고개를 가로저었다.

"화주에서 가장 무거운 죄는 조세를 내지 않고 부역을 빠지는 거야. 아마 둘 중 하나겠지."

"하지만…… 책형이라니……."

"모르는 걸 보니 다른 데서 왔군. 좋게 말할 때 이 길로 화주에서 도망쳐. 여기에 있으면 언젠가 저리 돼."

"그럴 수가……."

쇼케이의 목소리를 비명이 뒤덮었다. 쿵 하고 못에 돌을 내려치는 소리가 비명 사이로 이어진다. 쇼케이가 이끌리듯 돌아보니 판자 위에 한 손이 박힌 남자가 몸부림치는 모습이 보였다.

"……그만."

더욱 묵직한 소리가 들려서 쇼케이는 무심코 눈을 감고 목을 움츠렸다.

방국에서도 흔히 있던 일이다. 다름 아닌 쇼케이의 부친이 사람들을 가차없이 형장으로 끌어냈다.

순간적으로 머릿속을 스친 것은 자신이 거열당할 뻔했을 때의 공포였다. 쇼케이를 이사 앞 큰길로 끌어낸 마을 사람들, 원망어린 목소리, 저주하는 부르짖음. 쇼케이가 미워서 몽둥이를 휘두른 여서.

다시 한번 비명이 들리고 광장을 둘러싼 사람들 사이에서도 비명이 들린다. 못을 박는 끔찍한 소리를 술렁임이 지워주었다. 견디지 못하고 한 걸음 물러났을 때 쇼케이는 발꿈치에 닿은 돌멩이에 넘어질 뻔했다.

돌.

사람 주먹만 한 돌멩이였다. 그만한 돌이 길에는 수없이 나뒹굴었다. 어쩌면 곽벽이 깨져서 떨어진 파편인지도 모른다.

또다시 비명이 울려 퍼졌다.

방국의 여서, 고보의 아들은 형리에게 돌을 던져 처형당했던가. 조세가, 부역이 뭐 그리 대수란 말인가. 다 큰 남자가 울부짖을 정도의 괴로움과 맞먹는 일은 아닐 것이다.

"그만해!"

쇼케이는 무의식중에 발치의 돌을 쥐었다.

이토록 많은 사람이 이 자리에 있으면서 어째서 아무도 말리지 않는가.

생각보다 손이 먼저 움직여서 그것을 사람들 틈으로 내던졌다. 힘없이 날아간 돌은 사람들을 제지하던 병사 한 사람에게 맞고는 시커먼 땅바닥에 떨어져 더없이 묵직하게 굴러갔다.

사람들 목소리가 쥐 죽은 듯 고요해졌다.

"누구냐!"

범인을 찾는 목소리에 쇼케이는 반사적으로 그 자리에서 뒷걸음질쳤다.

"지금 돌을 던진 놈, 이리 나와!"

바로 옆에 있던 사람들의 시선이 꽂힌다. 쇼케이를 고발해야 할지 말아야 할지 고민하는 얼굴을 하고 있었다.

"끌어내!"

명령하는 목소리가 들리고 바로 앞의 인파가 갈라진다. 한 걸음 더 물러난 쇼케이의 팔을 잡은 사람이 있었다. 쇼케이는 화들짝 놀라 그 손을 떼치고 발길을 돌려, 사람들을 헤치고 나아갔다. 그 팔을 쫓아온 손이 더 거세게 잡고 넘어뜨리듯이 당겼다.

"이쪽이야."

쇼케이는 무릎을 꿇고 팔의 주인을 쳐다보았다. 또래 소녀 같았다. 그렇게 생각한 직후 입고 있는 온포가 눈에 들어와 소년인가 싶었다.

"이쪽으로 서둘러."

단호한 말에 깊이 생각할 새도 없이 팔을 잡아끌린 채 사람들의 발치를 갈랐다. 거의 기다시피 해서 몇 걸음, 붙든 팔을 잡아당겨 쇼케이를 일으킨 인물이 헤치듯 사람 사이에 만든 길을 마구잡이로 가로질렀다.

"어디냐! 나와!"

등뒤에서 들려오는 호통에 흘끔 눈길을 주고서 쇼케이는 그 자리를 빠져나왔다.

쇼케이는 사람들 틈을 빠져나와 붙잡힌 손에 이끌려 달렸다. 자칫하면 길을 잃어버릴 듯한 골목을 달려 도시 외곽, 갈라진 것처럼 무너진 곽벽을 넘어 도시 바깥으로 빠져나왔다.

"……무모한 짓을 하는군."

쇼케이는 숨을 헐떡이면서 그제야 팔을 놓은 상대방을 보았다. 다홍색 머리카락이 눈에 선명하게 비쳤다.

"고마워……."

뒤쪽 도시에서는 시끌시끌한 목소리가 일었다.

"심정은 이해해."

상대방의 목소리는 쓴웃음을 짓는 듯 들렸다.

"깊이 생각하기 전에 손이 움직였어."

"그래 보이더군."

걷기 시작한 상대—아무래도 여자아이 같다—를 뒤따르면서 쇼케이는 뒤돌아보았다. 혹시라도 자신의 주위에 있던 사람에게 폐를 끼치지 않았을까. 죄인들은 어떻게 되었을까.

속마음을 알아챈 듯이 소녀가 쇼케이를 흘끔 돌아보았다.

"걱정하지 마."

이상하게 자신만만한 목소리에 이유도 없이 고개를 끄덕였을 때 멀리 옆쪽에서 날카로운 목소리가 날아왔다.

"찾았다! 저 계집애다!"

보아하니 멀리 있는 곽벽 모퉁이를 열 명도 더 되는 병사가 돌아서 왔다. 소녀가 움칫하며 긴장한 쇼케이의 팔을 잡고 위치를 바꾸었다.

"가. 도망쳐."

"하지만……."

"나는 염려하지 않아도 돼."

상황에 어울리지 않는 묘한 미소를 지으며 손을 허리로 가져간다. 검을 슥 뽑는 바람에 쇼케이는 눈을 동그랗게 떴다. 검을 차고 있었느냐고 물을 새도 없이 소녀의 손이 쇼케이를 떠민다. 떠밀린 채 비틀비틀 달리다 다시 돌아보니 가라고 단호하게 다그쳤다.

"괜찮은 거지?"

"걱정 없어."

쇼케이는 고개를 끄덕이고 그 자리에서 도망쳤다. 도시 주위는 아무것도 없는 땅이다. 가로질러 가면 확실히 눈에 띈다. 좌우간 복잡하게 들쑥날쑥한 곽벽을 따라 질주했다.

모퉁이를 도는 순간 흘끔 보니 도시 바깥으로 뛰어나가며 검을 겨누는 붉은 머리의 소녀가 보였다. 미끼가 되어주었다. 둘로 나누어 찾으려는 건지 손을 들어 지시하는 병사 모습이 보였다. 병사 대부분이 도시 바깥으로 달려갔다.

—고마워.

마음속으로 인사한 쇼케이는 오로지 달리기 시작했다. 곽벽을 따라 앞뒤 보지 않고 달려서 숨어들 곳을 찾아 헤맸다. 곽벽이 낮은 곳은 없는지, 빠져나온 곳처럼 틈새는 없는지.

모퉁이를 한 번 더 돌았을 때 머리 위에서 목소리가 들렸다.

“이봐.”

추격대인가 싶어 몸을 움츠리고 올려다본 쇼케이에게 내민 손이 보였다. 약간 낮아진 곽벽 보장 위에서 손을 뻗은 남자가 있었다.

“이쪽이야. 손잡아.”

쇼케이는 잠시 망설이며 뒤쪽을 흘끔 보았다. 조금 전에 돌아 들어 온 모퉁이 너머에서 달려오는 발소리가 들렸다.

“서둘러.”

소리 죽인 목소리로 채근하는 통에 쇼케이는 그 손을 잡았다. 나이는 스물대여섯 살쯤 되었을까. 다부지기는 해도 특별히 커 보이지 않는 남자가 믿기 어려운 힘으로 쇼케이를 곽벽 위로 끌어올렸다. 흘끔 본 모퉁이에서 모습을 드러낸 병사가 세 사람 가량.

“놓치지 마라!”

쇼케이는 빠질 것 같은 어깨의 통증에 나오는 비명을 간신히 삼키고 곽벽에 발끝을 걸고 차고 위로 기어올랐다. 다리를 붙잡으려다 실패한 손이 쇼케이의 발목을 할퀴었다. 남자에게 손을 잡힌 채 곽벽 위에 나뒹굴었다.

숨을 헐떡이면서 땅에 양손을 짚고 돌아보니 곽벽 위로 기어 올라오는 병사의 모습이 보였다. 남자는 병사를 태연하게 발로 차서 떨어뜨렸다. 병사의 비명과 고함, 이어서 번쩍 쳐든 창.

"도망쳐!"

남자가 쑥 내민 창끝의 밑동을 붙잡았다. 그대로 잠시 서로 끌어당기는 듯하더니 버티지 못했는지 병사가 창을 놓았다. 틈을 두지 않고 그대로 창의 손잡이로 병사의 목을 찔렀다.

"뛰어내려."

남자는 창을 허공에 휘둘러 자세를 잡으며 말했다. 이상할 정도로 초연한 옆모습을 보고 쇼케이는 고개를 끄덕였다. 곽벽 위에서 아래쪽 길까지는 두 장 정도, 곽벽과 곽벽 사이에 낀, 쓰레기가 가득한 막다른 골목이었다. 뒤쪽에서 나는 병사의 고함과 비명을 들으면서 쇼케이는 구르듯이 뛰어내렸다. 발바닥부터 전해져오는 충격에 저도 모르게 그 자리에 쓰러졌다.

어깨를 들썩이면서 몸을 일으키고 머리 위를 쳐다보자 남자가 멱살을 잡은 병사를 곽벽 바깥으로 던져버린 참이었다. 남자는 손에 든 창을 곽벽 너머로 내던지고 몸을 돌려 뛰어내렸다.

"……괜찮아?"

쇼케이는 고개를 끄덕였다. 그는 쓴웃음을 짓듯이 슬쩍 웃고서 곽벽을 올려다보았다.

"다른 여자애는 잘 도망쳤나. 친구인가?"

쇼케이는 고개를 가로저었다. 거친 숨이 목을 태워서 목소리가 나오지 않았다.

비좁은 막다른 골목에는 인기척이 없다. 다가오는 사람 발소리도 들리지 않았다.

"움직일 수 있겠어?"

남자의 물음에 쇼케이는 다시 한번 고개를 가로저었다. 이 아주 짧은 시간 동안 하루 치 기운을 다 쓴 것 같다. 더이상은 도저히 꼼짝할 수 있을 것 같지 않았다. 남자는 그러냐며 의젓한 얼굴로 웃고는 등을 보이며 웅크렸다.

"업혀."

머뭇거리는 쇼케이를 돌아본다. "어서" 하고 재촉하기에 쇼케이는 얌전히 그 등에 매달렸다. 남자는 흔들림 없는 움직임으로 일어났다.

"잠시 잠든 척이라도 하고 있어. 쉴 수 있는 장소로 데려다줄 테니까."

003

"주상."

땅거미가 지는 가운데 앙상한 겨울 숲속에서 다가오는 그림자를 향해 요시는 가볍게 손을 들었다.

"미안."

"어찌된 겁니까. 갑자기 북곽에서 나가라니."

풀숲을 헤치고 비탈을 올라온 게이키가 눈살을 찌푸렸다.

"끔찍한 냄새가 납니다. 주상께 나는 냄새는 아닙니다만."

"미안해. 한쿄에게 부상자를 옮기게 했어."

게이키는 한숨을 내쉬었다. 한쿄가 여관으로 급하게 달려와 북곽에서 나가라고 했다. 안내받아 여기까지 왔으나 피 냄새에 신물이 났다.

"북곽에 요마가 나왔습니까."

흘끔 노려보자 주인은 쓴웃음을 흘렸다.

"다친 사람을 도왔을 뿐이야. 그렇게 심각한 얼굴 하지 말아 줘."

"사정을 듣고 나서 생각해보지요."

요시는 주저앉은 채 더욱 깊은 쓴웃음을 지었다.

북곽에 숙소를 잡은 지 사흘. 게이키는 명곽과 마찬가지로 여기에서도 시체 썩는 냄새가 난다고 했지만 인근에 마을이 없어서 북곽에 머물 수밖에 없었다. 요시는 그 기묘한 도시를 돌아다녔다. 사람들의 고된 노동으로 쌓은 곽벽은 화주후 가호가 사리사욕을 위해 쌓은 것이었다. 처음부터 곽벽을 크게 쌓으면 될 것을 일부러 도시를 작게 만들고 계절마다 넓힌다. 대의명분은 인구가 늘었기 때문에, 화적을 막기 위해. 그러나 실제로는 필요도 없는 곽벽을 쌓고 그만큼의 비용을 통행세에 얹는다.

도시에 사람이 많은 까닭은 가호가 명곽에서 쫓아냈기 때문이었다. 명곽의 토지에는 막대한 조세를 부과해 고관밖에 살지 못하는 도시로 만들어버렸다. 사람도 가게도 쫓겨나 북곽과 동곽은 이상하리만치 비대해졌다. 모여든 여행자와 짐, 흘러드는 난민, 도시가 비좁아졌다면서 가호는 변변찮은 곽벽을 쌓는다. 명곽 근교에 사는 농민은 땅을 일굴 틈도 없다고 했다.

"부역에서 도망치려 한 네 사람이 대로에서 처형당하려던 참이었어. 그래서 한교에게 구하게 했어."

"……그러셨습니까."

게이키가 중얼거리자 요시가 키득거리며 웃었다.

"형리에게 돌을 던진 여자애가 있었지. 여자아이를 데리고 도망친 것까지는 좋은데 병사에게 쫓겼어. 머리카락이 이러니 눈에 띄지 않겠어? 아무래도 북곽으로 돌아가기는 힘들 것 같아서 너를 나오게 한 거야. 미안하군."

게이키가 한숨을 내쉬었다.

"조금도 자중하시지 않는군요."

"미안……."

요시는 사과하고서 무릎 위에 팔꿈치를 괴었다. 비탈에서는 명곽이 멀리 보였다.

"……나는 경에 못을 박아 사람을 죽이는 형벌이 있는 줄은 몰랐어."

"설마……."

"화주에서는 사형이라면 책형을 말한다더군."

말문이 막힌 게이키를 요시가 바라보았다.

"여기는 그렇게 나나 네가 모르는 일이 잔뜩 일어나는 나라야."

황령黃領에서조차 조세가 삼 할, 끔찍한 형벌, 가호와 쇼코 같은 악독한 관리. 등극하고 두 달이 되었을 때 각각의 작위가 있는 지선이 배알을 하러 찾아왔다. 그중에 가호가 있었던 것은 물론이고 쇼코 또한 있었을 것이다.

"다들 평복하고 머리를 조아렸지만 사실은 비웃음을 숨기기 위해서였을까. 참으로 어리석은 왕이라고 말이야."

"주상."

"신하가 필요해."

지금이야말로 진짜로 아군이 필요하다. 위왕을 쓰러뜨릴 때는 생각하지 않았다. 안국이라는 막강한 아군이 있었기 때문이다. 연왕의 조력과 안국 왕사 육군, 일사불란한 참모와 장군 들. 요시가 직접 군을 지휘할 필요도 없었다. 위왕에게 잡힌 게이키를 구한 뒤 위왕에게 가담한 제후와 제관은 잇따라 요시 밑에 투항했다. 옥좌의 위광과 안의 위압 앞에 투항했을 뿐임을 이제는 알고 있다.

"엔호는 어떤 사람이지?"

"엔호 말입니까."

게이키는 조금 난처한 듯이 보였다.

"도를 아는 분입니다. 많은 사람이 엔호에게 가르침을 받았습니다."

"그분을 조정으로 부를 수는 없을까……."

게이키는 말없이 긍정도 부정도 하지 않았다.

"먼저 관리를 움직이려거든 같은 관리의 주청이 아닌 주상 스스로의 판단으로 하십시오. 그것이 선결이겠지요."

"그러고 있다고 생각했다만."

게이키가 한숨을 내쉬었다.

"조정에는 권력을 다투는 자들이 있어요. 다른 파벌을 끌어내리려면 죄를 날조하는 것도 불사하는 놈들 말입니다."

요시는 퍼뜩 고개를 들었다.

"누구를 말하는 거지?"

게이키는 이 물음에도 대답하지 않았다.

"뭘 숨기고 있어?"

"아무것도 아닙니다. 주상은 스스로 확인하지 않으면 납득하지 않으시겠지요. 해야 할 말은 지금까지 말씀드려왔습니다. 나머지는 주상께서 생각하십시오."

"고칸인가."

전 맥주후, 고칸. 파면할 때 게이키는 이에 강경하게 반대했다.

게이키가 눈썹을 살짝 치켜세웠다.

"저는 누구라고도 말씀드리지 않았습니다만. 고칸을 맨 먼저 떠올리셨다면 주상께서 부채를 안고 계시기 때문이겠지요."

요시는 작게 한숨을 떨구었다.

"너는 기린이라고 생각할 수 없을 정도로 비아냥이 심하구나."

"주상께서 실로 완고하시니 이 정도가 알맞습니다."

요시는 피식 웃으며 일어났다.

"서두르지 않으면 문이 닫히겠어. 갈까."

"어디로 말입니까?"

요시는 마른 풀을 떨어내면서 명곽을 보았다.

"명곽의 상황은 알았어. 척봉에 들렀다 고계로 돌아간다. 너도 요천을 그리 오래 비울 수는 없겠지?"

고개를 끄덕인 게이키는 걱정스러운 표정으로 요시를 올려다보았다.

"주상께서는……."

"응. 알아. 되도록 빨리 돌아가야 하겠지. 백성들과 살아보고 잘 알았어. 나는 이쪽을 몰라."

"주상."

요시는 눈살을 찌푸린 게이키를 향해 웃었다.

"모르는 일을 다 깨우친 뒤에 가겠다는 소리를 하다가는 언제쯤에나 요천으로 돌아갈지 알 수 없어. 그 정도로 아무것도 모른다는 사실을 깨달았어."

그러합니까, 하고 게이키는 쓴웃음을 지었다.

"스스로도 아마 매듭을 찾고 싶었을 뿐이라고 생각해. 하지만 후회는 하지 않아. 나는 시정에 내려와볼 필요가 있었어."

"……예."

"결말이 날 때까지 기다려줘. 그리 오래 걸리지는 않을 테니까."

게이키의 대답은 돌아오지 않았다. 깊이 고개를 숙일 뿐이다.

14 장

001

"몸은 좀 어때?"

방으로 들어온 사람을 보고 쇼케이는 긴장한 미소를 지었다.

"살짝 삐기만 한 것 같아. 고마워."

남자는 쇼케이를 업고 북곽의 낡은 집으로 데려왔다. 등에서 내려서야 쇼케이는 비로소 자신이 걸을 수 없다는 사실을 깨달았다. 곽벽 위로 올라갈 때인지 뛰어내렸을 때인지 아무래도 발목을 삐고 만 모양이다. 이 집에 도착하는 잠깐 사이에 부어올라 있었다.

남자는 탑상에 다리를 쭉 뻗고 앉아 있는 쇼케이 옆으로 의자를 끌고 왔다.

"용감한 아가씨에게 큰일이 없어서 다행이야. 도시 바깥으로 도망친 아가씨는 누구지?"

"몰라. 나를 도망치게 해줬을 뿐이야."

"단순히 친절한 사람이라고 하기에는 너무 선뜻 나선 것 같은데……."

남자는 혼잣말처럼 멍하니 중얼거렸다. 쇼케이에게는 뜻밖이었다.

"그 말은 당신한테도 해당하는 소리 아니야?"

"아, 그런가."

남자가 활짝 웃었다. 선해 보이는 미소라고 표현하면 될까.

"나는 간타이桓魋다. 북곽에 살지. 음, 용병 비슷한 일을 하고 있어."

"용병? 당신이?"

남자의 분위기는 아무래도 '병사'라는 살벌한 말에 어울리지 않는다.

"완력 하나는 자신 있거든. 이 주변에는 화적이 나온다더군. 그래서 고용되어 짐을 지키지. ……음, 그렇게 힘쓸 필요도 없어. 넌지시 무기를 내보이고 다니는 남자들 머릿수만 있으면 그만이니까."

"그런데 구해준 거야?"

간타이가 슬며시 웃었다.

"돌을 던진 심정은 이해해."

쇼케이는 그러냐며 어깨에 힘을 뺐다.

"나는 쇼케이야."

"쇼케이 양이로군. 오늘밤에 묵을 곳은 있어? 벌써 성문은 닫혔는데."

쇼케이는 고개를 가로저었다.

"괜찮다면 여기에 있어. 여기는 나와 용병 동료 놈들끼리 빌린 집이야. 불량해 보이는 놈들이 얼쩡거리지만 나쁜 놈들은 아니니까."

"고마워. 하지만 미안해서……."

간타이가 웃었다.

"뭘, 살벌한 면상만 보다 보니 너 같은 미인이 있어주면 숨통이 트여. 지금부터 묵을 곳을 찾으려면 여러모로 고생일걸."

쇼케이는 고개를 끄덕였다. 아직 쫓기고 있을 가능성도 있다.

"당신이야말로 괜찮아? 틀림없이 당신 얼굴도 알려졌을 거야."

쇼케이의 말에 남자는 정말로 난처해했다.

"그러게나 말이야. 한동안 일은 못 나가겠군. 뭐, 어쨌거나 먹고사는 데 곤란한 건 아니니까 괜찮지만."

"미안."

"네가 사과할 일은 아니야. 내가 멋대로 구했으니까. 음, 나도 이래저래 이쪽 방식에 불만이 있었던 거지."

쇼케이는 고개를 갸웃하고 간타이를 보았다. 간타이는 쑥스러워하며 웃었다.

"칠 할이나 조세를 떼이면 다 못 낼 수도 있겠지. 그런 이유로 처형당한다니 말이 안 돼."

"칠 할."

"화주에서는 기본이 칠 할이야. 정말로 칠 할을 징수하는 짐승은 지수의 향장뿐이지만. 고작해야 오 할에서 육 할쯤 되나. 어쨌거나 그만큼 뜯기면 먹고살 수가 없어. 화주에서는 다들 난민처럼 살아."

"너무하네."

조세는 보통 일 할이다. 아주 가혹한 경우라도 인두세를 포함해 삼 할이다. 칠 할이나 빼앗기면 입에 풀칠하는 것만으로도 살기가 빠듯하리라.

"그걸 내지 못하면 저런 꼴을 당하지. 게다가 여기에는 무거운 부역이 있어. 곽벽을 짓고, 길을 내고, 다리를 놓지. 그렇게 놓지를 내팽개치고 만든 곽벽이 저 꼴이야."

"어째서 다들 참는 거야?"

"아무도 자신이나 자신의 가족이 책형을 받기를 원하지 않으니까 그러겠지."

"아……."

간타이가 쇼케이의 어깨를 가볍게 다독였다.

"관심이 사라질 때까지 느긋하게 있다 가."

이렇게 말하고는 조금 멋쩍게 웃었다.

"떠나기 전에 주방을 좀 치워주면 고맙겠는데."

"알았어. 고마워."

이가만 한 크기의 집은 민가치고는 제법 넓었다. 안뜰을 둘러싸고 가옥 네 채가 늘어섰고 안뜰 남동쪽에 대문이 있다. 집주인은 간타이인 모양이었다. 그가 안채에 살고, 쇼케이는 그의 손님으로 대청을 낀 반대쪽 침실을 빌렸다. 침실이라 해도 침소는 따로 없다. 침상 대신에 누울 수 있는 긴 의자를 써야 했다.

마당을 둘러싼 건물 세 채에는 스무 명 남짓한 병사 같은 남자들이 모여 있었다. 여자도 두세 명 있다. 어느 여자고 체구가 듬직했다.

이튿날에는 발목 통증은 사라져서 숙박비 대신에 부엌으로 가보았다. 부뚜막에 걸린 솥 안까지 먼지가 쌓여 있는 것을 보니 좀처럼 쓰지 않는 것이 분명했다.

"기막혀."

"뭐가 말이야?"

혼잣말에 대답이 돌아와서 쇼케이는 말 그대로 펄쩍 뛰었다.

"깜짝 놀랐잖아."

"아, 미안. 걸어도 괜찮겠어?"

"이제 그리 아프지는 않아. 그나저나 여기가 정말로 사용하는 부엌이야?"

간타이가 경쾌하게 웃었다.

"다들 밥은 바깥에서 먹고 오니까. 솔직히 말하면 차 정도는 끓이고 싶은데 보다시피 이런 상태라서 말이야."

"그럼 차 정도는 끓일 수 있도록 치울게."

"도와줄까?"

이 상황에서 도울 바에야 스스로 하면 좋았을 텐데, 하는 심정으로 간타이를 쳐다보자 그 소리가 들리기라도 한 것처럼 멋쩍게 웃었다.

"그게 말이지, 청소를 해야 한다는 건 알지만 어디를 어떻게 건드리면 될지 솔직히 모르겠어."

"진짜 기가 막히네. 대단한 집안에서 태어났구나."

남자든 여자든 스무 살이 되면 독립한다. 필요한 집안일 정도는 할 수 있게 마련이다. 하지 못하는 인간은 대단한 집안에서 태어나 사람을 부렸다는 증거이고, 독립하고 나서도 여전히 누군가 보살펴줄 만큼 풍족했다는 증거다.

"으음, 그런가."

"그럼 우선 솥을 닦아야지. 물 긷는 걸 도와줘."

"알겠습니다."

괜히 깍듯한 대답이 우스웠다. 크고 작은 솥을 둘이서 들고 부엌에서 뒷마당으로 나오니 우물가에 물동이가 놓여 있었다. 안에 국자가 들어 있는 것으로 보아 물이 마시고 싶은 사람은 여기서 알아서 떠 마시라는 소리인 듯했다.

"정말로 아무도 살림을 안 하는구나……."

"다들 이런 일은 머릿속에 없는 놈들뿐이라서."

"이 물동이는 언제 닦은 거야? 진짜 말이 안 나오네."

"그 정도인가?"

"뭐, 됐어. 간타이는 경 사람이야?"

"맞아. 쇼케이는?"

"……태어난 나라는 방이야."

"엄청 멀리서 왔구나."

쇼케이는 물을 쏟은 물동이를 손으로 씻으며 웃었다.

"그러게. 정말로 멀지. 이 계절에 눈이 쌓이지 않은 나라가 있을 줄은 몰랐어."

"그랬어?"

간타이는 두레박을 던지면서 맞장구를 쳤다.

"그리고 방 말고도 책형 같은 잔인한 형벌이 있는 나라가 있을 줄은 몰랐어."

간타이는 물을 길어서 물동이에 부었다.

"맞아. 화주는 특별해. 주후가 수단을 가리지 않는 놈이니까."

"경 전체가 그런 것은 아니고?"

"글쎄. 경을 전부 알지는 못하지만. 아마 이런 말도 안 되는 짓을 하는 놈은 가호뿐이겠지."

"가호? 화주후?"

"그래. 화주에는 짐승이 두 마리 있지. 화주후 가호, 지수향 향장 쇼코."

"지수향……. 거기, 내가 가려고 했던 곳이야."

"뭐라고?"

험악한 얼굴로 되묻는 통에 쇼케이는 어깨를 살짝 움츠렸다.

"지수에 가면 토지와 호적을 준대. 대에서 난민을 모으고 있어. 몰랐어?"

간타이는 고개를 가로저었다.

"그건 몰랐어. 처음 듣는 얘기야. 꽤 많은 사람을 태운 마차가 지수 쪽으로 갈 때가 있는데, 그거였나."

"아아, 역시 그렇구나. 그래서 지수로 가면 직업 정도는 찾을 수 있지 않을까 해서."

"그만둬."

"어째서?"

"말했잖아. 화주에는 짐승이 있어. 쇼코가 필두야."

"하지만 난민을 도울 정도라면……."

"쇼코는 남을 도울 놈이 아니야. 가면 반드시 후회할 거야."

"정말……?"

간타이는 심각한 표정을 지었다.

"지수가 사람을 모으는 이유는 사람이 줄어들고 있기 때문이야. 땅은 한정되어 있어. 아무리 풍요롭더라도 난민을 계속해서 모을 수 있을 리가 없어. 모으고 있다면, 모은 만큼 사람이 죽었다는 소리야."

"그렇구나."

쇼케이는 입술을 깨물었다.

"……그런 건……."

몰랐으니까 여태껏 지수로 가는 것을 추천하는 듯한 언동을 하고 말았다.

"경왕은 뭘 하는 거야."

어째서 그런 짐승을 계속 관직에 앉혀 활개치게 두는 것인가.

경에는 새 시대가 온 것이 아니었나.

"왕은 글렀어……."

쇼케이가 한숨을 쉬는 간타이를 빤히 보았다.

"글렀다고?"

"조정은 신료들이 좌지우지한다는 이야기가 있어. 이전 왕도 그랬지. 나라가 어떻게 되든 상관없는 거야. 그러니까 관리가 어떻게 하든 신경쓰지 않지."

"어째서 아무도 왕에게 그 말을 하지 않지?"

간타이가 어이없다는 듯이 눈을 동그랗게 떴다.

"왕한테 말해?"

"그게 진짜라면 간언해야만 해. 아니면 왕이 꼭두각시로 이용당하고 있다는 말이야? 그렇다면 누가 경왕을 깨우치게 해야만 해."

"너 말이야……."

"설령 경왕이 나라가 어떤 상태인지 모르더라도, 그 보복은 반드시 경왕에게 돌아가. 몰랐다는 것으로 용서받을 수는 없어. 힘이 부족했다는 것으로 용서받지 못해. 누가 그 사실을 알려줘야 해."

쇼케이처럼 될 뿐이다. 또는 쇼케이의 아버지처럼.

간타이는 가볍게 눈을 깜빡였다.

“너, 방 사람이지?”

쇼케이는 화들짝 놀라 정신을 차리고 얼굴을 붉혔다.

“맞아……. 근데 경왕이 남 같지가 않아. 내 또래 여왕이라고 들어서…….”

쇼케이는 눈을 내리깔았다.

“누군가 가르쳐줘야 해. 틀림없이 옥좌가 어떤 자리인지 모르는 거야.”

“어떻게 전하지? 경왕은 요천 금파궁 안에 있잖아.”

“그러게.”

“혹시 화주에 불을 지피면 알아차릴까.”

쇼케이가 고개를 들었다. 간타이의 옆은 미소를 뚫어지게 쳐다보았다.

“아홉 주 여기저기에 불을 붙이면 눈앞의 불씨를 알아차릴까. 어떻게 생각해?”

“……모르겠어.”

이 남자는 쇼케이를 구해주었다. 병사에게 쫓기는 여자애를 감싸고 쫓아온 병사와 일전을 벌이면 이 남자도 똑같이 쫓기는 처지에 놓인다. 어째서 그렇게까지 해주었을까.

처음부터 쫓기고 있었던 것이다. 아니면 쫓길 마음이 있었다. 다시 말해 이 남자는 화주 주후에게 반기를 들 심산이다.

"잘 모르겠지만 화주는 어떻게든 해야 해. 상황이 너무 심각해. 그리고 어떻게든 경왕에게 현재 상황을 알려야 해."

간타이는 도리어 천진하게 웃었다.

"나도 그렇게 생각해. 얼른 이것들을 해치워버리자. 어차피 갈 곳도 없잖아? 한동안 여기에 있으라고."

002

스즈가 맡은 일의 태반은 숙소의 허드렛일을 돕고 부탁받으면 삼추로 짐을 나르고 전령 역할을 하는 것이었다.

삼추는 스즈가 아니면 태우려 하지 않았다. 고쇼가 한번 타봤다가 요동쳐서 떨어지는 바람에, 하마터면 도시 곽벽마저 뛰어넘을 수 있는 다리에 걷어차일 뻔했다. 요수를 다루려면 요수를 굴복시킬 패기가 필요하고, 누구든 태울 수 있는 기수를 만들려면 몇 년에 걸쳐 사람에게 길들이고 요수의 긍지를 꺾어야만 한다. 그리고 그렇게 길들인 요수는 길들인 만큼 능력이 죽어버린다.

"스즈가 좀더 훌륭한 주인이 되어야 할 텐데……."

고쇼가 원망스럽게 삼추를 노려보았다.

"나?"

스즈는 채소밭의 나물을 캐던 손을 멈추고 우물가에 앉은 고쇼를 돌아보았다.

"주인이 잘 길들인 기수는 주인이 타이르면 명령을 듣는대. 빨리 스즈도 그만한 주인이 되어 이 녀석에게 말해줘. 고쇼를 태우라고 말이야."

스즈가 키득키득 웃었다.

"애써보겠지만 시간이 엄청 걸릴 것 같아."

"그러게나 말이다. 그래, 기수를 가지면 말에 탈 마음은 들지 않겠지."

"고쇼도 기수가 필요해?"

"나로서는 도저히 엄두가 나지 않아. 말해봤자 입만 아프지. 음, 병사라도 되면 모를까."

"병사는 기수를 받을 수 있어?"

"아주 출세하면. 그것도 운에 달렸겠지만 나하고는 인연이 없어."

"어째서?"

"군에서 출세하려면 실력이 상당하거나 소학少學 정도는 나와야 해. 왕사의 장군이라면 대학 출신이 당연하고. 게다가 무공에 달렸잖아. 지금 경국에서 무공을 세운다는 건 쇼코 같은 놈들 밑에서 농민을 학대한다는 얘기야. 내키지 않아."

"그렇구나……."

"그런 일에 결심이 서면 좋았을 텐데……."

"응?"

고쇼가 삼추에서 시선을 떼고 쓴웃음을 지었다.

"병사라면 학문도 필요 없고 출신도 관계없지. 어딘가의 병사가 되어 셋키를 화주에서 내보내줄 수 있다면 좋았을 텐데. 보기 드물게 영특한 놈인데 출세시키고 싶잖아. 셋키가 화주를 나갈 작정이라면 녀석이 스무 살이 되기 전에 내가 다른 주에서 일을 찾는 수밖에 없어. 마누라를 얻어도 셋키는 데려갈 수 없고……."

고쇼와 셋키 형제에게는 부모가 없다. 고쇼가 스무 살이 되어 독립하자마자 이가의 신세를 지던 셋키를 거두었다. 유감스럽게도 고쇼는 척봉 출신이고, 척봉에는 토지가 남는다. 인구가 늘어나는 것보다 엄청나게 속도로 빨리 줄어들고 있기 때문이다. 토지를 포기하고 도망친 자, 더 운 나쁘게 토지를 남기고 죽은 자. 셋키의 호적도 척봉에 있으니까 스무 살이 되면 틀림없이 척봉으로 배당받을 것이다. 그 토지를 팔고 도시에 가게를 사려 해도 다른 지방 땅은 비싸다. 그 지역에 사는 사람이 우선해서 싸게 살 수 있기 때문이다.

"애써 소학에 가려 해도 화주 인간은 화주의 소학밖에 갈 수 없어. 어지간히 비상해서 대학에 가면 모를까 소학을 나와 관리가 된다면 결국에는 화주에서 일하겠지. 마누라를 찾아 내가 토지를 옮겨도 셋키는 데려갈 수 없어. 그렇게 정해져 있으니까. 녀석을 위해 손쓰려면 내가 다른 주의 병사가 되든 셋키가 다른 주에 사는 부인을 구하든……."

고쇼는 그런 말을 하고는 손을 두드렸다.

"그렇지. 스즈, 너는 어때?"

"관둬."

스즈는 채소를 담은 바구니로 고쇼를 쿡쿡 찔렀다.

"그런 생각은 고쇼답지 않아. 셋키가 스무 살이 되기 전에 화주를 바로잡으면 되잖아?"

고쇼가 빙긋 웃었다.

"그야 그렇지."

"남 걱정보다 자기 걱정을 하지그래?"

셋키의 목소리가 들려서 스즈와 고쇼가 허둥지둥 안채를 돌아보았다.

"설령 다른 주로 가더라도 형이 걱정돼서 두고 갈 수가 있어야지. 성급한데다 앞뒤 안 가리잖아."

너 말이야, 하고 노려보는 고쇼를 무시하고 셋키가 스즈를 보며 웃었다.

“슬슬 정오야.”

여관에 묵는 손님은 대부분 사연이 있는 손님이다 보니 수입 대부분은 식대로 유지되고 있다. 요리하는 노인의 실력이 출중하고 가게도 깔끔하니, 영락한 이 일대에서는 번창하고 있는 편이다. 단, 손님층이 그다지 훌륭하다고 할 수는 없었다.

술도 파니까 취해서 싸움이 나는 일도 많다. 고쇼가 없으면 가게는 순식간에 엉망이 되어버릴 판이었다.

“스즈 덕분에 손님이 늘었어.”

셋키는 점심상을 치우면서 그렇게 말하고 웃었다.

“설마.”

“여자가 신기한 거야. 꽤 많이 돌아오긴 했지만 경에는 여자가 적어. 선왕이 쫓아냈거든.”

“그렇구나.”

“이런 빈곤한 지방 여자는 이때가 기회라고 도망쳐서는 돌아오지 않아. 기술이 있거나 웬만큼 유능한 여자도 돌아오지 않아. ……시간이 더 걸리겠지.”

점심이 지나면 저녁 식사 때까지 모여 있는 사람은 한식구인 남자들뿐이다. 확실히 여자는 적다. 전혀 없지는 않지만 드물었다.

그 여자아이가 가게에 들어왔을 때, 탁자를 닦던 스즈의 손이 멈추었다. 군색한 외투, 남자 차림새지만 전에 한 번 만난 적이 있어서 금세 여자인 것을 알았다.

"너는……."

잊을 길 없는 붉은 머리카락.

소녀는 스즈를 보고 이내 눈을 동그랗게 떴다.

"스즈……였던가……."

"맞아."

스즈가 고개를 끄덕였다.

"일전에는…… 고마웠어……."

소녀가 세이슈의 임종을 지켜주었다. 상황이 상황이라 고맙다는 인사 한마디도 하지 못했다. 상대방은 복잡한 표정으로 아니라며 고개를 내저었다. 스즈는 의자 하나를 뺐다.

"앉아. ……뭣 좀 먹을래? 바로 차를 내올게."

스즈는 말을 남기고는 주방으로 달려갔다. 달려간 곳에 셋키가 서 있었다.

"스즈, 저 사람이랑 알아?"

"잘 알지는 못하지만, 전에 만난 적이 있어."

셋키는 그러냐고만 대꾸했다. 표정이 얼핏 심각해 보였다.

"……왜 그러는데?"

"아니야. 스즈에게 맡겨도 될까? 단골들이 오기 전에 부엌을 정리할 테니까."

"알겠어."

스즈는 웃은 뒤 찻잔에 따뜻한 물을 담아 식당으로 서둘러 돌아갔다.

소녀 역시 조금 심각한 얼굴을 하고 식당 안을 둘러보았다.

"여기."

찻잔을 내려놓자 소녀가 고개를 살짝 숙였다.

"오늘은 너 혼자야? 이전에 왔을 때에는 키 큰 남자랑 열다섯 살쯤 된 남자아이가 있었는데."

"고쇼랑 셋키? 고쇼는 지금 잠깐 나갔어. 셋키는 주방에 있고. 혹시 두 사람을 만나러 온 거야?"

"아니, 그런 건 아니야."

"나는 오키 스즈라고 해."

"오키…… 스즈."

소녀의 눈이 살짝 커졌다.

"그때 고마웠어. ……이런 표현은 싫지만 말을 전해주어서 기뻤어……."

"그 아이는?"

"세이슈? 척봉의 공동묘지에 있어. 원래 경 아이야. 경이 황폐해져서 교로 도망쳤다가 새로운 임금님이 즉위했다고 해서 돌아왔는데 죽어버렸어. 그렇게 척봉에 묻히다니 원통하겠지……."

"그랬군……."

소녀는 씁쓸한 표정을 지었다.

"세이슈와는 주국에서 만났어. 나랑 함께 배를 타고 경으로 돌아왔지. 같은 배에 마찬가지로 경 사람이 몇 명 있었어. 다들 새로운 왕이 즉위했으니 좋아질 거라고들 했지만, 아마 지금쯤 실망하고 있겠지. 왕이 새로 즉위해봤자 달라진 게 없는걸. 주후고 향장이고 그대로니까. 너는 이름이 어떻게 돼?"

소녀는 "요시"라고 짤막하게 대답했다.

"고계에 살아."

"고계면, 아, 북위구나. 옆 영주에 있는. 영주는 좋은 곳이야?"

"글쎄."

요시는 우물거렸다.

"경은 어디든 마찬가지이려나. ……하지만 분명히 척봉보다는 나을 거야."

요시는 대답하지 않았다.

"살아간다는 건 어디든 똑같이 괴로울지 모르지만 역시 잘사는 나라와 그렇지 않은 나라가 있는 것 같아. 실제로 그런 나라가 존재하니까. 나는 재에서 왔어. 재의 임금님은 좋은 분이었어. 좋은 임금님을 만나지 못한 나라는 불쌍해……."

"맞아."

요시가 고개를 끄덕였다.

"정말로 경왕은 뭘 하고 있나 싶어. 자기 나라가 어떤 상태인지 모르는 걸까……."

"허수아비야."

요시가 불쑥 말해서 스즈가 의아한 표정을 지었다.

"뭐?"

"무능하고 관리의 신뢰를 얻지 못해서 아무것도 할 줄 모르고, 관리들은 왕이 뭘 하게 두지도 않지. 잠자코 시키는 대로 하는 수밖에 없어……."

"그래? 너는 요천을 잘 아니?"

"아니."

요시는 고개를 가로저었다.

"들었어, 소문으로."

"소문은 어차피 소문이야. 분명히 이전 임금님처럼 정사 따위 관심도 없는 거야. 그래서 조금도 백성의 목소리가 들리지 않는 거지. 그러니까 맥주후도 쫓아내지."

"뭐?"

눈을 부릅뜬 요시를 보며 스즈는 얼굴을 살짝 찌푸렸다.

"맥주후는 무척 좋은 분이셨는데 경왕이 파면시켰대. 맥주 백성들이 잘 따랐는데. 그런데 화주후는 눈감아주고 있으니 어이가 없지."

"그래……."

요시는 대답하고서 일어났다.

"미안하지만, 역시 식사는 그만둘게."

"왜?"

"아니. 앞을 지나다 들렀을 뿐이지, 사실 식사할 생각은 딱히 없었어."

"그래? 또 들를 거야?"

요시는 살짝 쓴웃음을 짓더니 고개를 끄덕였다.

가게를 나가는 요시를 지켜보며 스즈는 고개를 갸우뚱하며 찻잔을 치웠다. 그제야 요시가 찻잔조차 손대지 않은 것에 생각이 미쳤다.

"내가 말이 너무 많아서 질려버렸나……."

확실히 경에는 여자가 적다. 또래 소녀를 만난 적은 더 적어서 그만 입이 가벼워진 것 같다. 의아해하며 주방으로 들어가자 입구에 셋키와 고쇼가 서 있었다.

"어머, 왔어?"

"스즈, 조금 전 그 여자애는 누구야?"

고쇼의 얼굴이 험악하다. 스즈는 어리둥절했다.

"전에 잠깐 만났던 사람. 북위에 산다고 했어."

"북위……."

셋키가 고쇼를 올려다보았다.

"로의 집……."

고쇼가 고개를 끄덕였다. 더욱 험악한 얼굴로 스즈의 팔을 붙잡았다.

"무슨 이야기를 했지?"

"딱히……."

딱히 특별한 이야기는 하지 않았다. 그 정도 넋두리는 척봉 사람의 인사 같은 것이다.

"그 녀석, 무슨 말 안 했어?"

"별말 안 했는데. 맞아, 요천의 임금님 이야기를 들었어."

"요천에 대해 잘 아는 눈치였어?"

"모르겠는데. 소문이라고 했지만 듣고 보니 어째 잘 아는 듯한 분위기가 풍기기는 했나……."

고쇼가 셋키를 바라보았다. 셋키가 고개를 끄덕였다.

"옮겨야겠어."

"뭐?"

스즈가 셋키를 응시했다.

"전에도 왔었어. 무언가 캐려는 눈치였어. 요천의 상황을 잘 안다면 정말로 요천 사람일지도 몰라."

"그게 무슨……?"

"쇼코와 가호가 용서받는 건 경왕이 보호하고 있기 때문이라는 소문도 있잖아. 이쪽 사정을 살피러 요천 사람이 온 거라면 그 소문은 진짜인지도 모른다 이거지."

눈을 동그랗게 뜬 스즈를 향해 셋키가 가볍게 고개를 끄덕였다.

"짐을 정리해. 조금이라도 불안한 점이 있으면 간과하지 않는 것이 좋아. 여기는 버리고 동료가 있는 곳으로 옮긴다."

"하지만……."

"그 여자, 평범한 사람이 아니야."

003

란교쿠에게는 평소와 다름없는 오후였다. 요시가 열흘째 자리를 비우고 있는 것만 제외하면 말이다.

"요시는 언제 돌아올까."

게이케이가 따분해하며 투덜거리는 말을 듣고 란교쿠가 가볍게 웃었다. 게이케이는 외로운 것이다. 아이들이 죽은 이가 안은 휑뎅그렁했다.

"곧 오지 않을까? 나갈 때 그렇게 말했잖아."

"있지, 요시는 시집가는 걸까."

"그 사람한테? 글쎄, 어쩌려나……."

혼인은 성인이 되어야 하지만 야합이라면 문제가 없다. 부모가 있으면 부모의 허락을 구하는 법이지만 요시에게는 부모도 없다.

"설령 그렇더라도 열여덟 살까지는 여기에 있겠지. 일을 못 하는걸."

란교쿠는 그렇게 말했지만 이상하게 스스로도 그 말을 믿지 않았다. 이가 사람이라기에는 엔호의 대우가 신경쓰인다. 꼭 손님으로 대하는 것 같다. 손님이라면 머지않아 떠날 것이다.

게이케이와 함께 설거지하고 그릇을 행주로 닦아 선반에 넣는다. 란교쿠는 부엌을 깨끗하게 치우고 나서 게이케이를 돌아보았다.

"수고했어. 차 마실까? 엔호를 불러와."

게이케이는 "응" 하고 크게 대답하고 글방으로 달려갔다. 란교쿠는 대청마루로 들어가면서 흐뭇하게 웃으며 게이케이를 지켜보았다. 자랑스러운 동생이다. 영리하고 착하고 부지런하다. 누구를 만나도 칭찬받았다. 엔호도 게이케이를 소학 위에 있는 서학으로 추천해주겠다고 했다.

란교쿠는 대견해서 혼자 웃으며 다기를 꺼냈다. 안채 문이 열리는 소리가 들렸다.

"엔호, 무슨 차를 드실래요?"

물어도 대답이 없다. 란교쿠는 고개를 들고 문 쪽을 보았다가 몸이 얼어붙었다. 들어온 사람은 낯선 남자들이었다.

"누구세요?"

숫자는 여섯 명. 얼핏 일반인 같지만 위험한 분위기가 감돌아서 란교쿠는 저도 모르게 한 걸음 물러났다.

그중 한 사람이 문을 닫더니 앞을 가로막고 섰다.

"당신들 누구야? 무슨 일로……."

정체를 추궁하던 말을 삼켰다. 그중 한 사람이 품에서 단검을 꺼냈기 때문이다.

란교쿠는 비명을 지르며 돌아섰다. 묵직한 발소리가 쫓아와서 뒤에서 란교쿠를 꽉 붙들었다.

"뭐야, 당신……."

입을 막는 바람에 뒷말을 이을 수가 없었다. 란교쿠를 부둥켜

안은 남자가 다른 남자들에게 턱짓했다. 남자들은 문 옆에 몸을 붙였다.

—이게 무슨 상황이야. 이 사람들은…….

통탕통탕 가벼운 발소리가 걸어온다. 게이케이다.

란교쿠는 눈을 부릅떴다. 문이 가볍게 움직이고 순간적으로 안간힘을 다해 몸을 비틀어 비명을 질렀다.

"게이케이, 도망쳐!"

발이 걸려 바닥에 고꾸라졌다. 란교쿠는 엎어진 채 고개를 들고 열리는 문을 본다. 그곳에 우두커니 선 어린 동생.

"도망쳐, 게이케이! 도망쳐!"

눈을 똥그랗게 뜬 게이케이가 몸을 돌리기도 전에 남자들이 더 빨리 쫓았다. 남자 한 사람이 게이케이를 가볍게 끌어당겨 주먹을 찔러 넣었다. 아니, 그 손에 쥔 단검을.

"무슨 일이냐?"

엔호의 목소리와 달려오는 발소리. 동시에 풀썩 주저앉은 게이케이의 모습. 작은 몸의 허리띠 위로 꽂힌 단검 자루.

"게이케이!"

소리친 란교쿠의 등에 격렬한 충격이 엄습했다. 란교쿠는 비명을 지르며 저도 모르게 바닥 위에 몸을 둥글게 말고, 그 순간 덮친 통증에 다시 비명을 질렀다.

고개를 들자 바닥에 이마를 붙이듯 웅크린 게이케이에게 달려가는 엔호의 모습이 보였다.

"란교쿠, 게이케이."

게이케이 옆에 이르기 전에 달려온 남자들이 엔호의 팔을 붙잡았다. 엔호는 남자들의 손을 뿌리치고 웅크린 게이케이의 몸을 잡았다. 믿기지 않는 힘으로 작은 몸을 안아 올리더니 란교쿠에게 할말이 있는 듯한 시선을 잠시 보내고는 발길을 돌려 안뜰로 뛰어 내려갔다.

"엔호…… 도망쳐요……."

엔호의 가는 길을 막는 남자가 보였다. 엔호는 게이케이를 안은 채 글방 쪽으로 도망쳤다. 남자들이 엔호를 쫓는다.

—어째서. 어째서, 이런…….

—게이케이.

란교쿠는 양손을 짚고 일어났다. 비틀거리며 문 쪽으로 간다.

—엔호.

어지럽게 달리는 발소리가 안쪽에서 들린다. 벽을 붙잡고 회랑으로 나온 란교쿠는 발을 헛디뎌 회랑 난간에 매달렸다. 바깥으로 뛰쳐나가 도움을 구할까 잠시 망설이다 난간에 의지해 회랑 안쪽으로 갔다.

……게이케이.

타들어가는 듯한 등의 아픔을 견디며 회랑을 비틀비틀 달린다. 객실과 글방으로 나뉘는 모퉁이까지 와서 바닥에 나뒹구는 게이케이와 사로잡힌 엔호를 발견했다.

"……엔호!"

"란교쿠, 도망치거라!"

란교쿠는 망설이며 바닥에 쓰러진 동생을 보았다. 바닥에는 작게 피 웅덩이가 생겼다. 게이케이는 움직이지 않는다. 비명을 지르지도 울지도 않는다.

……거짓말이야.

"란교쿠!"

란교쿠는 정신을 차리고 달려오는 남자들과 손에 든 흉기를 보고서 본능에 따라 몸을 돌렸다. 허우적거리며 회랑을 달린다. 등에 내려친 검날의 충격이 엄습했다.

충격으로 무릎을 꿇고 바닥에 쓰러지고도 다시 바닥을 굴러 도망쳤다. 다리에 검날이 스치고, 목덜미를 강타당하며 란교쿠는 가까운 방안으로 굴러 들어갔다.

—어딘가 안전한 곳으로.

객실이었다. 침실 문을 발견하고는 손을 짚고 허우적거리며 다가갔다.

—문을 잠글 수 있는 곳.

문을 열고 도망치려 한 등에 또다시 예리한 통증이 덮쳤다.

아아, 란교쿠는 탄식했다. 따뜻한 액체가 목덜미를 타고 가슴으로 흘러내리는 것이 느껴졌다. 도망친 침실 선반에 손을 짚고, 몸을 채 지탱하지 못하고는 쓰러졌다. 선반 위의 작은 상자가 굴러떨어져 뚜껑이 열렸다.

……요시 물건이야…….

란교쿠는 멍하니 생각했다.

……신기한 아이. ……오늘 없어서 다행이야…….

하지만 이것으로 이가에는 아무도 남지 않는다. ……엔호는 크게 슬퍼하겠지.

—아아, 엔호!

두고 도망쳐버렸다. 엔호는 그 뒤에 어떻게 되었을까.

……너무해. 우리가 뭘 했다는 거야?

피가 흘러 웅덩이가 생기는 것보다 핏속에 쓰러진 동생의 모습, 그 잔상이 란교쿠를 괴롭혔다.

아직 어린데. 그렇게 착한 아이였는데. 하나뿐인 가족. 부모를 잃고 손을 맞잡고 살아왔다.

서글픈 나라다. 경에 태어난 것이 서글프다. 부모를 잃고 나라에서 쫓겨날 뻔하고, 겨우겨우 근근이 살아가던 이가까지 습격받았다. 활개치는 폭한과 강도를 단속할 수 없을 정도로 이 나라는 피폐해져 있다.

요시, 란교쿠는 근처에 있던 천 꾸러미를 무의식중에 꼭 쥐었다.

……게이케이의 원수를 갚아줘. 저런 놈들을 용서하지 말아줘.

천 속에 딱딱한 덩어리가 있었다. 란교쿠는 멍하니 손안을 보았다. 금색을 띤 물건이 손가락 사이로 들여다보였다.

……이거…….

금색 인장. 새겨진 형태.

—어째서 이런 물건이.

무거운 발소리가 다가와서 란교쿠는 반사적으로 그것을 굳게 쥐었다. 살육자가 발견하지 못하도록.

또다시 두 번, 세 번 예리한 통증이 등을 덮쳤다.

—경왕어새.

……아아.

눈물이 넘쳐흘렀다.

……부탁이야, 요시. 구해줘.

궁기한테서 구해준 것처럼.

우리를, 경의 백성을 구해줘…….

004

"물러가 있어."

게이키는 사령에게 가볍게 말했다. 말없이 두 마리 요마가 모습을 감추었다. 가까운 고계의, 북위의 도시가 보였다. 가도에서는 떨어진 숲속이다.

옆에 선 주인은 입을 꾹 다물고 있었다.

—맥후는 어떤 사람이지?

척봉에서 무슨 일이 있었던 것인가. 무슨 이야기를 들었는지 모르지만, 도시 바깥에서 기다리던 게이키의 곁으로 돌아오자마자 그렇게 물었다. 게이키는 도시로 들어갈 수 없었다. 도시에 감도는 송장 썩은 내가 심각했기 때문이다.

돌아온 요시는 격분했다. 그런 본인 앞에서 따라간 사령에게 사정을 물을 수 없었다. 그래서 어찌하여 주인이 느닷없이 그런 이야기를 묻는지 이해할 수 없었다.

본심을 말하는 수밖에 없었다.

"주상께서 더 잘 아시지 않습니까."

"모르니까 묻지."

"사람됨도 모르시면서 고칸을 파면하셨습니까?"

요시의 말문이 잠시 막혔다.

"상세히 조사하신 뒤에 주상께서 판단해주십사 말씀드렸습니다. 관리의 목소리에 맡기지 말고요. 그런데 이제 와서 주상께서 그것을 물으십니까."

"조사시켰어. 고칸은 옥좌를 탐내어 일부러 위왕에 가담하지 않았다. 나를 원망해 시해 음모를 꾸미고 그것을 들켜 도망쳤다."

"그렇다면 그런 것이겠지요."

"하지만 맥주의 백성들이 고칸을 흠모했다는 이야기를 들었어."

"그런 소문도 들었습니다."

"그렇다면 어째서 그리 말하지 않지!"

"그렇다면 묻겠습니다. 제가 고칸을 감싸면 주상께서 들어주셨겠습니까."

요시는 또다시 말을 잃었다.

"비호라면 했습니다. 저는 몇 번이나 고칸의 파면에 대해 재고해달라 청하였습니다. 제 말보다 관리의 말에 믿음이 갔던 것이 아니셨습니까. 저는 고칸이 그러한 인물이 아니라고 생각한다 말씀드렸지요. 어찌하여 고칸을 파면하신 이제 와서야 그것을 물으십니까."

요시는 선명한 녹색 눈을 들었다.

"……고칸을 어떻게 생각하지."

"훌륭한 인물로 보였습니다. 단 두 번 만난 인상으로는요."

"게이키…… 너."

"그렇게 말했다면 주상께서는 생각을 바꿔주셨을까요. 관리의 말이 있고, 증인이 있다고 제 말 따위 애초부터 들어주시지 않았는데요?"

"그만…… 됐어!"

요시는 거칠게 말한 뒤 입을 다문 채 척봉에서 고계에 도착할 때까지 한마디도 하지 않았다.

그리고 지금도 퉁명스럽게 고계를 노려보고 있다.

"주상……. 문이 닫힙니다."

안다고 대답한 나직한 목소리는 거칠게 내뱉는 투였다.

"……그토록 저에게 화가 나셨습니까."

"아니."

요시는 등을 돌린 채 고개를 내저었다.

"나 자신에게 화가 났을 뿐이야……."

게이키는 가볍게 한숨을 내쉬었다. 자신은 말이 부족하다. 딱히 말을 아끼는 것은 아니지만 늘 배려가 부족하다. 부족했던 것을 나중에야 깨닫는다.

"죄송합니다."

"네 탓이 아니야."

돌아본 얼굴은 복잡해 보이는 미소를 짓고 있었다.

"화내서 미안하군. 괜한 화풀이였어."

"제 설명이 부족했습니다."

"아니, 내가 제대로 물었어야 했어. ……미안하다."

가자고 재촉하는 주인의 얼굴을 보고 게이키는 살짝 미소를 지었다. 나무라지 않는 주인의 강한 심지가 흐뭇하고, 동시에 그리운 마음이 들었다.

—아니요.

그리운 앳된 목소리가 들린다.

—제가 지레짐작하지 않고 제대로 물었어야 했어요.

게이키는 쪽빛이 감돌기 시작한 하늘을 보았다.

그 나라는 저쪽이었던가.

요시는 고계 마을로 돌아가면서 부족한 점이 많다고 생각했다. 그중 가장 부족한 것은 어쩌면 기린에 대한 믿음이 아닐까 싶기도 하다.

"그만 돌아갈까?"

문을 지나며 묻자 게이키는 하늘을 우러러보았다.

"엔호에게 인사를 드릴 시간 정도는 있겠지요. 뵙고 나서 돌아가겠습니다."

"엔호는 어떤 사람이지?"

"저도 자세히는 모릅니다."

게이키는 그렇게 대답하고는 난처한 표정을 지었다.

"원래는 맥주 분이라던가요. 도를 알고 섭리를 아는 분이라고, 사실은 맥후에게 들었습니다. 인망이 두터워 사람들이 그를 따르는 것을 시기하는 자가 엔호를 해치려 하니 영주에 모실 곳이 없겠느냐고 맥후가 상의하러 온 적이 있습니다."

"고칸이…… 그랬군."

요시가 고칸에게 반감을 품고 있어서 말하지 못했던 것인가. 요시는 그런 생각을 하고 자조의 미소를 흘렸다.

—정말로 부족하다…….

이가 옆, 모퉁이만 돌면 금방 도착할 거리에서 게이키가 갑자기 걸음을 멈추었다.

"왜 그러지?"

게이키의 미간에 주름이 깊게 졌다.

"피…… 냄새가."

요시가 주위를 둘러보았다. 겨울의 마을, 길은 한산하니 인기척이 없었다.

"설마."

불안감으로 가슴이 뛰었다. 요시는 달려가 이가의 문안으로 뛰쳐 들어갔다. 서둘러 달려간 안채에서 얼어붙고 말았다.

……점점이 떨어진 붉은 것.

대청마루에는 아무도 보이지 않고, 이가 안에는 인기척이 전혀 느껴지지 않았다.

"란교쿠! 게이케이!"

피는 회랑 안쪽으로 이어져 있다.

"엔호!"

안쪽으로 달려가는 요시의 발치에 한 마리 짐승이 모습을 드러냈다.

"적은 없습니다."

요시는 그 목소리에 고개를 끄덕이고 안쪽으로 달려갔다. 모퉁이를 돌아 회랑에 쓰러진 게이케이를 발견했다.

"게이케이!"

뛰어가 무릎을 꿇었다. 작은 몸에는 단검이 깊이 찔려 있었고, 손을 대자 축 늘어져 힘이 없었다.

"게이케이!"

"움직여서는 안 됩니다."

돌아보자 노골적으로 얼굴을 찌푸린 게이키의 모습이 있었다.

"아직 숨이 붙어 있어. 효키, 이 아이를 금파궁으로."

"제때 옮기지 못할지도 모릅니다."

나직한 대답이 들렸지만 게이키는 안다고 고개를 끄덕였다.

"여차하면 내가 태우고 가겠다. 우선 데리고 먼저 가."

예, 하고 짧은 대답과 함께 게이케이의 몸 아래에 붉은 표범이 모습을 드러냈다. 아이를 등에 둘러업자 함께 나타난 하얀 깃털의 새 모습을 한 여자가 아이를 붙잡았다.

"효키, 가이코, 부탁해."

요시가 말하고 주위를 둘러보았다. 핏자국이 객실로 이어졌다. 핏자국을 따라 도착한 곳은 요시의 방. 바닥에 흩뿌려진 핏자국의 참상에 게이키는 걸음을 멈추고 엉거주춤하게 섰다.

"게이키, 무리하지 마. 떨어져 있어."

"하오나……."

"그보다 게이케이를 부탁해. 한시라도 빨리 의원에게 데려가 줘."

"예, 하오나."

요시는 개의치 않고 대청마루로 들어가 침실 문이 열려 있는 것을 보고 그쪽으로 향했다. 쓰러진 소녀를 발견했다.

"란교쿠……!"

달려가 어깨에 손을 얹었다가 금세 손을 떼었다. 대신에 얼굴을 덮었다.

"어째서……."

—이미 숨을 쉬지 않는다.

"왜 이렇게 된 거지……."

란교쿠나 게이케이가 누군가의 원한을 샀으리라고는 도저히 생각할 수 없다. 란교쿠가 등에 입은 상처를 헤아리면 한 손으로는 부족하다. 이토록 미움받을 까닭을 알 수 없다.

"어째서……."

앞머리를 쥐어뜯던 요시는 화들짝 놀라 고개를 들었다.

"엔호."

"없습니다."

한쿄의 목소리가 들렸다.

"없다고?"

"이가 안 어디에도 없습니다. 구석구석까지 확인했지만 엔호도 엔호의 시신도 없었습니다."

"왜지?"

"피 냄새는 세 사람. 다친 모양입니다. 그러면 납치되었다고밖에."

요시가 입술을 깨물었다.

일전의 밤에 이가를 둘러싼 남자들. 또는 엔호를 찾아와서는 그를 우울하게 만든 남자, 어쩌면 척봉의 덩치 큰 남자.

짐작 가는 바가 분명히 있었다. 그럼에도 지켜주지 못한 자신이 분하다.

"란교쿠…… 미안……."

요시는 란교쿠의 등을 살며시 쓰다듬고 흐트러진 머리카락을 정돈해주었다. 한 손이 가슴을 끌어안듯 몸 아래에 깔려 있다. 왠지 그 어색한 자세가 가여워서 요시는 란교쿠의 손을 뺐다. 오른손 주먹이 굳게 쥐어져 있었다.

—손안에 무언가 쥐고 있다.

주먹 형태로 알 수 있다. 어렴풋이 따뜻한 손을 잡고 슬쩍 주먹을 펴보았다. 금빛 무거운 인장이 굴러떨어졌다.

"란교쿠."

요시는 눈을 부릅떴다. 과연 란교쿠는 이 인장이 어떠한 물건인지 눈치챘을까.

어쩌면 이미 자신이 무엇을 하는지 모르는 상태였는지도 모른다. 인발을 볼 여유 따위 없었으리라. 있었더라도 이렇게 다친 상태인데다 글씨가 좌우 반대로 새겨 있으니 읽기 어려웠을 것이다.

그렇게 생각하면서 란교쿠가 쥐고 있던 주먹의 의미를 묻는다.

마치 몸 아래로 끌어안아 무언가에게서 숨기려 한 것 같았다.

숨길 상대는 살육자밖에 없다.

어째서 숨겨주었나. 그것이 요시의 물건이고 금으로 되어 있기 때문인가. 아니면.

"란교쿠…… 고마워……."

울고 싶지는 않지만 억누를 수 없었다.

"정말로 미안해……."

외출하지 않았더라면. 요시가 있었다면 지켰을 텐데.

"한쿄, 게이키는?"

"궁성으로 가셨습니다."

"그래."

요시는 고개를 끄덕였다. 하다못해 게이케이만이라도. 그러지 않으면 너무나 죄스러웠다.

—척봉에서도 아이가 죽었다.

요시는 입술을 깨물고 란교쿠를 보았다. 깊이, 깊이 고개를 숙였다.

"부족한 왕이라 정말로 미안해……."

15장

001

달이 없는 밤, 바깥에서는 바람이 울부짖었다.

요시는 불빛 없는 이가의 한 사람도 남지 않은 대청마루에 우두커니 앉아 있었다.

게이키가 전변해서 게이케이를 왕궁으로 데려갔다. 아직 숨은 붙어 있었지만, 어의 말로는 과연 살 수 있을지 장담할 수 없다고 한다.

"태보께서도 몸져누우셨습니다."

효키의 목소리에 요시는 고개를 끄덕였다.

—이게 무슨 난리야.

이부의 관리는 란교쿠를 보고 그렇게 외치며 손으로 제 얼굴을 덮었다.

—엔호와 게이케이는?

요시는 없다는 대답밖에 하지 못했다. 게이케이까지 죽으면 어쩌면 좋은가. 만약 살아남더라도 란교쿠가 없다는 사실을 어떻게 설명하면 좋을까. 그리고 엔호는?

—네가 있었으면 좋았을걸.

이재里宰가 말하지 않아도 요시 역시 그렇게 생각했다. 자신이 있었다면 절대로 세 사람을 이렇게 만들지 않았을 것이다.

"……게이키에게 고맙다고 전해줘. 게이케이를 데려가느라 애썼다고."

"예. 하오나, 앞으로 어쩌시겠습니까."

"엔호를 찾는다."

"……주상."

"짐작 가는 바가 없지는 않아. 어떻게든 엔호를 찾아 범인을 붙잡아야겠어."

"태보께서 걱정하셨습니다."

"무모한 짓은 하지 않을 테니 한동안 눈감아달라고 전해줘. 도저히 이대로 가만있을 수 없어."

효키는 잠시 뜸을 들이더니 "예" 하고 대답했다.

"그리 전하겠습니다."

"응. ……부탁해."

그 뒤로 효키의 목소리는 들리지 않았다. 쥐 죽은 듯한 침묵과 바람 소리가 대청마루에 가득했다.

등불을 켤 손은 이제 없다. 바지런히 불을 붙이고 숯을 묻고 솥에 따뜻한 김을 감돌게 하던 소녀는 없다. 두 번 다시 돌아오지 못한다.

요시는 의자 위에 던져둔 검을 손에 들었다.

경국 비장의 수우도.

막대한 요력을 지닌 마를 봉인해 검을 만들고, 검집을 만들었다. 제대로 지배한다면 검은 과거와 미래, 천 리 너머 일이라도 비추고 검집은 사람의 마음속을 읽는다.

요시는 검을 빼서 검날을 응시했다. 이 검은 본디 물, 주인에 따라 형태를 바꾼다. 수우도를 만든 이는 달왕, 당시에는 검자루가 긴 언월도로 아직 검집이 없었다고 한다. 그 언월도를 수감도水鑑刀라 이름 지었다. 이것이 주인을 현혹함을 깨달은 달왕은 훗날 검집을 만들어 이를 봉인했다. 수우도라는 이름이 붙은 뒤 주인이 바뀔 때마다 모습을 바꾸어 지금은 검으로서 요시의 손 안에 있다. 그 모습이 도끼든 곤봉이든 검집은 반드시 그 모습에 맞춰 나타난다. 검집이 없으면 주인에게 해를 끼치는 마도가 된다. 그런데 요시는 검집을 잃어버리고 말았다. 검집 자체는 남아 있지만 형태뿐이라 더는 검을 봉인할 만한 힘을 지니고 있지 않다.

—수감도라 불러야 할까.

동관에게 명령해 새로이 검집을 만들게 하였으나 어느 물건도 검을 제압하지 못했다. 제압은커녕 검집이라는 고삐가 풀린 검은 날이 갈수록 폭주했다. 이미 요시로서는 제어하지 못한다. 검날에 떠오르는 환영도 의미를 알 수 없는 악몽뿐이다. 어렵게 얻은 세상에 둘도 없는 보옥을 못 쓰게 했다며 관리는 검집을 잃어버린 요시를 말없이 나무랐다.

가만히 검날을 들여다보던 요시는 이윽고 한숨을 내쉬었다.

"틀렸나……."

검날을 스치는 환영 어디에도 엔호의 모습은 없었다.

"한쿄."

"예."

어둠 속에서 대답이 들렸다.

"잠깐 눈을 붙이겠다. 문이 열리기 전에 깨워줘. 아침 일찍 척봉에 갈 거야."

분부 받들겠습니다. 목소리만 덩그러니 대답했다.

이른 아침, 요시는 북위를 나섰다. 곧장 로라는 남자의 집으로 향했다. 기묘한 복면 남자를 안내해 온 남자. 그곳에서 척봉의 여관에 있던 덩치 큰 남자를 보았다. 일전에 이가를 둘러싼 남자들이 돌아가려 한 곳도 척봉, 모든 것이 얽혀 있는 것처럼 여겨졌다.

혹독한 한기를 헤치고 걸어서 로의 집에 도착한 요시는 잠시 망설인 끝에 대문을 두드렸다. 집안은 쥐 죽은 듯 고요하니 소리가 들리지 않는다. 마구 두드려대자 길을 지나던 노파가 말을 걸었다.

"아침 댓바람부터 무슨 소란이야. 로는 없어."

요시는 돌아보고 그 음울한 얼굴을 한 노파를 보았다.

"없다고요?"

"사라져버렸어. 야반도주 아닌가. 무슨 일이 있었는지 모르겠지만 수상해 보이는 풍채 좋은 놈들이 드나들었으니까 뭔가 있었나 보지."

"언제 사라졌죠?"

"보자, 꽤 된 것 같은데. 보름쯤 됐나."

보름 전이라면 요시가 처음 여기를 찾은 무렵이다.

—도망쳤나.

"로 씨 댁에 드나들던 사람을 모르세요? 어떻게든 행방을 알고 싶은데요."

"글쎄. 아무튼 인상이 험악한 놈들뿐이어서 말이야."

아아, 하고 노파가 중얼거렸다.

"어째 기분 나쁜 남자가 이따금 왔었지. 뭐가 잘났는지 마차까지 타고서. 사람 눈을 꺼리는 것 같았어."

"혹시 얼굴을 가리는 쓰개를 쓴 사람 말인가요?"

"아, 그런 차림을 한 적도 있었던가. 마흔 가까이 된 남자야."

"마흔 가까이……."

짐작 가는 인물이 요시에게는 없었다.

"얘, 로가 무슨 짓을 저지른 게야?"

"아니, 아니에요."

노파는 흥, 하고 콧방귀를 뀌었다.

"언젠가 뭔가 저지를 줄 알았어. 어차피 뜨내기니까."

"원래 북위 사람이 아니었습니까?"

"당치도 않아. 작년 가을쯤인가 불쑥 와서 자리를 잡았지. 그러고는 이웃 사람에게는 인사도 없고 말도 안 섞지 뭐야. 별일 아니면 엮이지 않는 편이 좋아. 어차피 제대로 된 인간이 아니니까."

"그렇군요……."

요시는 고맙다고 말하며 고개를 살짝 숙였다.

북위를 나와 한쿄를 불렀다. 한쿄의 다리는 가장 빠른 기수와 맞먹는다. 둔갑하면 더욱 빠르지만 그러면 요시를 태울 수가 없다.

도시 옆, 눈에 띄지 않는 곳에서 한쿄를 타고 단숨에 척봉까지 달렸다. 척봉 근처에서 내려 성문을 지나 두 번 찾아갔던 여관으로 다시 향했다.

—무슨 관계가 있을 것이다.

이가의 상황을 살피는 듯했던 남자들은 척봉으로 돌아갔다. 처음 들렀을 때의 험악한 분위기. 묘하게 위압감이 느껴지던 그 남자.

사실은 그 남자를 의심하는 것밖에 다른 방도가 없음을 스스로도 알고 있었다.

쓰개를 쓴 남자와 로는 행방을 찾을 길이 없다. 요시에게는 이제 여관에 있던 남자, 로의 집을 드나들던 남자를 의심하는 수밖에 없었다.

공기가 탁한 골목을 빠른 걸음으로 빠져나간 요시는 발을 멈추었다. 이제는 낯익은 여관의 외관, 입구로 달려가 문에 살짝 손을 댔다.

"……?"

문이 꼼짝하지 않는다. 살펴보니 길 쪽 창문의 나무 덧창이 꼭 닫혀 있다. 가볍게 문을 두드렸지만 마치 로의 집을 재현한 것처럼 응답하는 사람 소리가 들리지 않는다.

"어째서……."

주먹으로 문을 두드리고 나서 요시는 몸을 돌렸다. 맞은편 집으로 달려가 마찬가지로 닫힌 문을 두드렸다. 이번에는 금세 응답이 있었다.

"누구야?"

쉰 줄의 남자가 얼굴을 내밀었다.

"죄송합니다. 건너편 여관은……."

남자는 맞은편을 흘끔 보았다.

"아아, 장사를 접은 모양이야."

"장사를 접다니요. 제가 어제 왔을 때는 분명히 장사하고 있었는데요."

"그러니까 어제. 밤늦게 짐을 빼 갔어."

"어젯밤에……."

요시가 주먹을 쥐었다.

"……그 덩치 큰 남자는 어떤 사람이죠?"

"응? 고쇼 말인가? 한 덩치 하는 사내지."

"네. 열네 살쯤 먹은 남자아이도 있었는데, 그 아이는……."

"셋키 말이로군. 고쇼의 동생이야. 뭐야, 고쇼를 찾아왔어?"

"아뇨, 스즈라는 여자아이를 만나러 왔어요."

아, 하고 남자는 선하품을 참으면서 목덜미를 긁었다.

"삼추를 데리고 다니던 아가씨 말이로군. 다들 어딘가로 가버렸어. 미안하지만 어디로 갔는지 못 들었고. 그런데 댁은 누군데?"

요시는 까딱 인사만 하고 발길을 돌렸다. 뒤에서 남자가 고함치는 소리가 들렸지만 돌아볼 마음은 일지 않았다.

어제, 스즈는 고쇼가 없다고 하지 않았던가. 스즈는 또 올 거냐고 묻지 않았던가.

고쇼는 어디로 갔을까. 어째서 서둘러 여관을 닫고 자취를 감추었는가. 이가가 습격당한 것은 아마도 어제 그 무렵.

"고쇼……."

관계없다고 생각하기는 어렵다. 이가를 습격하고 행방을 감추었는가. 그렇다고 하기에는 스즈가 또 올 거냐고 물은 것이 마음에 걸린다.

"대체…… 어떻게 된 거야."

엔호를 고민에 빠지게 했던 쓰개를 쓴 남자는 로의 집에 드나들었다. 로의 집에서 고쇼를 만났다. 이가를 둘러싼 남자들은 여기 척봉으로 돌아왔다. 고쇼, 셋키, 해객인 스즈, 척봉에서 죽은 아이. 선명한 도식이 보이지 않는다.

"고쇼를 찾아야겠어."

아직 포기하기는 이르다. 고쇼, 셋키, 스즈. 스즈는 삼추를 데리고 있다. 단서가 아예 없지는 않다.

"반드시 찾아내겠어."

002

쇼케이가 신세를 지고 있는 이 집에 자주 드나드는 사람은 서른 명 전후. 한 번 온 사람까지 세면 쉰 명이 넘는 이들이 이곳에 드나들었고, 모두가 분명히 간타이와 아는 사이로 보였다.

용병들이라는 표현은 거짓이 아니었다. 많은 사람이 명곽으로 드나드는 대상에게 고용되어 짐을 호위했다. 하지만 일도 하지 않고 집에서 계속 무언가를 기다리는 듯한 사람, 일하는 것은 아닌 듯하나 자주 나가는 사람들 또한 많았다. 간타이는 일하는 것도 아니고 나가는 것도 아닌 사람의 필두였다.

"혹시 나를 도운 탓에 밖에 못 나가는 거야?"

어느 날 쇼케이가 물었지만 간타이는 조용히 고개를 가로저었다.

"그런 이유가 아니야. 나는 원래 잘 안 움직여."

드나드는 자들은 자주 시간을 들여 검이나 창을 들고 겨루기를 했다. 간타이는 겨루기에도 끼지 않았다. 대개 보기만 할 뿐이다.

하지만 역시 이 집의 주인은 간타이다. 다들 간타이를 한 수 위로 보고 말을 걸 때에도 정중한 말씨를 고른다. 간타이가 거둔 쇼케이는 깍듯하게 손님으로 대접한다. 쇼케이는 숙박비 대신에 허드렛일을 하고 있지만 간타이 말고 다른 사람이 무슨 일을 시킨 적도 없었다. 간타이가 제공하는 집에 머물기 위해 모인 각양각색의 사람들로 보이지만 한결같이 화주후 가호에게 부정적인 점만은 똑같았다.

—협객.

반골의 의지와 질서가 잡힌 집단. 여기가 가호에 반하는 협객들의 근거지임은 쇼케이도 눈치챘다. 그뿐만이 아니라고 막연히 생각하는 이유는 간타이가 이곳에 오는 이들 대부분의 생활 편의를 봐주고 있기 때문이다.

—그만한 돈이 어디에서 오는 거지.

어지간한 양갓집 출신인 것일까. 그런 이유만으로 이렇게 자금을 펑펑 쓸 수 있을까.

—어쩌면…….

쇼케이는 생각했다. 사실은 여기에 드나드는 사람 대부분이 간타이에게 고용된 용병이 아닐까. 혹시 간타이 자신도…….

그런 생각을 하며 안뜰의 물독에 물을 채우고 있는데 바깥에서 말발굽 소리가 들렸다. 고개를 들자 활짝 열려 있는 대문 바깥에 서 있는 마차가 보였다. 마차에서 한 남자가 내렸다. 머리부터 천을 뒤집어쓴 남자는 고개를 깊이 숙인 채 대문을 지나더니 멋대로 문을 닫고서야 고개를 들었다. 마차가 달리는 소리가 들렸다.

"저기요."

쇼케이가 말을 걸자 남자는 머리에 뒤집어쓴 천을 어깨에 떨어뜨렸다. 나이는 마흔 전후일까. 어딘지 모르게 위엄이 느껴지는 남자였다.

"너는?"

깊이 있는 목소리로 물어서 쇼케이는 마음속으로 의아해하며 가볍게 인사했다.

"여기서 허드렛일을 하고 있어요. 저어, 누구시죠?"

"간타이를 찾아왔다. 있나?"

"아, 예."

남자는 살짝 고개를 끄덕이고는 멋대로 안채로 향했다. 쇼케이에게 말을 전하거나 안내해달라고 부탁할 마음이 애초에 없어 보였다. 쇼케이는 부랴부랴 남자를 뒤쫓았다.

"저, 죄송하지만 누구십니까."

여기가 아무나 안으로 들여도 되는 집인지 말하지 않아도 쇼케이는 알고 있었다. 정체 모를 남자를 함부로 들여서는 안 될 것만 같았다.

"간타이와 아는 사이신가요?"

완전히 앞을 가로막듯이 선 쇼케이를 보고 남자는 눈을 가늘게 뜨며 미소 지었다.

"그래, 좋은 하녀를 발견한 모양이구나. 나는 사이보柴望라 한다. 간타이에게 그리 전해주겠느냐."

쇼케이는 마음속으로 자신은 하녀가 아니라고 투덜거리면서도 고개를 끄덕였다. 안채 계단을 뛰어 올라가자 때마침 대청에서 간타이가 나왔다.

"아, 간타이."

"응."

간타이가 쇼케이를 보고 대답했다. 아마도 쇼케이의 목소리를 듣고 나온 것이리라. 간타이가 고개를 깊이 숙이자 사이보는 개의치 않고 고개를 끄덕인 뒤 계단을 올라와 제 발로 대청으로 들어갔다.

"간타이, 저 사람은……."

"응. 일단 소개하지. 따라와."

쇼케이는 고개를 끄덕이고 간타이를 뒤따르면서 '혹시' 하고 생각했다. 간타이는 누군가에게 고용되어 있고, 그 고용주가 사이보인 것일까.

안채로 들어가면 바로 대청이다. 정면 안쪽 벽에는 족자와 대련, 그 아래의 장식 선반 앞에는 탁상과 의자 두 개가 놓여 있다. 이것이 일가의 주인이 앉는 자리, 평상시라면 당연히 간타이밖에 쓰지 않는다. 그 자리에 벌써 앉아 있던 사이보가 쇼케이와 간타이를 맞이했다.

"재미있는 아이를 고용했군."

사이보의 말에 간타이는 선 채로 쓴웃음을 지었다.

"고용한 아이가 아닙니다."

간타이는 쇼케이를 데려온 경위를 간단히 이야기했다. 사이보는 납득하며 가볍게 웃었다.

"배짱이 두둑한 아가씨로군. 아니면 그저 화주에서 관리에게 돌을 던지는 위험성을 몰랐을 뿐인가."

"모르지는 않았겠죠. 쇼케이는 방국 출신이니까요."

사이보는 고개를 살짝 갸웃하며 쇼케이를 보았다.

"방이라. 어디 출신이지?"

솔직히 포소라고 대답해야 할까 혜주 신도라고 해야 할까, 쇼케이는 잠시 망설였다.

"……포소예요."

"포소의 쇼케이라."

사이보는 그 말만 하고 더는 말하지 않았다.

"그래서 쇼케이는 여기가 어떤 이들이 모이는 곳인지 알고서 머물고 있는 것인가?"

"짐작은 하고 있어요."

"달리 갈 곳도 없으니까?"

쇼케이는 잠시 울컥했다.

"분명히 갈 곳은 없어요. 하지만 생각하는 바가 없다면 자리 잡지 않았겠죠."

"생각하는 바가 있다고?"

"가호의 존재를 용서할 수 없어요."

쇼케이는 단호하게 말했다. 귀에는 여전히 책형을 당한 남자의 비명이 남아 있었다. 남자의 비명은 방국에서 거열을 당할 뻔했던 눈앞이 캄캄해지던 공포와 결부되어 떼쳐지지 않는다. 공포에 떠밀려 저도 모르게 돌을 던졌다. 자신의 행위는 그대로 고보를 떠올리게 했다. 고보의 아들은 자신과 마찬가지로 돌을 던져 처형당했다. 돌을 던진 그의 심정을 이해하니, 그런 그가 처형당한 것을 원망하는 고보의 심정도 이해가 됐다.

—미치도록 미웠을 것이다.

고보의 처사를 어쩔 수 없었다고 받아들일 정도로 넓은 아량은 없지만 그런 행동을 할 수밖에 없었던 심정은 이해한다. 그리고 생각한다. 누군가 이것을 막아야만 한다.

사이보는 고개를 끄덕였다.

"화주는 보는 바와 같은 상태다. 이리된 것도 화주후 가호의 사람됨 탓. 화주를 사유물로 삼고 왕의 체면과 나라의 의향을 무시하고 백성을 학대하고, 경의 근간을 흔드는 간신을 이대로 내버려둘 수는 없지."

"……네."

"본디대로라면 왕이 지휘해 나라가 해야 할 일이지만 새로운 왕은 등극한 지 얼마 되지 않고, 조정을 틀어쥔 관리들은 여왕予王 앞에서 권력을 제 뜻대로 휘둘러온 자들이야. 등극하고 고작 반년밖에 되지 않은 왕이 어찌 대항할 수 있겠나. 조정을 장악하고 더욱이 온 나라를 통치하기는 더없이 어려운 일, 게다가 왕은 태과 출신이라 경을 모르시지."

쇼케이가 고개를 끄덕였다.

"여기서 가호의 죄를 밝히며 화주에 난을 일으키고, 가호의 통치에 문제가 있다고 호소한다면 왕도 나라에 많은 번민이 있음을 알아채실지도 몰라. 우리는 알아채주시기를 간절히 바라고 있네."

"네. ……압니다."

"화주를 위해 가호를 쓰러뜨리는 것보다 주상께서 화주의 현재 상황을 알아주셨으면 하네. 우리의 손으로 가호를 쓰러뜨리지 못하더라도 왕이 단죄해준다면 더할 나위 없고, 그렇지 않으면 우리가 왕과 가호의 적으로 간주되어 철저하게 토벌당하겠지. 그래도 그대는 간타이와 뜻을 같이하겠나."

쇼케이는 살짝 주먹을 쥐었다.

"……네. 되도록 도움이 되고 싶어요. 저는 경왕이 반드시 깨달아주시리라 믿으니까요."

믿어도 되리라. 라쿠슌이 그토록 마음을 쓰고 있으니까. 부족한 자신이 옥좌에 올라도 될지 고민하는 왕이 어리석을 리가 없다고 믿는다.

사이보가 가볍게 웃었다.

"그래. 방국에서 온 손님이 왕을 믿고 계신다. 참으로 얄궂은 일이로군."

"당신은 믿지 않나요?"

"믿으라고 하는 분도 계시니, 믿고 싶기는 하네."

"네?"

사이보는 쇼케이의 물음에는 대답하지 않고 탁자를 가볍게 두드렸다.

"어찌되었든 우리는 그대를 환영한다. 잘 부탁하마."

"……네."

대답하는 쇼케이 옆에서 간타이가 고개를 갸웃했다.

"설마 쇼케이를 만나기 위해 오셨습니까?"

"그럴 리가 있나."

사이보가 웃었다.

"당연히 용건이 있어 왔네. 자네에게 전할 말이 있거든."

"무슨 일이 있었습니까?"

"영주 북위, 아니 정확하게는 고계라고 해야 하나. 고계의 여서, 엔호라는 분이 사라지셨다."

"어찌된 일이죠?"

"어제 누군가 고계의 이가를 습격해 여자아이 하나를 죽이고 동생인 어린아이와 여서인 엔호를 납치해 도망친 모양이야. 훔쳐간 물건도 없고 무엇을 위한 범행인지 알 수 없다. 다만, 근자에 이가 주위를 빈번하게 어슬렁거리던 남자들이 있었는데 척봉에 사는 놈들이라고 한다."

"척봉."

"어제 척봉에서는 일몰 후에 성문이 열렸다지. 마차 한 대가 닫힌 성문을 열게 하고 들어갔다더군."

"그랬군요……."

쇼케이가 간타이를 쳐다보았다.

“무슨 말이야……?”

“척봉에는 짐승이 또 한 마리 있어. 쇼코라는 놈이지. 한번 닫힌 성문이 열렸다면 어지간한 인물의 명령이 있었다고 볼 수밖에 없겠지. 척봉에서 제일 먼저 고려할 놈은 쇼코다. 그리고 쇼코의 배후에는 반드시 가호가 있어.”

“가호가 쇼코에게 명령해 그 여서를 납치했다……?”

쇼케이의 물음에 사이보가 큭큭 웃었다.

“결론을 서두르지 말거라. 그 사건을 조사해달라고 전하러 온 게야.”

“아, 네.”

“또 한 가지. 내일, 여기에 짐이 도착한다. 짐을 북위의 로에게 배달해다오.”

간타이가 고개를 끄덕이고 살짝 쓴웃음을 지었다.

“로는 풍학豊鶴으로 옮겼습니다. 듣기로는 주변을 캐고 다니는 놈이 있었다더군요.”

사이보가 눈살을 찌푸렸다.

“로가……?”

“자세한 이야기는 짐을 가져가면 들을 수 있겠죠.”

사이보가 고개를 끄덕였다.

"동기가 스무 개다. 문제없이 부탁하마."

간타이가 고개를 깊이 숙였다.

"알겠습니다."

003

고쇼 일행이 이동한 곳은 척봉의 남서쪽 구석에 있는 기루였다. 기루라고 해도 이름뿐이고 여자가 적어서 손님을 접대할 유녀는 몇 없다. 다들 더 나은, 마을 동쪽에 있는 기루로 옮겨버렸다. 한창때가 지난 여자만 두 사람 있는데 이들도 기루의 주인과 마찬가지로 고쇼의 동료다.

그처럼 도시에는 방향에 따라 격이 있다. 대개 도시는 성부城府(관아) 남쪽이 백성들이 사는 시정이다. 도시를 빙 두른 환도와 붙어 있는 저잣거리. 시정도 저잣거리도 서쪽보다 남쪽이 격이 높다.

"사실 시정은 북쪽에 있어야 한대."

셋키는 스즈에게 그렇게 가르쳐주었다. 셋키와 스즈는 이 쓸쓸한 기루에서 허드렛일을 하고 있다.

"어째서?"

"몰라. 오래된 도시는 그런 법인가 봐. 오래된 책에도 그렇게 적혀 있어. 중앙에 관아가 있고 북쪽에 백성이 사는 마을을 만든다고. 그런 도시라면 서쪽이 동쪽보다 격식이 높지. 하지만 보통은 반대야."

"내가 아는 도시는 전부 남쪽에 시가가 있었어. 저택이 중간쯤에 있고 사당이나 절이 북쪽에 있고."

"그렇지? 재해를 입지 않고 남아 있는 정말 오래된 도시는 아주 드물게 반대인 채 남아 있다나 봐. 하지만 어느새 정반대가 되어버렸어. 무척 신기하지."

"셋키는 그런 데에 흥미가 있니?"

응, 하고 셋키는 설거지를 하면서 고개를 끄덕였다.

"……학교, 그만둬서 유감이구나."

"응. 하지만 지금은 태평하게 그런 생각을 하고 있을 시대가 아니라고 생각하니까. 훌륭한 왕이 도읍에 있고 나라가 안정될 무렵에 태어났다면 좋았겠지만……. 그렇지 않으니까 어쩔 수 없어."

"안이나 주에서 태어났으면 좋았을걸."

셋키가 쓴웃음을 지었다.

"그런 생각을 해도 의미가 없잖아. 나는 경에서 태어나버렸는걸. 태어난 뒤에는 얼마나 자신답게 살아가느냐에 달렸어."

"정말로 셋키는 똑 부러지는구나. 고쇼가 그렇게나 아쉬워하는 이유를 알겠어."

"형이 걱정이야. 형은 자신보다 남 일에 화를 내는 성격이니까. 남 대신 싸우는 거야 늘 있는 일이지만 이런 큰 싸움을 대신 떠맡아버리다니 기막힐 노릇이지."

스즈는 잠시 손을 멈추고 눈을 깜빡였다.

"혹시 셋키는 고쇼가 하는 일에 그다지 찬성하지 않는 거야?"

"그런 건 아니야. 하지만 이 도시에 사는 사람들은 형이 화내는 만큼 쇼코에게 화나 있지 않아. 아니, 완전히 겁을 집어먹어서 쇼코를 해치우겠다고 생각할 바에야 참고 사는 편이 나은 거야."

"그 심정…… 알 것 같아."

스즈는 손을 응시했다.

상처 입으면 고통스러우니까. 이윽고 아픔에 반사적으로 겁먹게 된다. 고통에서 벗어나기 위해 참는다. 그러는 사이에 참는 것으로 무언가를 하고 있다고 착각한다. 사실은 무엇 하나 바뀌지 않았는데.

셋키가 가볍게 한숨지었다.

"만약 형이 쇼코를 습격했다 실패한다면? 분명히 쇼코는 역정을 내며 지금보다 더 사람들을 쥐어짜겠지. 지수 사람들은 형을 원망할 거야."

"그럴지도 모르겠네."

"그러니까 옆에 있어야지. 정말로 어느 쪽이 돌보는 건지 모르겠다니까."

셋키가 장난스럽게 웃어서 스즈 역시 미소를 지었다. 때마침 당사자인 고쇼가 들어오는 바람에 스즈는 세키와 얼굴을 마주 보고 저도 모르게 큰 소리로 웃음을 터뜨렸다.

"뭐야?"

"아무것도 아니야. 무슨 일 있어?"

고쇼는 셋키의 대답에 여전히 고개를 갸웃거리며 주방 문에서 스즈를 손짓으로 불렀다.

"미안하지만 또 삼추가 필요해."

"운반할 짐이 있구나?"

스즈는 고쇼의 부탁으로 근교의 여廬로 물자를 자주 운반했다.

"맞아. 이번에는 좀 멀어. 척봉을 나가 동쪽으로 마차를 타고 이틀이 걸리는 곳에 풍학이라는 도시가 있어. 여기 지도를 그려놨어. 로의 집에 가줘. 부탁해둔 짐이 와 있을 거야."

고쇼의 오랜 지기인 로 한세이라는 남자다.

"알겠어."

"로가 알아서 짐을 꾸려주겠지만 병사에게 잡혀도 짐을 열게 하지 마. 도난당하면 안 돼.”

“들키면 안 되는 물건이구나?”

고쇼가 고개를 끄덕였다.

“동기야.”

스즈의 몸이 살짝 경직되었다.

“상당히 무겁겠지만 부피는 그리 크지 않아. 그게 도착하면 적어도 실력 있는 최소한의 놈들은 동기를 받을 수 있어. 부탁한다.”

스즈는 고개를 끄덕였다.

“걱정하지 마. 다녀올게.”

이튿날 아침, 스즈는 척봉을 나와 동쪽으로 길을 잡았다. 삼추의 다리로 한나절, 아침 일찍 나온 스즈는 점심때 풍학에 도착했다.

풍학은 척봉만 한 규모의 도시였다. 지수향 옆, 낭야향琅耶鄉의 향성이다.

스즈는 고쇼가 그린 지도를 보면서 남서쪽에서 집을 찾았다. 목적지는 담이 기울고 자못 초라한 집이었다.

길 쪽에 있는 대문은 꼭 닫혀 있다. 대문을 두드리자 쉰 줄에 체구가 작고 머리카락에 신기한 갈색 얼룩이 있는 남자가 나왔다.

"누구지?"

스즈는 살짝 공수했다. 고쇼가 가르쳐준 대로 인사한다.

"저는 맥주 산현 지금에서 왔습니다."

남자는 스즈의 공수한 손을 슬쩍 보고 반지에 실눈을 지었다.

"들어와."

로는 고쇼의 협력자이지만 동료가 아니다. 이것은 동료를 확인하기 위한 인사가 아니라 로에게 스즈의 신분을 밝히기 위한 인사였다.

대문을 들어서자 좁은 안뜰이 나오고 안쪽에 부지만 한 낡은 집이 있었다. 여가廬家 같은 작은 건물이었다. 스즈가 삼추를 끌고 안으로 들어가자 남자는 대문을 닫으면서 돌아보았다.

"내가 로 한세이다. 고쇼 쪽 사람이로군."

"네. 짐을 받아 오라고 해서 왔어요."

그러냐고 대답하면서 로는 떨떠름한 표정을 지었다.

"그거 말인데, 짐이 아직 도착하지 않았어."

"네?"

"오늘 중으로 두 곳에서 도착하기로 되어 있는데 둘 다 아직 오지 않았어. 미안하지만 기다릴 수 있겠어?"

스즈가 그러겠다고 대답했다. 고쇼가 이쪽에 도착하면 로의 지시에 따르라고 했기 때문이다.

"혹시 저녁에 도착한다면 하룻밤 묵고 가야 해. 누추한 곳이지만 잘 방 정도는 있어. 미안하지만 참아줘."

"괜찮아요. 상관없어요."

"그럼 편히 있어. 그 대단한 말에게는 물을 주지. 차라도 한잔 하겠어?"

"네."

스즈가 고개를 끄덕였다.

로는 인상이 그리 좋지 않았지만 이야기를 나눠보니 활달한 사람이었다. 안뜰에 둔 탁자 앞에 앉아 목초를 먹는 삼추를 보면서 잡담을 나누었다.

"오, 재에서. 그거 대단한 여행을 했군."

"배를 탔을 뿐이에요."

"경은 어때? 재에 비하면 춥지?"

"저는 주정에 섞여 여기저기 돌아다녀서요."

"호오."

로가 말했을 때 대문을 두드리는 소리가 들렸다. 로는 익살맞게 얼굴을 찌푸렸다.

"거참, 이제야 왔군."

로가 문을 열고 두세 마디 소곤소곤 이야기한 끝에 나타난 이는 말을 끌고 온 스즈와 동년배 소녀였다. 로처럼 갈색 얼룩도 그렇지만, 산뜻한 쪽빛 머리카락이 스즈의 눈에는 무척 신기해 보였다.

"이걸로 겨우 스무 개가 도착했네."

로는 호들갑스럽게 쓴웃음을 짓고 소녀를 보고 탁자를 가리켰다.

"너도 느긋하게 있어."

"하지만……."

로를 쳐다보는 소녀를 향해 그는 쓴웃음을 지었다.

"미안하군. 서른 개가 모이지 않으면 이 아가씨한테 대금을 받지 못해. 대금을 받지 못하면 너에게 지불할 돈이 없어."

스즈가 이야기에 끼어들었다.

"괜찮으면 먼저 돈을……."

로가 단호하게 손을 들었다.

"그만둬. 우리집에서는 그런 장사는 하지 않아. 나는 중개할 뿐이지 물건을 사고팔지는 않으니까."

"아……. 네."

로는 씩 웃고는 소녀를 돌아보았다.

"그런 이유로 너도 기다려. 불만은 늦게 온 놈에게 말해. 너도 차 마시겠어?"

“네…….”

대답하는 소녀를 스즈는 빤히 바라보았다. 예쁘장한 소녀다. 얼굴은 비슷한 또래로 보인다. 로가 재촉해서 도제 의자에 앉은 소녀는 잠깐 스즈를 바라보더니 이내 삼추에게 시선을 돌렸다.

“……삼추구나.”

소녀의 혼잣말에 스즈가 고개를 갸웃거렸다.

“알아?”

“예전에 본 적이 있어.”

“그렇구나. 나는 척봉에서 왔어. 스즈라고 해. 너는?”

“명곽에서 왔어. 쇼케이야.”

“……내 또래인가. 몇 살이야?”

쇼케이는 잠시 생각하더니 대답했다.

“……열여섯 살.”

나는, 하고 말하려다 말고 스즈는 머뭇거렸다. 자신의 나이를 몇 살이라고 하면 될까. 이쪽으로 흘러들어 온 것은 세는나이로 열네 살, 이쪽의 세는 법으로 열두 살 때. 그 뒤로 사 년 이상 여기저기 떠돌다가 승선했으니 열여섯 살이라고 해야 할까.

“음……. 나도 그쯤 됐어.”

스즈의 말에 쇼케이는 고개를 살짝 갸웃거렸지만 그 이상 아무 말도 하지 않았다.

"쇼케이는 경 사람이야?"

"아니. 방에서 왔어."

"방이라고? 북서쪽 허해에 있는 나라 말이야?"

"그래. 사극국 중 하나지. 너는?"

"나는 재에서 왔어. 우리 둘 다 엄청나게 먼 곳에서 왔구나."

"그러게."

쇼케이가 웃었다. 스즈는 그제야 어깨의 힘이 빠졌다.

"반갑다. 경에서는 또래 여자애를 별로 보지 못했거든."

"맞아. 너는 어째서 이렇게 멀리까지 온 거야?"

스즈는 고개를 살짝 갸웃거렸다. 많은 생각을 하며 길을 떠나왔다. 전부 옛날이야기가 되어버렸다. 과거의 바람은 지금 스즈와 별 관계가 없다.

"……그냥."

"그냥 경까지 온 거야?"

"으음……. 처음에는 경왕이 같은 또래 여자아이라는 이야기를 들어서."

쇼케이는 눈을 크게 뜨더니 깜빡거렸다.

"게다가 같은 해객이라지 뭐야."

"너도…… 왜 사람이야?"

"응, 맞아. 이쪽 세상에서 있을 곳을 찾지 못하고 있다가 같은 봉래 사람의 나라라면 내 자리를 찾을 수 있지 않을까 했거든. 왜 그래?"

스즈가 어리둥절해서 눈을 동그랗게 뜬 쇼케이에게 묻자 쇼케이는 복잡한 심경이 드러난 표정으로 살짝 웃었다.

"나도……."

"응? 너도 해객이야?"

"아니. 나도 경왕의 나라가 보고 싶어서 왔어."

어, 하고 스즈는 말문이 막혔다.

"내 또래 여왕이니까."

"신기하다. 그럼 우리는 방과 재에서 경왕을 만나러 와서 여기에서 만난 거야?"

"그런 것 같네."

"……굉장하다."

"정말 그러네."

스즈와 쇼케이가 키득키득 웃고 있는데 뒤에서 "이봐" 하고 로의 목소리가 들렸다.

"신상 이야기를 멋대로 하지 마."

스즈가 놀라서 돌아보자 떨떠름한 얼굴을 한 로가 찻잔을 들고 서 있었다.

"여기서 만나는 놈들은 서로의 이야기를 하지 않아. 그게 내

방식이니까."

"아, 죄송해요."

"나는 물건 중개를 하지만 사람은 중개하지 않아. 나를 찾는 놈들은 말 못 할 사정이 있는 놈들뿐이니까. 수상한 패라면 안뜰 안으로 한 걸음도 들이지 않기는 하지만 서로 사정이 있으니 쓸데없는 건 모르는 편이 나아."

네, 하고 스즈는 목을 움츠리고 쇼케이를 흘끔 보았다. 마찬가지로 흘끔 보내온 쇼케이의 시선과 잠깐 스쳤다.

004

결국 나머지 짐은 폐문 시간이 다 되어 도착했다. 스즈도 쇼케이도 풍학을 나가지 못하고 어쩔 수 없이 로의 집에서 하룻밤 묵게 되었다. 두 사람에게 한 방을 내준 터라 넓지도 않은 방에 천개 없는 침상과 탑상에서 나란히 잠을 청했다.

"음, 침상이랑 탑상 중에 어느 쪽을 쓸래?"

"어느 쪽이든 상관없어."

"그럼 침상을 써. 나는 탑상이면 되니까."

"그건 미안한데."

"아니야. 나는 삼추를 타고 돌아가는걸. 명곽은 훨씬 동쪽에 있는 도시지? 너는 말을 타고 돌아가야 하잖아."

"명곽은 말로 하루 거리야."

"그럼 역시 쇼케이가 침상을 써야지. 나는 한나절도 걸리지 않아."

쇼케이는 잠시 고민하더니 고개를 끄덕였다.

"그럼 고맙게 쓸게. 솔직히 말하면 한동안 탑상에서 잔 터라 기뻐."

"그래? 잘됐다."

스즈와 쇼케이가 키득키득 서로 웃었다.

"……스즈는 척봉에서 뭘 하고 있어?"

쇼케이는 묻고서 허둥지둥 목을 움츠렸다.

"이런 얘기도 물으면 안 되려나."

"……괜찮은 걸로 해둘까?"

키득키득. 다시 한번 소리 죽인 웃음소리가 침실에 가득찼다.

"으음, 여관의 허드렛일. 쇼케이는?"

"나도 허드렛일."

"그럼 어떻게 저런 물건을……."

손에 넣었느냐고 물으려다 결국 그만두었다. 아무래도 이 질문은 너무 깊이 들어간 이야기이리라. 하지만 쇼케이는 고개만 갸웃거리고는 순순히 대답했다.

"맞아, 신기하지. 너는 저 짐이 뭔지 아는 거지?"

"……음, 일단."

"서른 개나 되는 동기를 뭐에 쓰려고? 간단히 손에 넣을 물건이 아닌데."

"그런 물건을 가지고 있던 사람이 할 말이야?"

"나는 심부름을 부탁받았을 뿐인걸."

"나도 그래."

두 사람은 입을 꾹 다물고 한동안 서로 응시했다. 쇼케이가 먼저 웃음을 터뜨렸다.

"……나는 몰라. 어떻게 저렇게 많은 동기를 모을 수 있었는지 신기해. 하지만 돈은 있는 사람 같아."

"그렇구나. 우리는 그러니까…… 좀 필요할 뿐이야."

쇼케이는 의아한 표정으로 스즈를 보았다. 척봉에서 온 소녀가 서른 개나 되는 동기를 모으고 있다. 동기 서른 개면 값은 일반 무기 삼백 개에 맞먹는다.

—척봉.

"……혹시 쇼코?"

스즈는 허둥지둥 손사래를 쳤다.

"아니야. 그런 거 아냐."

"나를 심부름 보낸 사람은 명곽에서 동기 대신 용병을 모으고 있어."

스즈가 깜짝 놀라 눈을 부릅떴다.

"가호……."

"혹시 우리 같은 생각을 하고 있나?"

"그런 것 같아."

침실에 쥐 죽은 듯한 침묵이 내렸다.

스즈는 탑상에 앉아 한숨을 내쉬었다.

"나는 줄곧 함께 여행하던 아이를 쇼코한테 잃었어."

"저런……."

"어째서 쇼코 같은 관리가 용서받는 걸까. ……정말로 지수는 너무해."

"소문으로는 들었어."

"아마도 소문은 절반은 진실이 아닐 거야. 세이슈는, 함께 척봉까지 온 아이는 아무 잘못도 저지르지 않았어. 쇼코의 마차를 세웠다는 것만으로 살해당했어. ……나는 너무나 화가 났어. 어째서 쇼코 같은 놈을 용인하고 있는지 생각하자 견딜 수가 없었거든. 하지만 쇼코는……."

"가호가 지켜주고 있지."

쇼케이의 말에 스즈는 눈을 깜빡였다.

"역시 알고 있니?"

"유명한 이야기인가 봐. 가호와 쇼코는 닮은꼴이니까."

"그럴지도 몰라. 누군가 쇼코 같은 놈에게 벌을 내려주면 좋을 텐데. 하지만 가호나 경왕이 감싸고도니 쇼코를 벌할 사람은 아무도 없어. 그러니까 우리가 직접 해치우는 수밖에 없잖아?"

"그건 아니야."

"응?"

"아마도 왕은 쇼코를 감싸고 있는 게 아닐 거야. 그건 선대 여왕予王 시절 이야기 아니야?"

"이전 왕도 그랬지만, 지금 경왕도……."

"나를 이리로 보낸 사람은 경왕은 모를 뿐이라고 했어."

"하지만……."

쇼케이는 스즈의 눈을 들여다보았다.

"나는 유국에서 경왕의 친구라는 사람을 만났어."

"뭐?"

"그 사람의 친구니까 분명히 그렇게 나쁜 사람은 아니겠지. 쇼코를 보호한다거나 가호와 유착하지는 않았을 거야."

"그럴까……."

"경왕은 아직 등극한 지 얼마 되지 않았는걸. 모르는 일이 많을 거야. 그뿐이야."

"모른다고 해서 용서받을 수는 없어. 왕이잖아."

쇼케이는 잠시 스즈를 빤히 응시했다.

"……우리 아버지도 왕이었어."

"뭐라고?"

"봉왕이었어. 삼 년 전에 백성이 봉기해서 돌아가셨어."

쇼케이는 입을 떡 벌린 스즈의 얼굴을 들여다보았다.

"우리 아버지는 백성에게 무척 미움받았어. 미움받은 끝에 살해당했어. 지금은 아버지가 미움받아 마땅했다고 생각해. 그런 아버지이지만 나는 잃고서 슬펐어. ……아마도 스즈가 세이슈를 잃고 괴로웠던 만큼 말이야."

"……아아. ……응."

"아버지가 돌아가시기를 바라지 않았다면 그렇게 미움받기 전에 아버지에게 간언해야 했어. 그러지 못한 자신이 원통해. ……만약 경왕 주위에 나 같은 어리석은 인간밖에 없다면? 아니, 우리 어머니도 아버지와 똑같이 미움받았어. 아버지가 죄를 짓도록 부추겼다고 말한 사람이 있었어."

쇼케이는 눈을 내리떴다.

"사실인지 아닌지 나는 몰라. 경왕 주위에도 그런 인간밖에 없다면? 아버지도 호린에게 선택받았는걸. 처음부터 손쓰지 못할 인간은 아니었을 거야. 하지만 주위에 있는 사람이 나무라야 할 때에 나무라지 않는다면 도의는 간단히 벗어나버리지……."

스즈는 쇼케이의 애달픈 얼굴을 바라보았다. 그 표정에 다른 사람의 얼굴이 겹쳐졌다.

—허수아비야.

"……그렇구나……."

"응?"

고개를 갸웃하는 쇼케이를 향해 스즈가 몸을 내밀었다.

"그렇게 말한 사람이 있었어. 소문이라고 했지만. 관리의 신뢰를 얻지 못해 아무것도 할 수가 없다고. 그래서 관리의 허수아비가 되었다고……."

"아아, 역시……."

"그런 거라고 생각해?"

"지금 조정에 있는 관리는 대부분 여왕 시절부터 있던 관리라고 들었어. 어떤 사람들인지 짐작이 가지 않아? 눈앞에서 여왕이 도의를 그르치도록 둔 사람들이야."

"하지만 경왕은 맥주후를 파면했어. 맥주후는 백성들이 무척 따르는 사람이라고."

쇼케이가 입을 열었다.

"그딴 건 간신이 늘 쓰는 수법이잖아. 백성들이 따르는 훌륭한 사람이 가호나 쇼코 같은 짐승에게는 눈엣가시가 아니었을까?

가호나 쇼코라면 죄를 날조해 모함하는 정도는 아무것도 아닐 거야."

"하지만……."

"영주의 여서 중에 엔호라는 사람이 있대. 도를 잘 아는 훌륭한 분이라고 했어. 엔호가 있던 이가가 습격당했나 봐. 누군가 이가를 습격해 여자아이를 죽이고 엔호를 납치해 갔대. 이가 주위를 어슬렁거리는 놈들이 있었는데, 척봉 사람이었다는 소문이야. 게다가 마침 엔호가 습격당한 그날, 척봉 성문이 폐문 뒤에 열렸다는 이야기를 들었어."

"그거…… 설마."

한번 닫은 성문을 다시 열 수 있는 자는 적다. 거의 한정된다.

"설마 쇼코가?"

"그런 짓을 할 만한 인간이지 않아? 그러면 경왕 주위에 있는 놈들도 태연히 맥후를 계략에 빠뜨리는 것쯤은 하겠지."

쇼케이는 스즈의 눈을 들여다보았다. 커다란 눈에 순식간에 넘쳐흐르는 것 때문에 저도 모르게 말없이 지켜보고 말았다.

"경왕은…… 좋은 사람일까……?"

"그렇다고…… 나는 멋대로 믿고 있지만……. 그런 소리 하는 게 싫니?"

스즈는 아니라며 고개를 가로저었다.

"그렇다면 기쁠 거야……."

"스즈?"

"나는 경왕을 뵙고 싶었어. 분명히 좋은 사람일 거라고 믿었어. 재에서 탄 배 안에서 세이슈를 만나고, 세이슈의 상태가 안 좋아서 무척 걱정했어. 그래서 함께 요천에 가자고 한 거야……."

세이슈, 하고 말하는 스즈의 목소리는 가슴이 저릴 정도로 애절했다.

"그런데 쇼코에게 살해당했어……. 그런 짐승을 눈감아주는 사람이라면, 지켜주는 사람이라면 요천에 가더라도 틀림없이 세이슈를 치료해주지 않을 거라고 생각했어. 그러면…… 나는 뭣 때문에 세이슈를 척봉까지 데려왔지? 그 아이를 죽이려고……?"

"스즈……."

쇼케이가 스즈의 손을 잡았다.

"세이슈란 아이는 가엾게 됐네."

"응……."

"요천에 도착했다면 틀림없이 경왕께서 구해주셨을 텐데……."

"……응……."

쇼케이는 울먹이는 스즈의 등을 쓰다듬었다. 아이 같은 울음소리에 가슴이 아팠다.

—이토록.

요천의 왕에게 전하고 싶다. 경왕이 실제로 세이슈를 고쳐주었을지는 쇼케이도 알지 못한다. ……다만.

—이토록 만백성에게 희망은 당신이 전부라고.

16장

001

"……곧장 척봉으로 돌아가니?"

쇼케이는 말고삐를 잡은 채 마찬가지로 삼추의 고삐를 잡은 스즈에게 물었다.

"응."

스즈의 대답은 짧았다.

"또 만나면 좋겠다."

이 말에도 스즈는 짧게 고개를 끄덕여 대답했다.

—어디에…….

사는지 물으려다가 쇼케이는 가까스로 말을 삼켰다.

제법 많은 이야기를 떠들었다. 간타이가 들으면 얼굴을 찌푸릴 일까지 무심코 말해버린 것 같다. 그래도 쇼케이도 스즈도 어디까지 말해도 되는지 한계를 알고 있다.

"정말로 만나면 좋을 텐데……."

스즈가 울 것 같은 얼굴로 말해서 쇼케이는 힘차게 고개를 끄덕였다.

"만날 수 있어. 경이 안정되면."

"응……."

그만 출발하자며 서로 시선을 피하고 말과 기수에 탔다. 말없이 풍학을 나와 또 만나자는 짧은 말을 교환하고 가도의 동서로 갈라져 나아갔다.

말을 타고 하루, 저녁 전에 명곽에 도착해 바람막이처럼 천을 살짝 뒤집어쓰고 성문 안으로 들어갔다. 일단 형리에게 돌을 던진 소녀에 대한 탐색은 중지된 모양이지만 조심해서 나쁠 것은 없다. 문졸은 쇼케이를 흘끔 쳐다보고는 별 흥미가 없는 듯 시선을 피했다.

명곽에서는, 아니, 명곽에서 튀어나온 북곽과 동곽에서는 형리에게 돌을 던지는 자는 드물어도 범죄자는 많다. 언제까지고 쇼케이만 쫓고 있을 수는 없는 노릇이리라.

궁핍한 난민, 우글거리는 가난한 사람들 속에 대상들의 짐이

던져진다. 아무 유혹도 느끼지 않는 편이 신기하다. 먹을 것도 부족해 굶주린 사람들은 이러지도 저러지도 못하다 곡물을 쌓은 짐차를 습격한다. 그런 사람들이 형리에게 붙잡혀 대로로 끌려 나오는 일이 없는 것이 다행이라면 다행이지만, 그들이 어딘가에 붙잡혀 있다는 이야기도 듣지 못했다.

용병들이 수군거린다. 그런 화적들은 붙잡혀도 훔친 물건을 내놓으면 풀려난다고.

궁핍한 사람들이 도당을 짜서 짐을 습격하고, 붙잡혀도 절대로 벌받지 않을 것을 알고 있다. 모처럼 만의 벌이를 몰수당하더라도 운좋게 잡히지 않으면 당면의 굶주림에서 해방된다. 설령 대상이 용병을 고용해 지키게 하더라도 결코 모든 짐에 호위를 붙일 수는 없다. 가난에서 시작된 약탈은 만성적으로 되풀이된다.

—교묘하게 화적을 만들고 있다.

간타이는 그렇게 말했다. 그렇게 만들어진 화적이 잡힐 때마다 주의 창고에 떨어지는 물자. 그 물품이 주인에게 돌아오는 일은 절대로 없다. 화주는 그렇게 윤택해진다.

상인들은 그것을 알고도 명곽을 지나야만 한다. 소상인들은 도당을 짜고 서로 돈을 모아 용병을 쓴다. 주사에게 뇌물을 건네 보호를 요청하지만 나르는 물품에 따라서는 바로 그 용병들이 짐을 습격하지 않으리라는 보장 또한 없다. 실제로 그런 사건이

빈번했다.

조금이라도 실력에 자신이 있으면 직업을 얻을 수 있다고 하여, 근교에서 모인 사람들이 실력을 겨루며 유혈극을 되풀이한다.

한숨을 짓고 쇼케이는 말에서 내려 대문 안으로 들어갔다.

"왔어? 늦었군."

대청으로 들어가자 간타이가 몇몇 남자들과 한창 이야기를 나누고 있었다. 간타이는 쇼케이를 보더니 남자들을 향해 손을 저었다. 그들은 자리에서 일어나 곁채로 나갔다.

"다른 짐이 도착하지 않아서."

쇼케이는 간단히 사정을 설명하고 로를 통해 스즈에게 받은 대금을 간타이에게 건넸다.

"그거 미안하군. 로는 풍학으로 옮긴 사정을 이야기했나?"

"그게……."

쇼케이는 눈살을 찌푸렸다. 간타이가 물어보라고 한 터라 그 일이 대해서는 알아보았다.

"왜 그러지?"

"북위에 있던 로의 집을 기웃거리는 여자가 있었대."

"그게 다야?"

"마침 척봉 사람과 만날 때였는데, 그 뒤에 척봉에 사는 그 사람을 여자가 찾아왔었다나 봐. 그래서 옮기는 편이 낫겠다고 충고받았다고 했어."

들은 대로 말하고 쇼케이는 고개를 갸웃거렸다.

"로는 어떤 사람이야?"

"협객이라고 해야 하나. 사이보 님의 지인이지."

"사이보 님은 어떤 사람인데? 그 사람이 간타이를 고용한 거야?"

"그런 건 아니야. 옛날에 신세를 진 사람이라고 해두지."

"사이보 님께 신세를 졌어? 아니면 사이보 님 윗사람한테 진 거야?"

간타이는 눈을 크게 뜨고 쓴웃음을 지었다. 의자를 가까이 붙이라고 손짓했다.

"사이보 님의 윗사람이라니 무슨 뜻이지?"

"그냥 그래 보였어. 사이보 님도 누군가의 말로 움직이는 느낌이었어."

말 한 마디 한 마디에서 그런 인상을 받았다. 사이보는 누군가에게 부탁받아 간타이에게 지시를 전하러 왔다고. 사이보는 왕을 믿지 않지만 사이보를 보낸 인물은 왕을 믿고 있다.

그렇게 말하자 간타이는 더욱 쓴웃음을 지었다.

"그렇군. ……여자는 예리해."

"역시 그런 거야?"

"그런 거지. 다만 누구한테 고용된 건 아니야. 사이보 님은 그분께 은혜를 입었고, 나는 그분께도 사이보 님께도 은혜를 입었어. 화주를 어떻게든 해야 한다고 생각하는 건 마찬가지야. 나는 사이보 님을 통해 돈을 받고 있지만 군자금을 맡고 있을 뿐이야."

"그 말은 사이보 님의 윗사람이 사실은 우두머리라는 소리야? 혹시 엔호라는 사람?"

간타이가 슬며시 웃었다.

"엔호라는 분은 나도 몰라. 그 이상은 묻지 마. 나는 대답할 수 없어."

쇼케이는 그러냐며 입을 다물었다.

"재야에서 도의를 강론하는 사람이 있지. 말로써 천하의 정도를 이루려는 사람 말이야. 자세히는 모르지만 아마도 엔호는 그런 분이겠지. 행동으로 도를 바로잡으려는 사람도 있어. 나처럼 무기를 든 자부터 로처럼 물건 중개를 통해 나 같은 사람을 지원하려는 사람까지 다양해. 이 나라에는 경을 걱정하는 사람이 아주 많아. 결코 우리만이 아니야. 그런 거지."

"응……. 그래."

"척봉이라면 우리가 가호를 노리듯이 쇼코를 노리는 사람들이 있다는 얘기로군. 그래, 척봉 놈들도 겁쟁이만 있는 게 아니었나."

"척봉에서 왔다는 사람을 만났어. 동기를 척봉으로 들고 돌아갔어."

간타이는 눈살을 살짝 찌푸렸다.

"동기를 모은다는 얘기는 궐기까지 얼마 남지 않았다는 거군."

"맞아……."

쇼케이는 목소리를 낮추었다. 스즈는 괜찮은 것일까.

"로는 사이보 님의 오랜 지기야. 아니, 더 윗분의 오랜 벗이라고 해야 하나. 서쪽의 맥주에 송숙松塾이란 곳이 있었어."

"숙이라니? 소숙少塾 같은 것 말이야?"

상급 학교에 가려면 독학으로 많은 공부를 해야 한다. 그것을 보충하기 위해 식자에게 부탁해 가르침을 청하기도 하고 식자가 학숙을 열기도 한다.

"송숙은 의숙義塾이라는 곳이야. 지식이 아니라 도를 가르치지. 로는 아마 송숙 출신일 거야. 송숙은 학숙이 아니니까 다양한 인간이 모이지. 출신자가 반드시 관리가 되라는 법은 없어. 오히려 나라가 도를 잃으면 협객을 배출하는 경우가 많지."

"그렇구나."

"사이보 님도, 그 윗분도 송숙 출신일 거야. 그렇게 아는 오랜 지기가 아닐까. 송숙은 경에서는 유명한 의숙이다 보니 출신자가 많아. 지금은 없지만."

"없어졌어? 송숙이?"

"무뢰배가 불을 질렀어. 불과 재작년 일이야. 건물이 불타면서 교사 대부분이 살해당한 모양이야. 습격한 놈들의 수령은 흘러든 부민이었던가 본데 잡히기 직전에 살해당했어. 아무래도 흑막이 입막음한 것 같아. 흑막이 누구인지는 몰라."

"어째서……."

"도의 따위 강론하는 것이 달갑지 않은 인간이 있다는 얘기겠지. 의숙 같은 건 나라가 기울면 맨 먼저 미움을 사는 법이니까."

쇼케이는 그러냐며 눈을 내리떴다.

"송숙은 맥주 산현의 지송支松에 있었어. 옛날에는 지금이라는 이름의 도시였지. 몇백 년이나 전에 노송이라는 비선이 나왔다고 일컬어지는 도시야. 덕을 쌓아 승선하고 재야에 내려와 도를 가르쳤다는 전설의 비선이지만, 정말로 존재했는지는 몰라. 산현은 원래 고명한 관리나 협객을 배출한 토지야. 산현 사람에게는 그 지방의 기질에 대한 자부심이 있어서 나라가 어리석은 짓을 하면 맨 먼저 일어나 질타하지. 그 중심에 송숙이 있었으니 미움받은 거야."

"혹시 맥주후도 산현 출신이야?"

간타이가 어리둥절해서 눈을 부릅떴다.

"맥후? 모르겠는데, 갑자기 무슨 말이야."

"로 씨의 집에서 만난 사람이 그런 이야기를 했어. 백성들이 맥후를 무척 따랐는데 파면당했다고."

"그랬군."

간타이가 쓴웃음을 지었다.

"주후라고 해서 그 주 출신으로 한정되지는 않아. 오히려 가호가 맥주 출신 아니었나."

"가호가?"

간타이는 난처한 듯이 웃었다.

"어디든 현명한 사람이 있는가 하면 어리석은 사람도 있는 법이지."

002

"왔다."

척봉 일곽, 쓸쓸한 기루 안에서 환호성이 울려 퍼졌다. 무사히 짐을 운반해 온 스즈에게 고생했다는 말이 쏟아졌다.

개봉한 짐 속에서 크고 작은 동기를 꺼낸다. 각국의 동관부에서 여기로 모인 값비싼 무기. 한두 개라면 모를까 열 개 이상 되면 무기상은 반드시 모반을 의심한다. 대량의 동기를 모으는 것은 웬만한 연줄이 없으면 지극히 어려웠다.

"도검 서른 개, 이전에 입수한 창 스무 개, 활이 서른 개, 화살이 천 개. 이게 우리가 가진 전부다."

고쇼는 말하고서 넓은 방에 모인 사람들을 보았다.

"동지 천 명에 여든 개 남짓한 동기로는 너무나 부족하다는 사실을 알아. 하지만 이게 최선이었어. 이해해줘."

방안의 목소리가 쥐 죽은 듯이 사라졌다.

"향장을 치는 데 동지 천 명으로는 얼토당토않을 정도로 부족한 것도 안다. 뒷일은 지수의 백성이 호응해주기를 바랄 뿐이야."

누군가 괜찮다고 소리쳤다.

"쇼코의 목을 치면 놈이 무서워서 포기했던 놈들도 포기하기에는 일렀다고 분명히 알아챌 거야. 어떻게든 되게 돼 있어."

스즈는 넓은 방 한구석에서 몸을 살며시 떨었다. 남자 목소리는 타이르는 것처럼 들렸다. 옆에 서 있던 셋키를 보자 마찬가지로 무언가를 꾹 참고 있는 얼굴을 하고 있다.

스즈는 막연히 고쇼라면 괜찮을 것이라 믿었다. 조금도 괜찮지 않다고, 고쇼도 다른 사람들도 그렇게 생각하고 있는 줄은 몰랐다.

"셋키."

스즈는 방에서 나가는 사람들 속에서 셋키를 찾아 그 손을 끌고 뽀얗게 먼지를 뒤집어쓴 손님방 안으로 불러들였다.

"……고쇼는 괜찮은 거야?"

셋키가 벽에 기댔다.

"글쎄. 괜찮을 거라고 생각하는 수밖에 없지."

"천 명으로는 부족해?"

"쇼코를 치기에는 차고 넘치겠지. 그 자식이 자택에 모은 호위병이 백 명, 출타할 때 데리고 다니는 호위병은 쉰 명 정도니까."

스즈는 안도의 한숨을 내쉬었다.

"그럼 어떻게든 되겠구나."

"그 뒤가 문제야."

"그 뒤?"

"향장을 치고 끝난다면 실력 있는 사람 스무 명만 있으면 돼. 쇼코의 숨통을 끊고 전부 훌훌 털어버리고 도망칠 작정이라면 말이지."

"……그게 다가 아니야?"

셋키가 피식하고 쓴웃음을 지었다.

"그건 범죄자가 하는 짓이야, 스즈."

"아……."

"쇼코를 암살하고 도망치면 척봉에 사는 모든 사람들에게 폐를 끼치게 되지. 향부 놈들이 쇼코를 죽인 인간을 색출할 거야. 모처럼 공적을 세울 기회니까. 어차피 쇼코 아래에서 배 두드리고 살던 놈들이야. 쇼코의 방식이 몸에 뱄지. 놈들은 분명히 척봉 사람을 모조리 고문해서라도 범인을 색출하려 하겠지. 그러니까 쇼코를 치고 종적을 감출 수는 없는 거야."

"그러면……."

"그런 놈들에게 쇼코를 친 것이 누구인지, 어째서 쳤는지 분명하게 알려줘야지. 보복하러 오는 놈들과 싸우면서 주 바깥으로 도망치는 수밖에 없어."

"그러기 위해서는 천 명으로는 부족해?"

"웃음이 날 정도로 부족해. 척봉에는 주사 삼려 천오백 명이 주둔하고 있어. 향사라고 할 수 있는 사사師士가 천 명, 호위가 오백 명."

"그렇게나 많아?"

"그 사람들은 모두 전투에 전문가인데, 우리는 제대로 검을 든 적도 없는 사람이 대부분인걸. 게다가 시간을 끌면 반드시 명곽에서 주사가 올 거야. 며칠 만에 올 수 있는 범위에 주둔하고 있는 주사만도 아마 삼천 명은 되겠지. 최종적으로는 주사 사군 모두가 달려올 가능성도 있어."

"말도 안 돼……."

"척봉 사람들이 호응해서 그놈들에게 저항해주지 않는다면 우리는 틀림없이 몰살당할 거야."

"너무 무모해. 어째서……."

"우리는 반기를 드는 거야. 쇼코를 암살하고 싶은 것이 아니고. 쇼코를 치는 게 끝이 아니야. 뒷일은 척봉 사람들의 기개에 달렸어."

"하지만……."

"그것 말고는 방법이 없어. 쇼코 같은 관리를 용서할 수 없다면 쇼코에게 반기를 들고, 쇼코 같은 관리가 백성을 다스릴 수 없다는 것을 아주 높은 분들에게 알려야만 해."

스즈는 입술을 꾹 다물었다.

"……그러네."

"도망쳐도 돼."

스즈는 고개를 저었다.

"도망치지 않겠어."

003

요시는 척봉을 구석구석 걸었다. 가장 큰 단서는 스즈가 타고 다니는 삼추였지만, 그리 알려진 기수가 아니라서 정작 삼추가 어떤 생물인지, 물으며 돌아다니는 쪽도 질문을 받은 쪽도 잘 몰랐다.

한교에게 명령해 삼추를 찾으라고 해도 이만한 도시에서 하루아침에 찾을 리는 만무했다.

고쇼, 셋키, 스즈. 세 사람의 이름.

달리 단서가 될 만한 것은 없을까. 고쇼의 여관 부근에 사는 사람들에게 행선지를 물어보아도 대답해주는 이는 없었다. 그중 몇 명은 명백히 무언가를 알면서 감추는 모습이었다.

많은 사람을 만나고 고쇼의 행방을 묻는 사이에 요시는 척봉 사람들의 음울한 표정을 알아차릴 수밖에 없었다.

얼마 전에 이 도시에서 어린아이가 죽었다. 유유히 떠나가던 화헌과 그 모습을 그저 지켜만 보는 사람들, 그때 본 도식이 곳곳에서 보인다. 무엇을 위해 사람을 찾느냐고 묻는 사람은 많았지만 이가가 습격당한 사건을 이야기해도 가엾게 되었다는 뻔한 위로밖에 돌아오지 않았다. 조금도 마음이 동한 기색이 없었고 조금이라도 요시를 도우려 한 사람 역시 한 명도 없었다. 협력은

커녕 깊이 관여하지 말라고 충고하는 이마저 있었다.

—이 도시는 어떻게 된 거야.

그런 생각을 하며 여관 입구로 들어갔다.

"실례합니다."

사람을 불러 고쇼라는 남자를 모르는지, 세 사람과 비슷한 패가 묵지 않았는지 물었다. 같은 업종 사람이라면 조금은 알지도 모른다, 주거를 옮겼으니 어딘가의 여관에 있을지도 모른다고 생각했으나 근거는 없다. 고쇼 일행이 척봉에 머물지 않고 도망쳤을 가능성이 크다는 사실은 요시도 알고 있었다.

"모르겠군."

여관 종업원의 목소리는 쌀쌀맞았다.

"그렇군요. 실례했습니다."

요시는 인사하고 바깥으로 나와 잠깐 가게 앞에 멈추어 섰다. 요시가 주인과 이야기하는 동안에 모습을 감추고 있던 한교가 기수가 없는지 숙소 안을 살폈다.

없다는 은밀한 목소리가 돌아와서 요시는 혼자 고개를 끄덕였다. 다음 여관으로 가려 했을 때 뒤에서 누군가 요시를 불렀다.

"너 말이야, 사람을 찾고 있어?"

돌아보자 그다지 인상이 좋지 않은 남자가 여관 안에서 나오는 참이었다.

"맞아. 고쇼라는 남자를 모르나?"

"고쇼 말이지……."

남자가 여관 옆 골목으로 손짓했다. 요시는 묵묵히 그를 따라갔다.

"고쇼라는 놈이 무슨 짓을 저질렀어?"

"고계의 이가가 습격받았어. 범인과 무슨 관계가 있지 않나 싶어 찾고 있어. 안다면 가르쳐주지 않겠어?"

남자가 벽에 기댔다.

"그거, 증거가 있어서 하는 소리야?"

"증거가 없으니까 본인을 찾고 있는 거야."

남자는 흐응, 하고 대꾸하고 요시의 허리로 시선을 떨어뜨렸다.

"검도 들고 다녀? 네가 그걸 휘두를 수나 있겠어?"

"호신용이야."

남자는 그러냐며 몸을 일으켰다.

"고쇼라는 놈에 대해서는 잘 모르겠군. 하지만 그놈이 범인이라면 벌써 이 주변에는 없지 않을까? 나라면 안주국이나 딴 나라로 냅다 도망쳤을 거야."

요시는 남자의 얼굴을 쳐다보았다.

—이 남자, 뭔가 알고 있다.

"그럴까?"

"그렇고말고. 우선 증거도 없으면서 쫓아다니는 건 좀 그런데. 어쩌면 고쇼가 범인이 아닐지도 모르지."

목덜미를 긁는 남자의 투박한 손을 보고 요시는 눈을 가늘게 떴다.

"게다가 그렇게 묻고 다니다가 진범이 옆에서 듣기라도 해봐. 위험하지 않겠어?"

—반지.

눈길이 간다. 남자의 풍채에는 그다지 어울리지 않는다. 이 당혹감이 낯설지 않다.

"나쁜 말은 하지 않을 테니까 그런 일은 관아에 맡겨."

고쇼다. 요시는 기억해냈다. 고쇼도 똑같은 반지를 끼고 있었다. 고쇼를 막은 소년도. 또 기억났다. 찻잔을 내밀던 스즈의 손가락에도 반지가 있었다.

"시간 잡아먹어서 미안하군."

요시는 가볍게 손을 들고 발길을 돌리려던 남자에게 다가갔다. 미심쩍게 요시를 돌아본 남자의 멱살을 어깨로 쳐서 벽으로 떠밀었다.

"너……."

벽으로 밀친 남자의 목덜미를 잡고 등뒤에서 어깨로 때려 벽에 밀어붙인다. 어깨로 등을 억누른 채 고함을 지르는 남자의 목덜미에 검 끝을 겨누었다.

“검을 쓸 줄 아는지 알려줄까.”

“네놈…….”

“그 반지, 어디에서 났지?”

몸을 비틀고 요시를 되밀려고 하기에 검 끝에 힘을 주었다. 목덜미에 닿은 검 끝이 피부에 살짝 파고들었다.

“크게 다친다. 움직이지 않는 게 좋아.”

마른침을 꼴깍 삼키는 움직임이 검 끝으로 전해졌다. 남자의 머리 위, 얼룩진 벽 일부에서 붉은 것이 나타났다. 벽에서 스르륵 나온 짐승의 앞다리가 남자의 머리 위에 발톱을 세웠다. 벽에 볼을 대고 곁눈질로 요시를 살피는 남자는 그것을 알아채지 못했다.

“고쇼를 알지?”

“몰라…….”

“거짓말이군. ……내 팔이 지쳐서 손이 떨리기 전에 말하는 게 좋아.”

“모른다고!”

“만나서 이야기만 할 거야. 끝까지 숨긴다면 고쇼도 네놈도 범인으로 간주한다.”

"당치도 않아……."

"나는 여유가 없어. 말해."

잠시 뜸을 들였다.

"고쇼는 그런 사람이 아니야."

"만나서 이야기하면 알 수 있겠지."

"절대로 아니야. 믿어줘."

"고쇼한테 안내해. 그러면 너를 믿지."

남자가 알았다고 신음하고 동시에 남자의 머리 위에 있던 앞다리가 스르륵 사라졌다. 요시는 검 끝을 남자에게서 뗐다. 저항이 없는 것을 확인하고 남자에서 떨어졌다.

남자는 벽에 손을 짚고 고개를 저었다. 반지를 낀 손으로 목덜미를 닦고, 닦은 손바닥을 보며 얼굴을 찌푸렸다.

"이렇게까지 해야겠어? 어처구니없는 아가씨로군."

"약속 지켜. 이상한 생각을 했다가는 다음번에는 정말로 베어버릴 테니까."

004

남자가 요시를 안내한 곳은 도시 남서쪽 구석, 아주 초라한 여관이 늘어선 부근이었다. 낡은 벽에 빛바래고 거의 벗겨진 푸른 칠. 녹색과 파란색 계통 색상으로 건물을 칠하는 법은 거의 없다. 기루만의 독특한 양식이기 때문이다.

"정말로 여기야?"

"입으로 암만 떠들어도 소용없어. 고쇼를 만나면 알겠지. 그러니까 데려온 거야. 의심하지 마."

남자는 말하고서 기루 안으로 들어갔다. 들어가자마자 나온 좁은 식당에는 인기척이 없었다. 들어온 남자를 안쪽에서 부랴부랴 맞으러 나온 노인이 있었다. 뒤따라온 요시는 문을 등지고 서서 남자가 노인과 몇 마디 말을 주고받는 모습을 지켜보았다.

노인이 안쪽으로 물러나고 이내 대신해서 나온 사람은 전에 본 남자였다.

"일전에 온 아가씨로군."

"고쇼인가."

"맞아."

남자가 대꾸했다. 식당 쪽으로 턱짓한다.

"앉아. 하지만 식사는 아주 비싸."

"묻고 싶은 게 있어서 왔어."

"일단 앉아. 나는 너와 다툴 마음은 없으니까."

요시는 망설이며 안쪽에서 얼굴을 내민 두세 명의 남자를 보았다. 적어도 바로 공격해올 낌새가 없다는 것을 알고 얌전히 자리에 앉았다.

"북위에 있었지."

고쇼도 맞은편 의자에 앉았다.

"있었지. 마침 아는 사람 집을 나서던 참이었어."

"일전에는 그렇게 말하지 않았잖아."

"나한테도 말 못 할 사정이 있어. 이번에는 말했으니까 봐달라고."

"이가에는 이전부터 수상한 남자가 찾아왔어. 그 녀석을 안내한 사람이 로라는 남자야."

"이가?"

고쇼는 어리둥절해서 되물었다. 남자도 노인도 아무 말도 하지 않은 모양이다.

"고계의 이가다. 나는 그곳에서 신세를 지고 있었어."

"로는 뭐든 중개해. 사람을 중개하는 건 드물지만 심부름 정도라면 가끔 하지. 로와는 오랜 단골인데 그건 몰랐군."

"습격 전에 이가의 동태를 살피는 듯한 남자들이 있었어. 그놈들은 척봉으로 돌아갔지."

"습격? 고계의 이가가 습격당한 거야?"

요시는 고쇼가 정말로 놀라는 모습인 데에 내심 의아해하면서 고개를 끄덕였다. 고쇼는 등뒤를 돌아보았다.

"누가 스즈를 불러와."

"……요시."

불려온 스즈는 요시를 보자마자 눈을 동그랗게 떴다. 요시가 말하기 전에 고쇼가 입을 열었다.

"스즈, 너 풍학에서 누군가 납치당했다는 이야기를 들었다고 했지?"

스즈가 고개를 끄덕였다.

"영주의 어느 이가가 습격받아 그곳 여서가 납치당했다고 들었는데……."

"무슨 마을이지? 납치당한 여서 이름은?"

"마을 이름은 듣지 못했어. 납치당한 사람이 누구였더라. 이름을 들었는데 생각이 안 나네."

"엔호."

요시가 이야기에 끼어들자 스즈는 크게 끄덕였다.

"아, 맞아. 엔호."

고쇼는 요시를 돌아보았다.

"엔호가 납치당했어? 정말로?"

"엔호를 아나?"

"동생이 이야기를 나누러 몇 번 간 적이 있어. 나도 한 번 따라 갔었고. 로의 소개로 갔었지. 훌륭한 분이니까 동생에게 만나보라고 했었어."

"동생……? 요전번에 본 열너댓 살쯤 먹은 아이 말이야?"

"셋키야. 그 애가 맞아. 엔호의 행방은 모르는 건가? 이가에 다친 사람은?"

요시는 한숨을 쉬었다. 고쇼는 진심으로 놀란 것처럼 보인다. 그렇다면 요시에게는 범인을 찾을 단서가 사라진 것이다.

"여자애가 한 명 살해당했어."

"혹시 란교쿠인가 하는 아이 말이야?"

요시가 고개를 끄덕였다.

"수상한 놈들이 이가 주위를 어슬렁거렸어. 모든 것이 당신을 가리킨다고 생각할 수밖에 없었어. 게다가 이가를 습격한 뒤에 당신들은 거처를 옮겼지."

"그건 네가 찾아왔기 때문이야."

고쇼는 쓴웃음을 지었다.

"내게도 사정이 있으니까. 공공연하게 떠들지 못할 사정이 말이지. 누가 주위를 캐고 다니는 건 달갑지 않아. 그런데 두 번이나 수상쩍게 찾아온 놈이 있어. 아무래도 분위기가 심상치 않은 것 같아 거처를 옮긴 거야."

"그날 어디에 갔었지?"

"근처에. 그날 이가가 습격당한 거야?"

요시는 고개를 끄덕였다.

"아마도 그날 점심에서 저녁 사이. 마침 내가 스즈와 이야기를 나눈 무렵이나 그 직후야."

"나는 네가 있을 때 여관에 있었어. 스즈와 이야기하는 동안에 돌아왔거든."

"뭐?"

요시가 고쇼를 쳐다보았다.

"맥주후 이야기를 했지? 나로서는 네가 아무래도 수상쩍어서 주방에서 들여다봤지."

쓴웃음을 짓듯이 그렇게 말했다.

"……쇼코야."

나직한 목소리가 들려서 요시가 스즈를 돌아보았다.

"그날 척봉의 문이 닫힌 뒤에 마차가 와서 닫힌 성문을 열게 하고 들어왔대."

"그랬구나."

등뒤에서 불쑥 작은 목소리가 들렸다. 뒤돌아보자 셋키가 서 있었다.

"너는……."

"엔호가 습격당할 만한 이유를 생각해봤어?"

"아니."

요시는 솔직하게 대답했다.

"엔호가 어떤 사람인지는?"

"원래 맥주 사람이라는 정도밖에 몰라."

셋키가 고개를 끄덕였다.

"맞아, 맥주의 송숙과 관계된 분이야. 교사는 아니었지만 교사의 상담역 같은 일을 했다고 들었어. 그 이상은 자세히 모르겠지만."

"송숙……?"

"마을에서 도를 가르치는 의숙. 맥주 산현에 있던 명망 높은 의숙이었지. 그곳이 재작년에 불에 탔어. 건물과 함께 교사가 살해당했는데 몇 명은 살아남았어. 로는 송숙에 다닌 적이 있다고 했으니까 아마 관계자일 거야."

"그래서 대단한 사람이 엔호를 찾아온 건가……."

"아마도. 로는 그 말을 하지 말라고 신신당부했어. 송숙에 관계된 사람은 지금도 노려지고 있다면서."

"노려지고 있다고? 왜?"

셋키의 대답은 단호했다.

"도를 왜곡해 사욕을 채우고 싶은 놈들에게는 눈엣가시니까."

"그럴 수가……."

"백성이 도를 알면 곤란하지. 물론 관리가 되어도 곤란해. 덕이건 도의건 알 바 아니라는 놈들만 있지 않으면 눈 깜짝할 사이에 자신이 권력에서 멀어져버릴 테니까."

"하지만……."

"맥후도 송숙 출신이라고 들었어. 맥후의 존재가 눈에 거슬러서 파면시킨 놈들이 있어. 위왕에 붙은 놈들과 위왕에 붙지 않은 맥후. 맥후가 옳다고 결론이 나면, 위왕 편에 선 놈들은 모두 권력을 잃겠지. 그러니까 왕에게 있는 일 없는 일 다 고해서 맥후를 계략에 빠뜨렸지. 그런 돼먹지 못한 놈들이 있다니까."

"그랬군."

요시는 손으로 이마를 짚었다.

"로는 지수향부 하관夏官인 소사마小司馬의 사주로 송숙이 습격당한 것이라 했어."

"뭐라고?"

"자세한 이야기는 물어도 털어놓을 사람이 아니니까 그냥 들은 게 다야. 확실히 송숙에 불을 지른 범인이라고 지목받은 놈은 척봉에 진을 치고 있던 부민이었어. 한낱 부민일 뿐이던 지금의 소사마는 때마침 송숙에 불이 난 뒤에 파격적으로 발탁되어 뜬금없이 하관이 되었지. 범인과 소사마가 아는 사이였던가 봐."

"설마 쇼코가……."

셋키가 고개를 끄덕였다.

"소사마가 흑막이었다면 쇼코의 지시겠지. 어째서 쇼코가 맥주의 의숙을 그토록 미워했는지는 모르겠지만. 쇼코는 북위에 송숙 출신이 있다는 걸 알면 죽이러 가. 그런 놈이야."

요시는 담담히 말하는 소년의 얼굴을 바라보았다.

"그럼…… 엔호는 척봉에 있을까?"

"그럴 가능성이 커. 생사는 알 수 없지만."

요시가 일어났다.

"어이, 왜 그래?"

고쇼의 목소리에 걸음을 멈추었다.

"구하러 간다."

"억지 부리지 마!"

"나는 구해야만 해."

은혜도 입었고 존경하는 마음도 있었다. 란교쿠는 죽었고 게이케이도 어떻게 될지 모른다. 엔호만은 구해야 한다.

"잠깐만 기다려."

팔을 잡은 고쇼의 손을 떼치고 앞에 가로막고 선 셋키의 어깨를 밀친다.

"요시, 기다려!"

스즈의 날카로운 목소리를 듣고서야 걸음을 멈추었다.

"쇼코 곁에는 호위가 많아. 마차는 척봉으로 들어갔을 뿐, 실제로 어디로 갔는지 모르잖아? 쇼코가 납치한 사람을 감금해둘 곳은 잔뜩 있어. 무턱대고 뛰쳐나가지 마."

반박하려는 요시의 팔을 고쇼가 다시 붙들었다.

"동료가 쇼코를 항시 감시하고 있어. 문제의 마차가 어디로 갔는지 알 수 있을 거야."

요시가 눈살을 찌푸렸다.

"동료?"

"우리는 쇼코를 감시하고 있어. 요 삼 년 동안 줄곧, 한시도 놈이 어디에 있는지 몰랐던 날은 없어."

"고쇼, 당신……."

요시는 어느 틈에 식당 안에 모인 십수 명의 사람들을 둘러보았다.

"당신들……."

염두에 두었어야 했다. 스즈는 쇼코에게 원한이 있다.

고쇼는 요시의 팔을 가볍게 도닥였다.

"대단한 물건을 들고 있는 것 같은데 그놈으로 선인을 벨 수 있나? ……필요하면 선인을 벨 수 있는 검을 줄까?"

요시가 슬쩍 웃었다.

"마음만 받지."

고쇼가 보낸 심부름꾼은 깊은 밤이 지나고서야 돌아왔다.

고쇼는 넓은 방에 모인 사람들을 둘러보았다.

"마차는 곧장 향성으로 들어갔어. 쇼코가 요새 향성 관저에서 움직이지 않는 건 다들 알고 있는 바와 같다."

고개를 끄덕이는 수많은 얼굴을 요시는 둘러보았다.

요시가 하지 못했던 일을 이루기 위해 모인 면면이다.

"무엇을 위해 향성으로 데려갔는지는 모른다. 그놈이 하는 짓이니 변변한 일이 아닌 건 분명해. 목숨이 붙어 있다면 구하고 싶다."

무언의 힘찬 동의.

"어차피 조만간 시작할 작정이었어. 그게 내일, 내일모레라고 안 될 이유가 없지."

고쇼는 그렇게 말하고서 넓은 방에 모인 사람들을 하나하나 보았다.

"어때?"

이 물음에 큰 소리로 찬동했다.

고쇼가 고개를 끄덕였다.

"좋아, 삼 년 동안 잘 견뎠다. 쇼코의 천하를 끝내자."

17장

001

경국 국력, 적락 이 년 이월 초순 미명, 지수향 향장인 쇼코의 자택 중 하나가 습격당했다. 습격한 무리는 스무 명 남짓한 지수향 백성, 근처 길에서 불을 던지고 벽을 넘어 저택 안으로 쳐들어갔으나 정작 쇼코는 그곳에 없었다.

저택 안 소신과 일전을 치른 뒤, 범인들은 저택 안에 '수은殊恩'이란 글자를 남기고 이제 막 열린 오문午門을 돌파해 도주했다. 향사인 사사가 이들을 추격했으나 절반 이상이 추격을 피해 영주로 도망갔다.

쇼코의 씨명은 세키 온籍恩이다. '수은'은 곧 '주은誅恩', 쇼코에게 죄를 물어 죽이겠다는 뜻이라 하여 격노한 쇼코는 사사 이백 명을 풀어 범인들을 쫓게 하고, 주변 향령에서 사사 오백 명을 불러들여 향성을 지키도록 명령했다.

이들 사사가 척봉으로 귀환하기 직전, 저택이 습격받았던 것과 같은 한밤중에 이번에는 향성 안 의창義倉이 습격받았다. 쇼코 주위를 지키고 있던 사사와 척봉에 주둔한 주사가 도착하기 전 잠깐 사이에 범인은 의창에 불을 지르고 도주, 간신히 큰불로 번지지 않고 진화했으나 범인들은 또다시 '수은'이란 글자를 남기고 영주로 도주했다. 오문을 돌파한 범인들의 숫자는 서른 명 전후였지만, 반수 이상이 추격을 따돌리고 주의 경계를 넘었다.

명백히 도당을 짠 반란이었다. 쇼코는 다시 의창 습격이 있으리라 짐작하고 주사 및 사사를 의창 주위에 포진시키고 주의 경계 및 가도에 삼백 명의 사사를 더 배치했으나 이틀 동안 습격이 뚝 그쳤다. 쇼코가 긴장을 늦춘 사흘째 이른 아침, 이번에는 척봉 동쪽 공한지에 있는 쇼코의 별택이 습격을 받았다. 그 숫자, 이번에는 백 명 남짓, 의창 주위에 포진한 주사와 사사가 쇼코의 저택에 도착했을 때는 저택 안팎으로 고착 상태에 빠져 있었다.

"괜찮을까……."

스즈는 기루 창문으로 묘문卯門 방향을 보았다. 혼란에 빠진 도시는 벌써 땅거미가 지고 있었다.

“요시라면 괜찮아.”

고쇼가 보증하니 달리 이론을 낼 까닭도 없어서 스즈는 슬쩍 불안한 한숨을 내쉬었다.

“이백을 내주겠다고 했는데 요시가 백이면 된다고 했어. 승산이 있으니까 한 소리겠지.”

요시는 쇼코를 죽이지 않고 잡아준다면 백으로 어떻게든 해보겠다고 떠맡았다.

“그보다 스즈는 자기 걱정이나 해.”

활시위를 당기는 셋키의 말에 스즈는 괜찮다고 대답했다.

“삼추는 내가 아니면 다루지 못하는걸.”

“셋키를 부탁한다, 스즈.”

고쇼의 말에 스즈는 “응” 하고 고개를 끄덕였다.

“그보다 셋키는? 활을 쏠 줄 알아?”

“괜찮아. 그렇게 잘 쏘지는 못하지만 엉터리도 아니니까.”

셋키는 복잡해 보이는 표정으로 웃었다.

“소학 선거에서 성적이 같고 품성도 비슷한 학생의 우열을 어떻게 가리는지 알아?”

“몰라. 혹시 활이야?”

“맞아. 활쏘기로 결정하지. 그러니까 연습은 많이 했어.”

“그렇구나.”

셋키는 관리가 되고 싶은 것이리라. 이 나라에서 특출난 사람이 되려면 먼저 관리가 되어야 하고, 셋키는 관리가 될 수 있을 만큼 영특하다. 실제로 셋키의 예측은 희한할 정도로 맞았다.

—먼저 스무 명으로 쇼코를 도발한다.

내환도의 저택에 불을 지른 스무 명, 그들은 지금쯤 어디까지 도망쳤을까. 그다음에 서른 명으로 의창을 습격했다.

의창이란 흉작에 대비해 곡물을 저장해두는 창고다. 의창에 불을 지른다니 셋키는 무서운 걸 모른다.

"정말로 태울 생각은 없어. 만에 하나 불타버렸다고 해서 어차피 쇼코가 굶주린 사람들을 위해 내줄 리가 없으니까."

그러면 쇼코는 의창을 경계한다. 의창을 습격한 놈들이 도망치면 이에 격노해 쫓는다. 주변에서 사사를 도로 불러들여 향성의 수비를 강화시키리라고 셋키는 주장했고, 실제로 그대로 되었다.

"다음으로 도시 바깥의 저택을 습격한다. 여기에는 이백 명을 투입할 거야. 저택에 틀어박혀 한동안 주사의 발을 묶어두어야 해."

과거 두 건의 사례로 쇼코는 영주와의 주 경계에 사사를 파견하려 하리라. 과거의 범인은 스무 명과 서른 명, 그런데 이백 명의 반란민이 들고일어났으니 이 인원이 전부라고 믿을 것이다.

도발에 화난 쇼코는 향성 안 병사 대부분을 저택으로 보낼 가능성이 크다.

그리고 실제로 주사 이려(천 명)와 사사 절반이 저택을 포위하고 주사 일려가 가도를 봉쇄하러 출전했다. 척봉에 남은 병사는 사사 오백 명과 호위 오백 명, 오후가 지나자 그중 절반을 저택으로 더 투입하고 나머지는 시가의 감시니 향성 경비니 의창 경호로 분산되었다.

고쇼는 대도를 들었다. 물미로 가볍게 땅을 내려치자 긴 자루 끝의 검이 빛났다.

"향성에 남은 멍청이들은 이백 명 남짓이다."

말하고서 스즈를 바라본다.

"쇠뇌弩•를 조심해. 불빛 곁에 있으면 표적이 된다."

스즈는 단검을 품에 안은 채 고개를 끄덕였다. 향성으로 향하는 유지는 팔백 명 남짓, 제대로 된 방호구는 없다.

"출발할까."

창밖에 어둠이 깔렸다.

기루를 나가는 스즈 일행을 몇 사람이 배웅한다. 그들과 시

• 발사 장치가 달린 장거리 공격용 활.

가지로 흩어진 몇십 명의 사람들에게는 앞으로 해야 할 일이 더 있다.

"날이 저물었군."

요시는 검에 묻은 피를 털고 누각의 문 너머로 하늘을 쳐다보았다.

쇼코의 저택은 그의 자존심이 반영되어 놀랄 만큼 장벽이 높다. 다듬은 정원의 나무 우듬지조차 보여주지 않겠노라고 고집을 부리는 것 같았다.

주위의 의민 백 명은 거의 그대로였다. 쇼코 자신이 만든 견고한 장벽과 멀리 내다보이는 누각으로 보호받고 있었다.

"해가 졌어. 놈들이 장벽을 넘어올 거야."

요시가 말하자 곁에서 쇠뇌를 조준하고 있던 남자가 고개를 끄덕인다.

"본관으로 후퇴해. 본관 사람들과 합류해 포진을 재정비한다."

남자는 빈틈없이 주위를 살피며 본관 쪽으로 물러갔다. 그를 따라 한 사람 두 사람 후퇴하기 시작했다.

최후미에서 후퇴하면서 요시가 중얼거렸다.

"한쿄……."

예, 하고 대답한 목소리는 아주 희미하다.

"뒤는 너희에게 맡기겠다."

게이키에게 빌릴 수 있는 사령을 전부 빌렸다. 그것밖에 요시가 할 수 있는 일이 없었다. 난을 일으켜 헛되이 백성의 목숨을 잃고 싶지 않았건만.

"역시 궁성으로 도망쳐 왕사를 움직이시는 편이 낫지 않겠습니까."

"게이키가 하지 못한 일을 내가 할 수 있을 것 같아?"

요시는 게이키에게 쇼코를 경질하라, 그럴 수 없다면 영주사를 움직여달라고 부탁했다. 하지만 실현하지 못했다. 관리는 쇼코를 경질하는 이유를 알고 싶어 한다. 한쿄에게 맡긴 옥새가 찍힌 서장도 도움이 되지 못했다. 하다못해 영주사를 빌려달라고 요청했으나 정작 영주사가 출진을 거부했다.

"각오는 했어. 달리 방도가 없어. 야음을 틈타 가능한 한 적의 숫자를 줄여."

"괜찮겠습니까."

요시는 살짝 쓴웃음을 지었다.

"내가 허락한다."

002

향성에는 문이 네 개 있다. 그중 남쪽 문을 정문이나 주작문朱雀門이라 부른다. 그 정문 문졸들은 느닷없이 궐문 앞에 나타난 수백 명의 백성에 기겁했다. 저마다 무기를 들고 물이 없는 해자에 놓은 다리로 밀어닥치는 모습을 보고 허겁지겁 성문을 닫으려 했다. 문은 병졸이나 관리가 드나들기 위해 오늘밤에는 일부러 닫지 않아 열려 있었다.

선두에 선 기병이 문을 닫기 전에 쇄도해서 순식간에 문졸들을 쓰러뜨렸다. 닫히던 문이 활짝 열리고 궐문 위의 망루를 향해 무장한 백성이 뛰어 올라왔다.

망루에 있던 사사들은 쇼코가 자신의 허영을 위해 만든 지나친 장식과 높이 때문에 꼼짝하지 못했다. 궐문 높이 약 구 장, 이 높이에서는 불빛 없이 문 아래 있는 사람을 판별할 수 없다. 게다가 전망이 좋은 망루여야 할 전루箭樓는 문 바깥쪽으로 겉만 번지르르한 장식이 달려 있어 시야를 심각하게 가로막았다. 무턱대고 쇠뇌를 쏘고 화살을 쏘아보았으나 얼마나 명중했는지 분명치 않았다.

쇠뇌 시위에 화살을 재는 데는 시간이 걸린다. 세 번째 화살 장전을 마치기 전에 민중이 눈 깜짝할 사이에 뛰어 올라와서 손도 쓰지 못하고 투항해야 했다. 긴급한 사태를 알리는 횃불도 과연 제 몫을 했는지 아무 응답도 받지 못한 채 얹어져서 꺼졌다.

일부 사사는 보장을 달리거나 성내에 달려 들어가 곳곳에 흩어진 사사들에게 화급을 알리려 했다. 그들 대부분은 뒤쫓아온 백성의 화살을 맞고 허망하게 땅에 고꾸라졌다.

열린 성문이 민중을 삼키고는 닫혔다.

"현문懸門을 내려라!"

고함과 함께 망루 하부의 도르래가 움직인다. 문 안쪽에 두껍고 거대한 문이 문길에 파놓은 틈을 따라 삐걱거리며 내려간다. 문길을 가르는 깊은 구멍에 현문이 완전히 내려간 것을 확인하고 스즈는 내성을 가로막은 중문으로 달리는 사람들 무리를 쫓았다.

짧은 거리를 달려나가자 이미 닫힌 중문에 딸린 현문이 내려가는 소리가 들렸다. 안쪽의 사사들이 방어하기 위해 문을 닫은 것이다. 일반적으로 내성의 입구인 중문은 간소하다. 내성을 둘러싼 담장도 민가의 담보다 높고 두꺼운 정도에 지나지 않는다. 성벽과 이어져 일체화된 안쪽 성벽, 정문으로도 손색없는 중문의 위용이 이것을 만든 쇼코의 성향을 잘 드러내고 있다.

"스즈!"

스즈는 고쇼의 목소리에 돌아보며 달려오는 고쇼에게 손을 뻗었다. 그 손을 잡고 고쇼가 삼추 위에 타자마자 싫다고 몸을 비트는 삼추를 질타하며 뛰어올랐다.

삼추는 성벽을 훌쩍 넘었다. 보장에 삼추의 다리가 닿기 전에 고쇼가 뛰어내리고, 스즈는 보장 위에서 삼추의 방향을 틀어 문 밖으로 되돌아갔다. 다섯 번 왕복해 남자들을 나르자 여섯 번째에는 중문의 망루에서 환호성이 일었다.

"좋았어."

소리치며 삼추에서 뛰어내린 남자를 고쇼가 맞이한다.

"중문을 연다! 스즈, 모두 내성으로 들여!"

"응!"

삼추가 문 앞으로 돌아왔을 때에는 중문이 안쪽에서 열린 참이었다. 열리는 문 너머로 올라가는 현문이 보이고, 더욱이 그 너머로 달려나오는 사사 무리가 보였다.

"셋키, 타!"

스즈는 기수 위에서 셋키를 재촉했다. 시위를 당긴 셋키는 중문 너머로 화살을 쏘더니 고개를 끄덕이고 달려왔다. 내민 스즈의 손을 셋키가 붙든다. 기수 위로 끌어올리니 삼추가 불만스럽게 울었다. 목덜미를 스즈가 다독이며 달래주었다.

"착하지, 싫어하지 마. 셋키, 다친 데는 없어?"

"괜찮아."

등뒤에서 목소리가 들렸다.

"스즈, 부르면 몸을 숙여. 내가 든 활에 부딪힐 수도 있으니까."

"알겠어."

스즈는 대답하고서 삼추를 몰았다. 중문을 빠져나간 곳에 버티고 선 고쇼가 대도를 가볍게 들었다.

"전원 빠져나가면 중문을 닫아! 단숨에 쇼코에게 간다!"

응답하는 목소리가 문길을 뒤흔들었다.

무기를 든 백성들이 보장을 달렸다. 곳곳에 세워놓은 초소로 돌진했다.

스즈 일행은 확실하게 성벽을 점거해가는 동료를 뒤로하고, 달려오는 사사를 숫자로 밀어붙이며 향부 안쪽으로 달려갔다. 가장 깊숙한 곳에 있는 쇼코의 관저를 향하는 길이다.

셋키가 뛰어오르라고 할 때마다 스즈는 삼추를 가볍게 도약시켰다. 시야가 높아지면서 허둥거리는 향성의 상태가 눈에 들어왔다. 달려오는 사람이 있고 도망치는 사람이 있다. 사람의 움직임은 혼란스럽기 그지없었다. 도망치는 쪽이 압도적으로 많은 까닭은 시가 바깥의 주사와 사사가 달려오기를 기다릴 작정이기 때문일 거라고 셋키는 말했다.

“올까.”

“물론 오겠지. 하지만 성벽과 성문은 우리가 완전히 점령했으니까 들어오기까지 시간이 걸리지. 그전에 쇼코를 잡을 수 있다면 놈들의 사기는 현저히 떨어지겠지만. ……스즈!”

비명 같은 셋키의 목소리. 스즈는 삼추가 착지할 곳을 보고 숨을 삼켰다. 사사 두 사람이 도끼를 들고 기다리고 있었다. 삼추는 날 수 없다. 방향을 틀 여유도 없었다.

삼추가 당한다.

저도 모르게 눈을 감고 간신히 비명을 삼켰다.

삼추가 우는 소리와 묵직한 충격이 이어졌고 그 뒤에 땅에 내려서면서 삼추의 하강이 멈추었다.

“요시!”

셋키의 목소리에 스즈가 눈을 떴다. 사사 두 사람은 그 자리에 쓰러져 있었다.

“구해……준 거야?”

“반만.”

요시의 목소리는 낮고 잘 울린다.

“절반은 삼추가 발로 차서 쓰러뜨렸어. 영리한 기수야.”

“저쪽 상황은 어때?”

셋키의 목소리에는 안도감 따위 손톱만큼도 없다.

"아직 싸우고 있어. 우리 쪽이 제법 유리해져서 뒤를 맡기고 빠져나왔어."

"유리하다니……."

셋키의 말에 대답하는 요시의 목소리는 낮지만 쾌활했다.

"달려오는 주사는 아마 절반으로 줄었을 거야."

쇼코의 별택을 포위한 주사 이려 천 명, 사사師士 오백 명은 완전히 혼란에 빠졌다. 횃불을 밝혀도 주위에는 곳곳에 어둠이 남아 있다. 어둠 속에 무언가 있다.

이제는 눈앞의 본관에서 농성하는 적이 문제가 아니었다.

어둠 속에서 들리는 비명, 서둘러 달려가자 쓰러진 동료가 있다. 대부분 팔다리에 깊은 상처를 입고 절박한 신음을 지르고 있었다.

칼에 베인 상처가 아니다. 대부분 짐승이 문 상처, 발톱으로 할퀸 상처와 비슷했다. 상처를 입힌 존재의 모습은 보이지 않는다. 무언가 있다. 게다가 적지 않은 숫자다. 알 수 있는 것은 그뿐이라 어둠 속에서 들리는 아군의 발소리에도 두려움에 떨었다.

한 사람 두 사람 후퇴하기 시작했다. 날아오는 화살이 사라졌다 싶어서 정신이 들고 보니, 그것도 당연했다. 이미 본관에서 화살이 닿을 리도 없는 거리까지 멀어졌다. 퇴각하라는 목소리는 없었지만 그 자리에 계속 머물 수 있는 병사는 거의 없었다.

냉혹하기 이를 데 없다고 이름을 날리던 그들은 약자를 사냥하는 데는 익숙했지만, 그 때문에 적을 향한 공포에는 내성이 없었다.

—향성에 적의 기습.

한창 그러고 있을 때 전령이 달려왔다.

병사들 사이에는 한결같은 안도감이 흘렀다. 지휘관인 여수旅帥도 예외가 아니었다.

"어떻게 된 거지?"

"수백여 명의 무장한 백성이 향성을 공격하고 있습니다."

헐떡이는 목소리에 여수는 움찔거리며 굳은 미소를 지었다.

"이쪽이 미끼였다니, 제법이군. 바로 돌아간다."

호통친 목소리가 너무 들떠 있지는 않았을까.

"향성으로 돌아가라!"

호령과 함께 병사들은 묘문으로 우르르 달려갔다. 기세 좋게 공터를 달려 묘문으로 밀어닥친 병사의 숫자는 반수 가까이 줄어 있었다.

공터에 드리운 어둠 속에 살려달라는 병졸의 목소리가 남겨졌다.

003

요시는 고쇼와 나란히 향부 가장 깊은 곳으로 향했다. 이따금 모퉁이에서 기이한 소리를 지르며 뛰쳐나오는 소신과 칼날을 부딪치며 옆에 있는 고쇼를 흘끔 보았다.

대도를 휘두르는 고쇼의 움직임은 격렬했다. 대도는 창끝에 창날 대신에 폭이 넓고 두꺼운 곡도曲刀가 달린 물건으로 그 무게가 백 근 가까이 된다. 그런 물건을 휘둘러 적을 내동댕이치는 완력은 감탄할 만했다.

높이 쳐든 대도는 뛰쳐나오는 적을 백 근의 중력으로 내리쳐서 뼈를 부순다. 옆으로 휘둘러 생기는 원심력으로 갑옷을 깨부순다. 그대로 뒤쪽으로 들이밀며 물미로 뒤쪽 적을 찌른다.

고쇼가 대도를 한 번 휘두를 때마다 주변에는 처참한 소리가 울려 퍼졌다.

"대단하군."

저도 모르게 중얼거린 요시를 고쇼는 웃으며 돌아보았다.

"너도 역시 보통내기가 아니었어."

"그렇게 대단치는 않아."

"어린데 사람을 죽이는 데 익숙하군."

회랑을 달리면서도 고쇼의 호흡은 흐트러지지 않았다.

"뭐, 어쩌다 보니."

요시는 쓴웃음을 지었다. 위왕군과 싸웠다. 전쟁이란 곧 적을 죽이는 행위다. 요시가 움츠러들면 요시를 지원해준 사람들이 죽는다. 제 손을 피로 더럽히기 두려워서 지켜주는 사람들 등뒤에 숨을 수는 없었다.

—어차피 옥좌란 피로 얻어지는 거야.

안국의 왕은 그렇게 말했다.

설령 하늘로부터 무혈로 받았더라도 옥좌를 유지하기 위해서는 어딘가에서 피를 흘려야만 한다. 이를테면 위왕군을 격파하거나 내란을 진압하거나 죄인을 처형할 때.

그렇다면 하다못해 비겁한 인간은 되지 않는 편이 낫다.

"요시!"

안쪽 정원에서 스즈의 비명이 들렸다. 삼추를 타고 용마루를 뛰어오르면서 정원을 따라오던 소녀의 목소리.

오른쪽에서 살기가 느껴졌다. 몸을 숙인 뒤에 적의 갑주가 내는 소리를 들었다. 머리 위로 검날이 스치고, 그것을 좇듯이 몸을 뻗어 검을 찔렀다. 어떤 억센 요마의 몸도 꿰뚫는 검에 갑옷은 무르다. 손쉽게 찌르고 검을 빼서 한 번 털었다. 그 동작으로 묻은 피가 흘러 떨어져 검날에는 한 방울도 남지 않았다.

"그 검, 대단한 걸물이군."

요시는 고쇼의 목소리에 가볍게 쓴웃음을 짓고 머릿속으로 소리 없는 목소리를 들었다.

'한쿄가…….'

돌아왔다는 이야기를 들을 필요도 없었다. 요시는 가라고 명령했다. 쇼코 곁으로 가서 조금이라도 적을 줄여둬.

그 뒤로 더이상 대답은 없었지만 자신의 명령이 전해졌음을 요시는 알고 있었다.

스즈 일행이 안쪽 건물로 달려가자 향장이 기거하는 누각 앞은 어찌된 영문인지 피바다였다. 저도 모르게 입을 막은 사람은 스즈, 달려간 사람은 고쇼였다.

"이게 어떻게 된 거지."

"자기들끼리 분열이 생겼나."

선뜻 그리 말하고는 시신을 뛰어넘은 사람은 요시였다. 숨을 헐떡였지만 발걸음에 불안은 없다.

"그런가."

고쇼는 당혹스러운 눈치였다. 고민하는 듯한 눈빛으로 시체를 보고 몸을 문 옆에 숨겼다. 달려온 사람들이 입을 다물었다.

고쇼가 대도로 한 번 후려친다. 두꺼운 나무문이 일그러지고 달려온 사람들이 두 번 세 번 때리자 크게 갈라졌다. 고쇼가 물미로 찌르자마자 발로 차자 문이 안쪽으로 쓰러졌다.

"가라!"

건물은 비어 있는 것이나 진배없었다. 괴괴하니 소리도 없고 사람이 있는 기척도 없다. 이따금 말 없는 시체가 나뒹굴었다. 사람들은 샅샅이 문을 열고 건물 안 그늘진 곳을 확인하며 안쪽으로 달렸다. 그러던 중 열린 문 너머로 방구석에 숨은 인간을 발견했다.

방으로 들어간 사람들의 다리가 일순 얼어붙었다.

삼추에서 내려 요시에게 딱 붙어 따라온 스즈 역시 걸음을 멈추었다.

호화로운 침실, 탑상 밑에 숨어 들어간 것처럼 몸을 웅크린 사람이 보였다. 천을 덮은 그 모습은 천 더미 그 자체로 보였다. 탑상의 형태로 보아 숨어들 틈 따위 애초부터 없었으리라. 어린아이조차 기어들어가지 못할 법한 좁은 틈에 코끝을 처박듯이 둥그런 천 덩어리가 떨고 있었다.

고쇼가 맨 먼저 움직였다. 다가가서 천을 잡는다. 히익, 하고 목구멍 안쪽에서 억누른 것 같은 비명이 천 아래에서 들렸다.

엄청나게 뚱뚱한 남자였다. 나이는 모르겠다. 나이조차 가늠할 수 없을 정도로 말도 안 되게 뚱뚱했다. 오랜 포식으로 두껍게 두른 지방이 남자를 사람이 아닌 다른 생물로 보이게 했다.

고쇼는 천을 내던졌다. 살 속에 파묻힌 작은 동물 같은 눈이 겁먹은 기색을 떠올린 채 고쇼를 쳐다보았다.

"쇼코로군."

고쇼는 단언했다. 남자는 새된 목소리로 아니라고 외쳤다.

"아니야. 나는 쇼코가 아니야."

"척봉에서 너를 알아보지 못하는 사람은 없어."

방으로 밀어닥친 사람들이 남자를 둘러쌌다. 그 가운데서 스즈는 가슴에 손을 얹었다. 빨라지는 심장 박동 소리 위에 품고 있던 단검 자루를 꼭 쥔다.

—이자가 쇼코.

손이 떨린다. 단검을 검집에서 뽑을 수가 없다.

—이 남자가 세이슈를 죽였다.

"스즈."

나직한 요시의 목소리에 스즈는 화들짝 놀라 눈을 부릅떴다. 돌아보니 요시가 고개를 내저었다. 스즈의 어깨를 가볍게 도닥이고 얼어붙은 것처럼 서 있는 사람들 사이를 빠져나갔다.

요시는 고쇼의 등도 두드리고 남자 바로 옆에 무릎을 꿇었다.

"쇼코로군."

"아니야!"

"엔호를 어디로 보냈지?"

"……엔호."

"엔호가 살아 있다면 일단은 죽이지 않겠다."

남자의 작은 눈이 불안하게 이리저리 움직였다.

"굳이 죽고 싶다면 말리지 않겠다."

검을 슥 치켜들자 남자는 허둥지둥 의자에 등을 비비듯이 물러났다.

"정말이지? 정말로 살려주는 거지?"

"약속하마."

요시가 고쇼를 올려다보았다. 고쇼는 망설이듯이 쇼코와 요시를 번갈아 보고는 눈을 감고 한숨을 내쉬었다.

"그렇게 약속했지. 너에게 맡길게."

요시는 고개를 살짝 끄덕이고 쇼코를 추궁했다.

"말해. 엔호는 어디에 있지?"

"여, 여기에는 없어."

"뭐야?"

남자는 떨리는 손을 들었다. 둥근 손가락 끝이 일그러진 원을 그렸다.

"명곽에 있어. 나는 몰라. 화주후에게 부탁받았을 뿐이야. 그래서 명곽으로 보냈어."

"가호가? 가호가 어째서 엔호를 납치하지?"

"죽이라고 했어. 송숙의 생존자니까 죽이라고 했어. 습격했지만 죽지 않았어. 멍청한 놈들이 데리고 돌아와서 화주후에게 그리 고했더니 자기한테 보내라고 했어."

"그럼 살아 있겠군."

"죽이지는 않았어. ……진짜야."

요시는 뒤돌아보았다. 쇼코를 내려다보는 사람들의 얼굴이 더없이 복잡해 보였다.

"원통한 마음은 알지만 참아줘. 이 남자는 가호와 이어져 있어. 이놈을 죽이고 가호를 놓치면 헛수고야."

부패한 화주의 실상을 아는 중요한 인물이다.

고쇼 옆에 있던 남자가 천장을 올려다보며 크게 한숨을 토해냈다. 그것을 신호로 방안에 욕설이 들끓었다. 온갖 말로 욕을 퍼붓는 목소리와 한 사람 두 사람씩 입을 다물고 오열을 참는 목소리가 뒤섞였다.

침묵이 돌아오자 사람들이 흩어졌다. 맥없이 실망하며 방을 나가는 사람들 뒤에서 고쇼가 느닷없이 대도의 물미로 바닥을 내리쳤다.

"주사가 올 거야! 긴장 늦추지 마!"

사기가 떨어진 사람들의 패기가 단번에 돌아왔다. 저마다 쇼코를 흘끔 본 뒤 떨쳐내듯이 의기양양하게 고개를 들고 방을 달려나갔다.

스즈 또한 쇼코를 아주 잠시 빤히 응시했다. 미련해 보이는 남자가 잔뜩 겁을 집어먹었다.

원한은 깊으나 그 원망은 스즈의 것이지 살해당한 당사자인 세이슈의 것이 아니다. 세이슈가 죽을 때 원망의 말을 남겼다면 요시가 막더라도 죽였겠지만.

"당신은 척봉에서 아이를 죽였어."

쇼코는 펄쩍 뛰어오르듯 벌벌 떨었다.

스즈는 주먹을 쥐고 발걸음을 돌렸다.

"나는 그 사실을 절대로 잊지 않아."

004

한밤중에 달려온 병사는 물 없는 해자 너머 성벽에 매달린 시체 숫자를 세어보고 전의를 상실했다.

"저건……."

곁에 있던 종자의 시선을 느끼고 여수는 기수 위에서 고개를 끄덕였다.

"성안은 제압당했군."

성벽 안쪽은 이미 조용했다. 향부에는 견고한 궐문이 있고 성벽은 두껍고 높다. 주사가 달려왔을 때에는 반란을 일으킨 백성들이 성벽을 제압한 상태라 그들은 두꺼운 수비를 돌파해야만 했다. 하지만 돌파한들 이미 지켜야 할 것은 없으리라.

"전투를 멈추고 물러나라고 해. 더 공격해도 의미가 없다."

"하오나 사사가……."

기세 좋게 정문으로 돌진한 사사들을 여수는 기수 위에서 지켜보았다.

"놈들에게도 충고해줘. 어차피 쇼코는 숙청되었겠지. 싸우지 않고 후퇴했다고 해서 놈들을 벌할 사람은 더이상 없다고 말이야."

사사의 열의가 충의가 아닌 공포에서 유래한 것임을 그는 알고 있다. 마음에 들면 어떤 영달도 마음껏 누릴 수 있으나 조금이라도 비위를 거스르면 하찮은 일로도 손쉽게 처형당한다는 것은 쇼코를 섬기던 자들이야말로 가장 잘 알고 있다.

"물러나서 태세를 가다듬는다. 사대문 앞에 진을 쳐라. 날이 밝을 때까지 그곳에서 쉬게 해. 명곽에서 오는 원군을 기다린다. 놈들은 그전에 도망칠지도 몰라. 성내에서 도망친 자는 반드시 포박하라. 저항하면 죽여도 좋다."

향성 안에 있던 사사 대부분은 죽거나 투항했다. 남은 관리들은 신속하게 투항하여 그들을 한데 모아 건물에 가두었다. 그 자리에 남은 사사의 시신을 옮겨 성벽 바깥에 매달았다.

성 바깥의 주사도 물러갔다. 사대문 앞에 포진하면서 동이 트기를 기다릴 태세다.

"이제 어떻게 될까."

고쇼는 초소 안에서 동쪽, 청룡문 앞을 둘러보았다. 보장의 요소에 설치된 작은 석조 건물이었다. 성벽 안팎에 돌출되어 석벽에 창을 내고 보장 좌우에 비해 두꺼운 벽을 쌓고 묵직한 문을 단다. 여기에서 성벽 안팎을 감시하고 적을 향해 활을 쏘거나 문을 닫아 보장 진입을 가로막는다.

"이대로 움직임이 없다면 어딘가를 돌파해 도망치는 수밖에 없어."

셋키가 말하고서 쇠뇌를 설치하기 위해 낸 창으로 시가를 가만히 둘러보았다.

"그렇게 될 것 같군. ……쥐 죽은 듯 고요해."

잠든 것 같지만 실제로 잠자는 사람은 없으리라. 불안한 나머지 여기저기에 모인 사람들, 머뭇머뭇 향성의 상황을 살피고는 알리러 돌아가는 사람들. 이미 향성이 제압당했다는 것은 성벽에 매단 시체를 보면 알 수 있을 터였다. 알고 나면 그들은 대체 어떻게 움직일까.

"어쩔 셈이야?"

요시의 물음에 셋키는 머리를 절레절레 흔들었다.

"동트기 전에는 움직여야지. 날이 밝으면 우리가 불리해."

"쇼코를 인질로 잡고 퇴각할 수 없을까."

"쇼코에게 인질의 가치가 있을까. 그보다 척봉 사람들이 움직여주지 않으면 무리야. 영주와의 경계에는 주사 일려와 사사가 오백 명 가까이 있어. 척봉에 큰 난리가 나서 그들이 돌아오지 않는다면 우리에게는 퇴로가 없어."

양동陽動을 위해 선발대를 일부러 영주 쪽으로 멀리 도망치게 했다. 그렇게 하면 주의 경계 수비가 삼엄해지리라는 것은 충분히 알고 있었지만 영주가 아니면 설득력이 없다. 사태가 일어나면 어차피 쇼코가 영주로 가는 도주로를 놓칠 리는 없었다. 그렇다면 일부러 주의 경계에 병사를 모아 척봉으로 불러들이는 편이 나으리라. 거리가 가까운 만큼 병사 대부분이 돌아올 가능성이 크다.

"동쪽으로는 갈 수 없어. 지금쯤 명곽의 주사가 도착했겠지."

"북쪽은?"

북쪽으로 산을 넘으면 건주建州가 나온다.

"삼삼오오 산으로 들어가 건주로 가는 수밖에 없겠지. 화주에 남아 있으면 앞날은 뻔해. 하지만 가호가 건주후에게 추격을 의뢰한다면 끝장이야. 산을 넘을 무렵에는 건주에도 이 소동이 전해지겠지. 산을 빠져나오자마자 기다리던 건주사에게 토벌당할 수도 있어."

"영주밖에 없다는 거군."

"맞아."

셋키가 고개를 끄덕였다.

"강을 건너면 태보의 영지야. 거기에 기댈 수밖에 없기는 했지만……."

기대를 담은 셋키의 시선 끝, 도시는 고요했다.

문을 두드리는 손이 있고, 작은 목소리로 속삭이는 말이 있다.

—향성이 함락되었다.

그때마다 오가는 것은 경악의 목소리와 침묵.

척봉을 해방할 좋은 기회라고 역설하는 자가 있다.

"여태껏 얼마나 많은 사람이 죽었어? 여기서 분발해서 높으신 양반들에게 척봉 사람들은 얼간이가 아니라고 가르쳐주지 않으면 쇼코가 쓰러져도 그다음 쇼코가 올 뿐이야."

"다음 향장은 쇼코보다 더 악독한 놈일지도 몰라."

"쇼코 같은 놈으로는 나라를 다스릴 수 없다는 걸 가르쳐줘야 해."

"지수만은 짐승이 다스리지 못한다는 사실을 알게 해야지."

그런 목소리들은 침묵의 응대를 받고 문을 닫는 소리로 차단당했다.

낙심한 사람들이 도시의 남서쪽 구석으로 하나둘 모였다.

"……어때?"

"틀렸어. 척봉 놈들은 죄 겁쟁이야."

"향성이 함락했다는 이야기를 듣고도 기뻐하는 사람조차 없어. 다들 당장에라도 목 졸려 죽을 것 같은 얼굴을 하고 있어."

"뭔가 일어나면 무시무시한 일이 터질 거란 사고가 골수에 박힌 거로군."

"웅크리고 있으면 화살을 맞지 않고 지나간다고? 그렇게 평생 살 수 있다고 생각하는 거야?"

"녀석들은 어쩔 셈일까……."

밤길에 속삭이던 목소리가 뚝 그쳤다.

"우리만이라도 도우러 갈까."

"어떻게든 도망치게 해주고 싶어……."

밤하늘 빛깔이 엷어졌다. 글렀다고 말하는 나직한 목소리가 들린다.

스즈는 셋키를 돌아보았다. 문 위의 망루 옆, 보장 위에 스즈 일행은 우두커니 서 있었다. 이미 불빛 없이도 사람 얼굴이 보일 정도로 어둠이 엷어졌다. 스즈가 바라보자 셋키는 난처한 듯이 웃었다.

"기다려도 소용없어. 벌써 동이 트고 있어. 도망치자."

잠잠한 침묵이 보장 위에 내렸다. 고쇼가 성대하게 한숨을 내쉬었다.

"여기는 그런 토지였던 거야. 이제 두 번 다시 지수에 돌아올 수는 없지만, 뭐, 적어도 쇼코는 끌어내렸다. 어쨌거나 그놈은 이번 난의 책임을 져야만 해. 그걸로 만족하자."

낙담하는 한숨이 그 자리에 떠돌았다.

"그래서 셋키는 어쩔 거야?"

"필요한 최소한의 물자를 창고에서 꺼내 꾸려놨어. 곧장 북상해서 산으로 들어간다."

"건주로 도망치는 건가."

"그것밖에 방법이 없지. 곧장 서쪽으로 향하면 기다리고 있던 주사와 싸우는 동안에 명곽에서 온 주사에게 따라잡힐 거야."

"남하하는 건?"

"안 돼. 거리가 머니까. 말한테 쫓기면 다른 주로 도망치기 전에 따라잡혀. 주사의 기병과 빠르기를 겨루고 싶지 않다면 어차피 북쪽으로 도망칠 수밖에 없어."

기수를 쓰는 공행사空行師는 애초부터 대적할 방법이 없었다. 주사에는 공행병 숫자가 적다. 어지간한 일로는 출격하지 않으리라고 믿을 수밖에 없다고 셋키는 말했다.

"지휘관이 없는 북쪽을 돌파한다. 조금이나마 사기가 낮을 테니까."

남은 사람은 부상자를 포함해 약 칠백 명, 본인들도 놀랄 정도로 용케 살아남았다. 하지만 고쇼와 동료들은 졌다. 민중의 지원을 얻지 못했기 때문이다. 이제부터 패주해야만 한다.

다들 그것을 아는지, 무기를 든 사람들은 풀이 죽어 고개를 떨어뜨렸다.

"좋아."

고쇼의 단호한 목소리가 잘 울렸다.

"아무래도 척봉 놈들은 겁쟁이였던 것 같지만, 여기에 겁쟁이가 아닌 인간이 이만큼 있다. 다시 말해 지수에서 겁쟁이가 아닌 인간은 우리가 전부였다는 거지. 정말 용케 전부 모였군."

낙담한 듯했던 사람들 사이에서 웃음이 일었다.

"그럼 한 번 더 날뛰고 도망치자!"

"좋았어."

사람들 사이에 다시 기백이 넘쳤다.

"대단하군……."

중얼거리는 목소리가 들려서 스즈는 옆에 서 있던 요시를 바라보았다. 요시가 웃었다.

"한마디 말로 사기를 북돋는 고쇼는 대단해. 군에 있었다면 좋은 수장이 되었겠어."

"그랬을까?"

요시는 "응" 하고 웃었다.

그때였다. 머리 위에서 날갯짓 소리가 들렸다.

005

스즈가 머리 위를 올려다보자 밝아진 밤하늘에 시커먼 그림자가 보였다. 거대한 날개다.

"새."

"아니야, 천마다!"

사람들이 술렁거리며 흩어진다.

"공행사!"

"셋키!"

고쇼가 노성을 지르고 스즈가 셋키를 보았을 때, 셋키는 벌써 활시위를 당기고 있었다. 시커먼 그림자를 향해 쏜 화살이 빨려 들어가고, 잠시 뒤 표창標槍이 셋키를 향해 비스듬히 날아왔다.

"셋키!"

비명이 어지러이 뒤섞이고 스즈는 눈을 부릅떴다. 고쇼가 손을 뻗고 요시가 손을 뻗었다. 요시가 밀친 몸을 고쇼가 붙잡아 끌어당겼다. 방금 전까지 셋키가 있던 보장에 표창이 꽂히고 비명인지 안도인지 모를 소리가 흘렀다.

"망루로 들어가!"

고쇼의 목소리에 사람들이 펄쩍 뛰며 망루 문을 향해 달렸다. 스즈는 삼추의 고삐를 잡았다. 삼추의 목을 표창 하나가 관통하는 바람에 스즈는 비명을 질렀다. 옆으로 쓰러진 삼추에 끌려간 스즈는 고삐를 쥔 채 팽개쳐졌다. 고쇼가 고통에 숨을 쉬지 못하는 스즈의 팔을 잡아끌었다. 발치에 다른 표창이 꽂혔다.

"역시 주사는 격이 달라."

고쇼는 짤막하게 말하고 스즈를 바로 옆 망루로 떠밀었다.

"들어가 있어. 셋키를 부탁한다."

고개를 끄덕였지만 스즈는 절망적인 심정으로 머리 위를 쳐다보았다. 동이 트기 시작한 하늘을 오가는 기수 무리. 정확히 몇이나 있는지 모르겠다. 말 그대로 비처럼 쏟아지는 표창과 화살이 실수 없이 정확하게 사람을 꿰뚫는 것은 격의 차이일까.

"고쇼도 들어가."

스즈가 고쇼의 팔을 잡았다. 하늘을 나는 기수를 떨어뜨릴 방도가 없다. 바로 뒤 망루 위에서 화살을 쏘기 시작했지만 화살 말고는 머리 위의 적에 대항할 길이 없다.

"설마 공행사를 보낼 줄이야!"

"부탁이야, 들어가."

안간힘을 다해 망루 쪽으로 밀었다. 두꺼운 문을 들어설 때 다시 한번 상공을 나르는 기수의 무리를 보았다. 숫자는 십오 기 전후쯤 될까. 기병 한 기는 보병 여덟 명에 상당하고, 공행 기병 한 기는 기병 스무여 기에 필적한다고 한다.

고쇼는 짧게 욕설을 퍼붓고 망루 안으로 뛰어들었다. 텅 빈 공간에 현문을 감아올리는 도르래만 덜렁 있다. 고쇼는 그 방을 지나 위로 올라갔다. 정문 3층, 최상층으로 달려 올라갔다.

"스즈!"

고쇼에 이어 스즈가 최상층으로 올라가자마자 눈앞으로 쇠뇌가 날아왔다. 허둥지둥 받아들자 셋키가 화살을 던졌다.

"화살을 장전해줘."

스즈는 고개를 끄덕였다. 쇠뇌 끝에 달린 등자에 발을 걸고 온몸을 써서 시위를 시위걸개에 건다. 화살을 전조에 넣고 셋키에게 건넸다. 빈 쇠뇌를 주워 마찬가지로 시위를 당긴 뒤 하늘 위 적을 쏘기 위해 성가퀴 옆에 모인 사람들에게 건넸다. 그 옆에서 문 앞을 향한 대형 쇠뇌인 상자노床子弩를 움직이는 남자들이 있다. 그리고 고쇼의 구호에 따라 방어벽을 나르는 자들이 있다.

돌로 만든 큰 방 문 안팎으로는 벽 없이 기둥 사이에 성가퀴를 둘렀을 뿐 옆이 길게 뚫려 있다. 달려 있는 멋들어진 장식은 사격하는 데 방해가 되지 않도록 도끼로 깨부수어두었다. 처마와 성가퀴 사이, 그저 네모날 뿐인 개구부에 방어벽이 둘러쳐졌다. 그 틈으로 눈 아래에 크고 시커먼 척봉이 내다보였다. 도시가 어렴풋이 보일 만큼은 날이 밝은 것이다. 아직 절망적인 상황은 아니다. 적어도 쇠뇌로 노릴 수 있게 되었다. 화살이 맞고 안 맞고는 둘째 치고 쏘아대는 활 덕에 공행사가 망루에서 멀찍이 떨어져 돌진했다 물러나기를 거듭했다.

"제길, 빠르잖아."

고쇼의 고함이 들린다. 맞지 않는 것이다. 빈틈없이 방어벽을 둘러쳐 더이상 바깥은 보이지 않았다.

"틀렸어, 화살이 떨어졌어!"

상자노를 둘러싼 남자들에게서 비통한 목소리가 들렸다. 상자노로 쏘는 화살은 통상의 화살과는 다르다. 길이와 무게가 창에 필적하고, 명중하면 건물도 파괴한다. 하지만 화살이 떨어졌다.

"쇠뇌가 아직 있다, 쇠뇌와 활을 써! 표창은 없나!"

"고쇼!"

등뒤에서 비명 같은 소리를 질렀다. 돌아보자 뒤쪽 성가퀴에 둘러친 방어벽이 날아간 참이었다. 나무 부스러기를 튀기며 뚫린 구멍 바깥에 적동색 말 한 기가 있다.

"들이지 마!"

공격이 바깥에 집중되어 있어서 배후 경계를 소홀히 했다. 이곳을 제압당하면 끝장이다. 사격을 멈추면 공행사가 내려온다.

맨 먼저 셋키가 뒤쪽을 향해 활을 겨눴고, 요시가 검을 뽑아 달려들었다. 기수의 등에는 두 사람의 그림자, 그중 한 사람이 창을 들고 뛰어내려 성가퀴를 넘어 굴러 들어왔다. 스즈는 그 기수가 길량임을 알아채고, 동시에 기수 위에 탄 사람을 확인하고 앞으로 뛰쳐나갔다.

"셋키, 요시, 잠깐만!"

젊은 여자가 길량의 고삐를 쥐고 있다.

"쇼케이!"

스즈의 목소리를 들었는지 멀어지려던 길량이 방향을 틀었다. 갈기가 동쪽에서 드는 서광에 비쳐 붉게 일렁였다. 스즈는 성가퀴 쪽으로 달려갔다.

"어이, 스즈."

고쇼의 목소리에 스즈가 돌아본다.

"적이 아니야! 로의 집에서 만난 사람이야!"

스즈는 방어벽이 부서진 곳으로 달려가 바깥을 내다보았다. 흰 줄무늬가 아름다운 말이 가까이 달려왔다. 기수가 몸을 살짝 내밀었다.

"스즈! 무사했니?"

"쇼케이, 어떻게……."

길량 위에서 소녀가 손을 든다. 곧장 오른쪽을 가리켰다.

"응?"

스즈는 몸을 내밀었다. 가리킨 방향에 동쪽 청룡문이 보이고 그 너머로 큰길이 뻗어 있다. 청룡문 앞에 포진한 주사, 대로에서 달려오는 사람 무리.

"저건……."

쇼케이가 손을 흔들고 하강한다. 건물 뒤쪽을 누비듯이 북쪽으로 날아갔다. 지켜보는 스즈 옆에 사람이 서 있어 고개를 쳐들자 길량에서 뛰어내린 남자였다.

"네가 스즈인가?"

"맞아. 당신은……."

남자가 넌지시 미소 지었다.

"나는 간타이다. 쇼케이의 동료라고 하면 알겠어?"

스즈는 동쪽을 보았다.

"그럼 저들은……."

고쇼가 스즈 옆에서 몸을 내밀고 동쪽을 보았다. 둘러본 뒤 간타이를 돌아본다.

"댁의 동료인가?"

"주사보다 먼저 도착했으니 칭찬해줘."

간타이가 웃었다.

"전부 오천 명 있다."

18 장

001

지수향 척봉에서 큰일이 터졌다는 소문은 그날 바로 화주 주도 명곽까지 들어왔다.

마을에서 동료에게 그 이야기를 들은 쇼케이는 부탁받은 물건을 사는 것도 대충 마치고 서둘러 돌아갔다. 안채에 들어가니 이미 스무 명은 되는 남자들이 모여 있었다.

"간타이, 들었어?"

모인 사람들 한가운데에 있던 간타이가 고개를 끄덕였다.

"척봉 말이지? 쇼코의 저택에 불을 지른 무모한 놈이 있었던 모양이로군."

간타이는 말하고서 가볍게 웃었다.

"수은殊恩이라니 재치가 있어. 척봉 놈들도 제법이야."

"괜찮을까."

간타이는 긍정도 부정도 하지 않고 생각에 잠겼다.

"범인은 이미 도주했나 보더군. 저택을 습격하고 성문이 열리기 전에 척봉에서 도망쳤어. 절반이 이미 영주로 넘어간 것 같아. 하지만 정작 쇼코는 향성에 있지 않았어."

"그럼 쇼코의 목을 친 것은 아니로구나."

"그러니까 이상한 이야기지. 척봉에는 쇼코를 노리고 있는 놈들이 있어. 동기를 모을 정도이니 본격적으로 모반을 준비했을 거야. 그놈들이 표적을 놓친 채 도망칠까."

"그러게."

쇼케이가 대답했다. 동기를 서른 개나 사들인 사람들이 그 정도로 대충 일을 꾸몄을 리가 없다.

"척봉의 그 사람들이 아닌 걸까. ……다른 사람일까?"

간타이는 모르겠다고 대답했다.

"만약 이 일이 그놈들 소행이라면 쇼코는 고전하겠지."

"뭐?"

"놈들이 멍청이가 아니라는 소리야."

이튿날, 부엌에서 아침을 준비하던 쇼케이를 간타이가 느닷없이 부르러 왔다. 모이라는 말을 듣고 대청으로 갔다가 대청을 가득채운 용병들과 사이보를 보았다.

대체 무슨 일이냐고 물으니 다 모일 때까지 기다리라는 소리를 들었다. 얌전히 기다리기를 잠시, 상인처럼 보이는 낯선 삼인조가 도착하자 대청의 문이 닫혔다.

간타이가 일어났다.

"이른 아침 척봉에서 소식이 도착했다. 미명에 척봉에서 향성의 의창이 습격당했다. 의창에 불을 지르고 영주로 도망친 자들이 있다. 예의 '수은' 패거리다."

술렁이는 나직한 목소리가 일었다가 그쳤다.

"척봉 놈들은 결단력이 있어. 진심으로 난을 일으킬 작정이다."

"그게 무슨……."

쇼케이가 조용히 묻자 간타이가 고개를 끄덕였다.

"어제 쇼코의 저택을 습격한 놈들은 쇼코를 놓친 게 아니라는 얘기지. 스무 명쯤으로 저택을 습격하고 여봐란듯이 수은이란 글자를 남긴 뒤 영주로 도망쳤다. 그다음에는 의창이다. 역시 서른 명쯤 되는 놈들이 향성에 숨어들어 수은이란 글자를 남기고 도망쳤어. 도망친 곳은 둘 다 영주, 지금쯤 쇼코는 격노하고 있겠지. 그자는 그런 도발을 냉정하게 받아넘길 놈이 아니야."

"그거야 그렇지."

"쇼코는 분명히 주둔군과 사사에게 명령해 주의 경계를 굳히겠지. 백성을 감시하고 일파를 수색하려 할 거야. 목적은 명백하다. 경비의 분산."

쇼케이는 이해가 가지 않았다. 대청 안에 모인 사람들을 둘러보아도 자신과 마찬가지로 아리송한 표정을 지은 자들이 상당수 있었다.

"향성에는 주사 삼려 천오백 명, 사사師士(향사) 천 명, 사사射士 오백 명까지 총 삼천 명의 병사가 있다. 군과 정면으로 격돌해서 이길 만한 병력이 없다면 나라도 그렇게 할 거야. 쇼코를 도발해 병력을 분산시키고 가능한 한 향성의 경비를 줄이겠지. 실제로 범인 수색과 주의 경계를 지키는 데 얼마만큼의 병사가 보내졌는지는 모르지만 아직 제법 많은 병사가 향성에 있을 거야. 쇼코는 인근 각 현에 배치한 향사를 도로 불러들인 듯도 하고."

"그러면 오히려 늘어난 것 아니야?"

"불러들인 향사가 모두 돌아오기까지 이틀이나 사흘은 걸려. 돌아오기 전에 궐기하면 되지. 척봉 바깥에 미끼를 만들어 도발에 화가 난 쇼코가 잔존병을 내보냈을 때 향성에 돌입한다."

대청 안이 쥐 죽은 듯 고요해졌다.

"놈들이 대량의 동기를 모으고 있다는 정보가 없었다면 나도 속았을지도 모르겠군. 놈들은 향사가 돌아오기 전에 병사를 일으킨다. 아마도 사흘 안에는 결행할 거야. 향사를 끌어들이기 위한 미끼에 제법 많은 사람을 할애해서 상당한 시간을 버틸 거야. 그 뒤에 남은 병력으로 단숨에 향성을 함락시킨다."

쇼케이는 숨을 삼켰다. 스즈는 어쩌고 있을까. 어디서 어떤 역할을 할까. 무사할까. 괜찮을까.

"하지만 놈들은 몰라."

간타이의 말에 쇼케이는 고개를 갸우뚱했다.

"쇼코와 가호의 유착은 깊다. 단순한 지방 관리라면 가호도 굳이 지원하지는 않겠지. 주사는 느지막이 도착할 테고, 그리 많은 군사가 파견될 일도 없어. 난이 일 정도로 백성에게 미움받는 관리라면 일부러 감쌀 필요가 없지만, 가호는 그것을 알면서 쇼코를 키웠어. 가호에게 쇼코는 더러운 일을 시키기 위해 옆에 둔 수하야. 다시 말해서……."

간타이가 말을 끊었다.

"쇼코는 가호의 더러운 면을 상당히 깊이 알고 있다. 난을 오래 끌어 국가가 나서면 곤란하겠지. 만에 하나 쇼코가 붙잡혀 신문당한다면 같은 배를 탈 운명이니까. 가호는 이미 대군을 준비하고 있다. 난을 평정하기 위해서면 수단은 가리지 않을 속셈이야. 그렇다면 고작 삼천 명의 호위를 분산해서 쳐야 하는 사람들에게는 절대로 승산이 없어."

대청 안의 공기가 술렁였다.

"수은 패를 지원한다."

간타이는 말한 뒤 넌지시 웃었다.

"그러는 김에 미안하지만 그들을 이용해야겠어."

무슨 말이냐고 묻는 목소리에 간타이는 도리어 천진해 보이는 미소를 지었다.

"수은 패 토벌을 위해 주사 대부분이 오늘내일 사이에 척봉으로 향할 거야. 명곽은 텅 비겠지. 이 기회를 놓칠 수가 있나."

오오, 하고 가볍게 함성이 일었다.

간타이는 세 사람을 불렀다.

"오명을 씻을 기회를 주마. 너희는 지금부터 즉각 부하를 이끌고 은밀히 척봉으로 향하라. 반드시 주사보다 먼저 척봉에 도착해야 한다."

오명이란 말에 쇼케이는 의아해했지만 당사자인 남자들은 "예" 하고 시원시원하게 대답했다.

간타이는 장식 선반 앞에 앉은 사이보를 바라보았다.

"그래서 어쩌실 작정입니까."

사이보는 잠시 고민하더니 간타이를 바라보았다.

"명곽은 내가 맡지. 너는 척봉에 가고 싶겠지."

간타이가 쓴웃음을 지었다.

"들켰습니까."

"너는 그런 놈들을 좋아하잖아. 단, 전투가 시작되기 전까지는 여기에 있어. 대비를 갖추고 나서 척봉으로 가. 우리의 목적은 가호를 치는 것이 아니다. 화주에 잘못이 있다고 주상께 알리는 것이다. 굳이 무리해서 이기지 않아도 된다. 나머지는 내가 손써주겠다."

"감사합니다."

쇼케이가 소리쳤다.

"저도 척봉에 보내주세요."

호오, 하고 사이보가 쇼케이를 바라보았다.

"척봉에 아는 사람이 있어요. 수은 패 중에요. ……부탁드립니다."

사이보가 고개를 끄덕였다.

"쇼케이라고 했나. 기수를 탈 줄 아나?"

"탈 수 있습니다."

"그럼 간타이와 행동을 함께하라. 가서 의를 위해 일어난 백성을 도와주어라."

쇼케이가 고개를 깊이 숙였다.

"감사합니다!"

002

"대체……."

성밖에서 오천 명의 민중과 들어온 쇼케이의 이야기를 들은 고쇼는 기가 찬 말투였다.

"명곽에 사람을 얼마나 남긴 거야?"

쇼케이는 간타이를 응시하고 간타이는 쓴웃음을 지었다.

"이쪽으로 보낸 인원의 두 배다."

잠깐의 평화가 찾아온 망루 안에 함성이 가득찼다.

간타이 일행이 달려온 이른 아침, 사대문 앞에 집합한 주사의 잔존병은 각각 백수십 명, 사방에서 돌진한 엄청난 군중 앞에 맥없이 투항할 수밖에 없었다. 공행사 또한 반수 이하로 줄어든 숫자로 퇴각하고, 햇살 가득한 향성 안에는 환호성이 가득했다. 하지만 이걸로 끝이 아니다. 늦어도 내일모레에는 주사가 도착한다.

"미안하지만 사흘은 주사를 척봉에 묶어둬야 해. 사흘이면 명곽에서 변사가 터졌다는 소식을 전해 들은 주사가 강행군으로 되돌아가더라도 벌써 결말이 나 있겠지."

고쇼는 천장을 쳐다보고 성대하게 한숨을 내쉬었다.

"뛰는 놈 위에는 나는 놈이 있다더니. 가호를 노리는 놈들이 있을 줄이야."

"뭘, 우리는 가호를 쓰러뜨리고 주성을 함락시키려는 것이 아니야. 가호의 체면에 상처를 입히고 싶을 뿐이지. 향성을 함락시킨 게 더 놀라워."

고쇼가 큰 소리로 웃었다.

"그건 내 공적이 아니야. 동료들이 애쓴 덕분이지."

쇼케이가 보장으로 나오니 스즈가 두세 사람과 함께 성안을 내려다보고 있었다.

"다치지 않아서 다행이야."

말을 걸자 스즈가 돌아보았다. 응, 하고 감격한 말투로 대답하고는 뒤쪽을 본다.

"요시, 이 애가……."

쇼케이는 스즈가 돌아본 인물을 보고 소리를 질렀다.

"너……."

상대방도 놀란 듯이 눈을 동그랗게 떴다. 스즈가 어리둥절해서 두 사람을 번갈아 보았다.

"아는 사이야?"

응, 하고 대답한 사람은 그 소녀고, 입이 벌어진 사람은 쇼케이였다.

"명곽에서 도움을 받았어. 그때 일은 고마워. 이런 곳에서 만날 줄은 몰랐어."

"아냐."

미소 지은 소녀의 대답은 짤막했다.

"이름이 요시야? 이름 물을 틈도 없었지."

스즈가 "와" 하고 큰 소리로 말했다.

"신기한 일이 다 있네. 요시, 이 애는 쇼케이야."

요시가 생긋 미소 지어서 쇼케이도 웃으며 스즈 옆에 나란히 섰다. 세 사람이 어깨를 나란히 하고 보장 아래를 내려다보았다.

"굉장하다……. 사람이 저렇게 많다니."

스즈가 불쑥 꺼낸 말에 쇼케이가 웃으며 쳐다보았다.

"놀랐어?"

"엄청. 솔직히 말하면 이제 다 틀렸다고 생각했어."

"아직 마음을 놓을 수는 없어. 가도를 따라 주사가 오고 있어. 틀림없이 내일이나 모레에는 당도하겠지. 이러고 있을 수 있는 건 오늘뿐이야."

"응."

"쇼코는 붙잡아놓기만 했지?"

스즈가 고개를 끄덕인 뒤 옆으로 시선을 돌렸다.

"요시가 죽이지 말아달라고 했거든. 죽여도 우리 분만 풀릴 뿐이지 그 이상의 의미는 없으니까. 악독한 놈이지만 제대로 심판받아야 하잖아."

"그러게……."

스즈도 쇼케이도 잠시 입을 다물었다. 봄처럼 따사로운 볕이 보장에 내리쬈다. 비린내 나는 바람이 불고 있겠지만 스즈도 쇼케이도 이미 후각이 마비되었다.

"이렇게 느긋하게 있을 수 있다니 거짓말 같아."

스즈의 목소리에 쇼케이가 고개를 끄덕였다.

"진짜 그래. 하지만 민가 쪽은 분위기가 이상해."

성안에는 활기가 넘쳤지만 민가 쪽은 고요했다. 대로를 오가는 사람들의 그림자도 보이지 않는다. 이따금 드문드문 사람이 나타나서는 잰걸음으로 길을 가로질러 갈 뿐이었다.

성문은 닫혔지만 사람은 빈번히 드나들었다. 그런데 상황을 살피러 오는 시민은 없었다. 멀리 보이는 대로를 가로지르는 사람들도 흘끔 보고 못 본 척했다.

"다들 다음에 무슨 일이 일어날지 조마조마해하고 있을 거야."

"조마조마해한다고?"

"응. 쇼코는 정말로 악독한 놈이었으니까. 다들 덮어놓고 쇼코가 두려운 거야. 민가 쪽에 몇 사람을 남겨두었어."

"응?"

"우리가 쇼코를 붙잡는 사이에 도시 사람들을 선동했지. 하지만 아무도 응해주지 않았어. 눈앞에서 향성이 함락돼도 꿈적하지 않아. 자칫 무슨 짓을 했다가는 십중팔구 무시무시한 일이 일어날 거라고 의심하고 있는 게 아닐까……."

"너무하네."

스즈는 성가퀴에 손을 짚고 몸을 일으켰다.

"난 좀 알 것 같아."

"사람들 기분을 말이야?"

"응. 나는 경에 오기 전에 어떤 사람 밑에서 일했는데, 아랫사람을 무척 험하게 다루는 사람이었어. 지금 생각하면 왜 그런 짓을 하느냐고 불평하면 좋았을걸 싶어. 하지만 주인님의 기분을 상하게 했다가는 심한 소리를 듣거나 힘든 일을 떠맡게 되니까 그게 무서워서 입을 다물었어. 입을 다물고 참고, 그러는 동안에 점점 더 무서워지더라."

"흐응……."

"나쁜 일이 일어날 거야, 호된 일을 당할 거야, 그렇게 괜스레 점점 불안만 앞서갔어. 곰곰이 생각하면 주인이었던 리요 님이 나를 죽이거나 그렇게까지 심한 짓을 할 리가 없고, 협박당한 적도 없는데 멋대로 끔찍한 일이 일어날 거라고 믿은 거야."

스즈는 뒤쪽 도시를 돌아보았다.

"참고 있으면 참지 않는 것이 무서워져. 지금이 아무리 괴로워도 참기를 그만두면 더 상황이 나빠질 것 같은 생각이 드는 거야……."

"그런 걸지도 모르지……."

"괴로운 일이 사라진 건 아닌데. 괴로우니까 나는 왜 이리 불행한 걸까 하고 스스로를 달래고 있는 거야. 지금 여기서 집안에 틀어박혀 있는 사람들은 아마 그러겠지. 소중한 사람을 잃기 전까지 깨닫지 못해……."

쇼케이가 살짝 쓴웃음을 지었다.

"처형당한 놈이 나쁘다고 생각하는지도 모르지. 쇼코 같은 놈이 있는 걸 알면서도 처형당할 만한 짓을 한 쪽이 잘못했다고."

"말 되네."

"인간은 불행을 경쟁하고 마는구나. 사실은 죽은 사람이 가장 가여운데, 누군가를 가여워하면 진 것 같은 기분이 들지. 자신이 가장 가엾다고 생각하는 건 자신이 가장 행복하다고 생각하는 거랑 똑같이 기분 좋은 일인지도 몰라. 자신을 동정하고, 남을 원망하고, 정말로 우선해야 할 일에서 도망친 채로……."

"응. ……맞아."

"누가 틀렸다고 알려주면 화가 나. 이렇게나 불행한 나를 또 나무라는 건가 싶어 원망스러워."

스즈가 키득키득 웃었다.

"맞아, 맞아."

쇼케이는 말없이 아래를 내려다보는 요시를 보았다.

"미안, 지루했니?"

요시는 아니라고 하면서 시선은 움직이지 않았다.

"이런저런 생각을 했어. 다들 똑같은 수렁에 빠지는구나 싶어서."

"그러게……."

"사람이 행복해지는 건 간단하면서도 어려워. 그런 생각이 들어."

"저기 말이야."

스즈가 끼어들었다.

"살아 있다는 건 기쁜 일 절반, 괴로운 일이 절반인 법이래."

쇼케이는 맞는 말이라며 고개를 끄덕였다.

"그런데 괴로운 일만 보고 마는 거지. 그러다 점점 기쁜 일을 인정하고 싶어지지 않는 거야."

"이상한 이야기지만, 오기가 생긴다니까."

"맞아."

쇼케이도 스즈도 입을 다물었다. 요시와 세 사람 멍하니 바람을 맞았다.

"인간은 이상한 생물이야."

스즈가 불쑥 말하고 떨쳐내듯 고개를 들었다.

"얘들아, 망보러 안 갈래? 성벽을 한 바퀴 돌자."

003

전투가 있다는 것이 믿기지 않는다. 그렇게 느긋한 오후였다.

"분명히 내일이 되면 사람들이 많이 죽겠지."

스즈는 보장을 걸으면서 말했다.

"많은 희생이 나올 테니까 경왕 귀에 분명히 전해지면 좋겠다."

쇼케이가 그렇게 말하자 요시가 불쑥 걸음을 멈추었다. 쇼케이가 돌아보고 고개를 갸우뚱하더니 이내 "그래" 하고 활짝 웃었다.

"모반이 일어나도 성공할지 못 할지 모르잖아? 간타이도 가호를 어떻게 할 수 있을 거라고 생각하지 않아. 설령 가호를 처벌하더라도 어차피 반란의 주모자는 처형당하니까. 하지만 경왕이 알아주면 그걸로 된대."

응, 하고 스즈도 맞장구를 쳤다.

"분명히 임금님은 화주나 지수가 어떤 상황인지 모르는 거야. 난이 일고 쇼코와 가호가 이렇게 미움받았다는 걸 알면 제대로 조사하고 앞으로는 신경써줄지도 몰라. 그렇게 되면 좋겠어."

스즈는 그렇게 말하고는 혼자 키득키득 웃었다.

"나 말이지, 사실은 경왕을 만나고 싶어서 경에 왔어. 쇼케이도 그랬대."

요시가 눈을 휘둥그렇게 떴다.

"경왕을? 어째서?"

또래 여자애니까. 스즈는 쇼케이와 한목소리로 대답하고는 웃었다.

"그 이유만으로?"

스즈는 아니라고 덧붙였다.

"나는 아니야. 같은 해객이란 것도 있었어."

스즈는 보장을 걸으면서 기나긴 여행 이야기를 했다. 정말로 긴 여행이었다. 많은 일이 있었고 여기에 이르렀다. 전투가 일어나면 살아남을 수 있을지도 분명치 않은데 마치 오늘 날씨처럼 평온한 자신이 신기했다.

"나는 자신이 해객인 것이 불행하다고 생각해서, 같은 해객인 임금님이라면 나를 가엾게 여기고 도와줄 거라고 믿었어……."

"스즈는 사람이 됐어."

쇼케이의 말에 스즈가 소녀를 바라보았다.

"뭐야, 갑자기."

"나는 경왕을 원망했어. 엉뚱한 화풀이었지만. ……내가 왕궁에서 쫓겨났는데 같은 또래 여자애가 왕이 되어 왕궁에 산다는 것을 용서할 수 없었어."

그렇게 쇼케이도 기나긴 여정을 이야기했다. 승하한 부왕, 추운 이가의 겨울, 죽을 뻔한 일, 공국으로 보내져 그곳을 뛰쳐나온 경위, 유국으로 도망쳐서 만난 사람 이야기.

"라쿠슌을 만나지 못했다면 틀림없이 지금도 원망했을 거야. 그러니까 무척 감사하고 있어……."

쇼케이가 라쿠슌이라는 이름을 되뇌는 요시를 바라보았다.

"좋은 사람이었어. 그 사람의 친구니까 틀림없이 경왕도 좋은 사람일 거야."

"……나야."

스즈도 쇼케이도 "응?" 하고 작게 소리치며 걸음을 멈추고 요시를 돌아보았다.

"뭐가?"

"내가 경왕이야."

스즈와 쇼케이가 동시에 입을 떡 벌렸다.

"이렇게 말하면 농담처럼 들릴 줄은 알지만 그런 이야기를 듣고 가만히 있을 수는 없으니까 말해두지."

요시가 무척 멋쩍어하는 통에 스즈도 쇼케이도 좀처럼 그 말을 받아들이지 못했다.

"……경왕? 세키시赤子?"

"응. 관리가 자를 그렇게 붙였어. 머리색이 이러니까."

놀라움이 천천히 밀어닥쳤다.

"이름이…… 요시야?"

"사실은 요코라고 읽어. 볕 양陽에 아들 자子. 요코陽子."

"말도 안 돼……."

스즈는 요시를 빤히 보았다. 떠오른 생각에 신음했다. 품속에 품고 있는 단검, 이것은 경왕을 죽이기 위해 준비한 물건이 아니었던가.

쇼케이 또한 요시를 응시했다. 줄곧 원망하고 질투했다. 상대가 눈앞에 있다는 말을 듣고 잊었던 감정이 마음속에 울컥 오갔다. 얼마나 경왕이 미웠던가.

"만약 진짜라면 어째서 이런 곳에 있는 거야?"

왕궁에 있어야 하지 않나. 요천의 금파궁에.

"나는 태과라 이쪽에 대해 아무것도 모르니까. 그래서 엔호라는 분께 가르침을 받고 있던 참이었어."

"엔호라면 납치당한 여서 말이야?"

요시가 고개를 끄덕였다.

"쇼코가 이가를 습격하고 엔호를 납치했어. 쇼코에게 명령한 놈은 가호였던 모양이야. 지금은 명곽에 있다고 했어. 엔호를 구하고 싶어서 수소문하며 돌아다니다 보니 이렇게 됐어."

"이런 짓을 할 필요 따위 없잖아!"

쇼케이의 목소리가 거칠어졌다. 왕이라면, 진짜로 왕이라면 쇼코 같은 놈 정돈 간단히 파면할 수 있을 것이다. 이렇게 많은 사람이 다치거나 죽음을 선택하지 않아도 되었다. 대체 여태껏 얼마나 많은 인간이 목숨을 잃었을까. 간타이가 척봉에 보낸 세 사람, 그중 한 사람은 죽고 말았다. 친해진 용병의 익숙한 얼굴도 어느새 보이지 않는다. 스즈의 동료들은 과연 얼마만큼 잃었을지 짐작도 가지 않는다.

"쇼코를 잡기 위해서는 왕사를 움직여야 해. 나에게는 그럴 권한이 없었어."

"그럴 리가 없잖아!"

"정말로 없어. 게이키에게 쇼코를 경질하라고 했더니, 신료들이 이유도 없이 관리를 경질하지 못한다, 경질한다면 그에 합당한 이유와 증거를 대라고 했대. ……나는 관리에게 신용이 없으니까."

"어째서."

"무능하니까 그렇겠지. 나는 이쪽에 대해 몰라. 그러니까 열심히 궁리해도 최선이 무엇인지 알수가 없어. 관리는 왕이 여자라며 불신하지. 여왕 운이 없는 나라니까. 게다가 이렇게나 물정을 몰라서야 도저히 맡겨둘 수 없겠지."

말도 안 된다고 대꾸하려다 쇼케이는 입을 다물었다. 경은 여왕 운이 없다는 이야기를 몇 번이나 들었을까.

"주사를 움직이도록 게이키에게 말했지만 그러지 못했어. 영주의 주사마와 세 장군들은 다들 급병이 났다더군."

쇼케이는 말문이 막혔다.

"왕궁으로 돌아가 조정을 정리하고 나면 늦어. 엔호는 붙잡혀 있어. 습격당한 이가에서 우리와 비슷한 또래 여자애가 살해당했어. 그 동생도 칼에 찔려서 목숨이 위태로워. 서둘러 왕궁으로 데려가 어의가 백방으로 손쓰고 있지만 아직 생사가 불투명해."

"어의."

스즈가 중얼거리자 쇼케이는 스즈를 보았다. 스즈의 두 눈동자는 요시를 응시하고 있었다.

"이 도시에서도 아이가 죽었어. 달려갔을 때에는 거의 숨이 붙어 있지 않아서 구해줄 수도 없었어……."

"……정말이야? 늦지 않았으면 구해줬을 거야?"

쇼케이가 물으니 요시는 불쾌한 듯이 눈살을 찌푸렸다.

"당연하지. 한 사람의 목숨이잖아."

"만약 그 아이가 그렇게 심하게 다치지 않았다면? 얼핏 별거 아닌 것처럼 보였다면? 쇼코에게 살해당한 것이 아니라 단순히 몸이 아파서 웅크리고 있었다면 구해줬을 거야?"

요시는 더욱 불쾌해했다.

"쇼케이라면 못 본 체할 거야? 보통 의원에게 데려가는 정도는 하지 않나? 그게 당연하잖아."

"그렇지."

쇼케이는 가볍게 한숨을 쉬었다. 스즈가 말없이 성가퀴에 고개를 떨어뜨렸다.

"확실히 나는 부덕한 왕이야. 많은 백성이 죽고, 무거운 조세와 고된 노동, 많은 것들을 짊어지고 있었다는 사실을 몰랐어. 눈앞에 보이는 불행한 사람만 구하려 하는 이런 말이 왕으로서는 웃음거리가 된다는 사실은 알아. 게이케이나 그 아이를 구했다 한들 다른 곳에서는 또 다른 아이가 목숨을 잃었을 거야. 하지만 눈앞에서 괴로워하는 사람이 있는데 어떻게 내버려둘 수 있지?"

"그러게……."

응, 하고 요시는 고개를 가볍게 숙였다.

"모자라서 미안……."

쇼케이가 고개를 숙였을 때, 스즈가 느닷없이 성가퀴를 부여잡고 웃음을 터뜨렸다.

"잠깐만, 스즈."

안다는 듯이 손을 저으며 성가퀴에 매달렸다. 눈물을 뚝뚝 흘리면서 팔에 얼굴을 묻고 자지러지게 웃었다.

"스즈, 저기……."

"하……지만…… 굉장하다. ……너무 웃겨."

"스즈."

"어떤 사람인지도 모르고 멋대로 기대하고 실망하고. 요시에게 무언가 기대한 게 아니야. 임금님이란 높으신 분께 기대했을 뿐인데. ……진짜 너무 바보 같아."

어쩔 줄 몰라 하며 바라보는 요시를 향해 스즈는 애달프게 미소 지었다.

"하지만 임금님은 그런 존재야. 다들 멋대로 기대해놓고 너에 대해서는 생각도 해보지 않고 멋대로 실망하지. ……내 말이 틀려?"

쇼케이가 하늘을 우러러보고 한숨을 토해냈다.

"맞아."

"나는 어쩌면 좋지?"

더욱 난처해하며 묻는 요시를 보며 스즈는 "뭐?" 하고 고개를 들었다.

"그거야 뻔하지, 안 그래?"

쇼케이는 스즈의 얼굴을 흘끔 노려본 뒤 다시 한번 크게 한숨을 내쉬었다.

"맞아. 뻔해."

쇼케이는 스즈와 요시의 팔을 두드렸다.

"당연히 주사를 맞이해 싸우고 가호를 끌어내려야지."

19
장

001

그날 늦은 밤, 어렴풋하게 선잠이 들었던 요시를 격렬한 북소리가 들깨웠다.

"무슨 일이지?"

곁에 있던 스즈도 쇼케이도 놀라서 일어났다.

"모르겠어……."

"적의 습격?"

"설마 주사가 당도한 거야?"

일어나서 망루에서 보장으로 뛰쳐나갔다. 향성 네 모퉁이에 있는 성루에서 나는 소리다.

"간타이, 무슨 일이야?"

쇼케이의 목소리에 보장에 서 있던 간타이가 돌아보고 험악한 얼굴로 남쪽을 가리켰다.

"응?"

요시는 물론이고 쇼케이와 스즈도 그 자리에 얼어붙었다.

시커멓게 펼쳐진 척봉, 그 남쪽 환도 옆 민가 끝에 불빛이 보였다. 붉은 불길이다.

"화재……?"

스즈의 목소리를 들으면서 요시는 실눈을 떴다. 무슨 일이냐는 목소리가 들리고 고쇼와 셋키가 달려왔다.

"고쇼, 불이……."

스즈의 목소리는 셋키의 목소리에 가로막혔다.

"주사다."

"뭐?"

그 자리 사람들은 셋키의 망연한 얼굴을 바라보았다.

"무슨 짓을 할지 파악하고 있어야 했어. 다름 아닌 가호인데. 주사는 도시째로, 쇼코와 함께 우리를 불태워 죽일 작정이야……."

"어처구니없군."

사람들 사이에서 성난 목소리가 터져 나왔다.

"고쇼, 어떻게 하지?"

요시에게는 익숙한 목소리였다.

"시간이 이러니 마을 사람들은 자고 있을 거야! 깨워서 불을 꺼야지."

간타이와 셋키가 동시에 안 된다고 소리쳤다.

"안 돼? 이유가 뭐야, 셋키!"

"주사가 기다리고 있어. 보병을 두고 기마병만 먼저 도착한 거야. 놈들은 우리가 성안에서 나오기를 기다리고 있어. 틀림없어. 사람을 보내면 주사의 정예 기마병에게 뭇매질을 당할 뿐이야."

간타이 역시 수긍했다.

"셋키의 말이 맞아. 여기서 뛰쳐나가면 눈뜨고 당한다. 향성까지 불길이 닿으려면 시간이 걸려. 한동안 상황을 살피는 것이 좋아."

고쇼는 두 사람을 번갈아 보았다.

"죽게 내버려두라는 말이야?"

"우리가 할 수 있는 일은 없어. 아마도……."

셋키가 말하고 있는데 다른 방향에 있는 성루에서도 북소리가 들리기 시작했다. 셋키는 고개를 숙였다.

"다른 장소에도 불을 놓았어……."

"셋키!"

고쇼가 가볍게 셋키를 쳤다.

"여기서 마을 사람들을 버리면 우리는 단순한 살인자일 뿐이야!"

요시가 고쇼를 재촉했다.

"가자."

"요시! 형!"

스즈가 셋키의 어깨를 두드렸다.

"개인적인 분노로 사람을 공격하면 안 된다고 했지? 여기서 척봉 사람들을 못 본 체한다면 우리가 한 일은 모두 개인적인 분노가 되어버릴 거야. 불의를 향한 분노를 이야기할 자격을 잃고 말 거야."

"스즈……."

"간타이와 쇼케이 일행이 와주지 않았다면 어차피 지금쯤 어떻게 되었을지 모르는걸. 그것도 각오했으니까 우리만이라도 가자."

"스즈."

셋키는 고개를 한 번 크게 내저었다.

"어디 한 곳을 돌파해 사람들이 바깥으로 도망칠 수 있는 길을 확보해야 해."

"좋았어."

고쇼는 셋키의 등을 세게 쳤다.

"가자."

남자는 연기를 보고 침실 안에서 벌떡 일어났다. 나무가 터지는 소리와 이상한 열기를 감지하고 잠든 아내를 흔들어 깨웠다. 불안했던 요 며칠이 지나고 간신히 진정이 된 오늘밤 아내는 깊이 잠들었다.

그는 일어나라고 호통치고 대청으로 뛰쳐나갔다. 맞은편 침실로 뛰어들어 잠든 어린 딸을 끌어안았다. 반쯤 잠에 취한 모습으로 눈을 뜬 딸을 다독이고, 달려나온 아내를 재촉해 바깥으로 뛰쳐나갔다.

"대체……."

큰길 맞은편은 이미 불바다였다. 남자는 큰불이 되리라고 직감했다.

"마을 바깥으로 나가! 서둘러!"

그러게 내가 뭐라고 했어, 그의 마음속에서 속삭이는 자가 있다.

—쇼코를 거스른 탓이다. 지수에 태어난 것이 일신의 불운이다. 운명에 거스르니까 이 꼴이 나는 것이다. ……아아, 지금까지 우리 일가는 무사히 지냈는데.

어디로 도망쳐야 할지 갈팡질팡하는 사람들에 뒤섞여 신문申

門으로 달려간 남자는 흠칫 놀라 걸음을 멈추었다.

신문의 대문이 닫혀 있다. 신문 앞 환도에 포진한 기병 무리는 무엇인가. 기병의 발치까지 겹겹이 줄지은 시체의 의미는.

그는 순간적으로 아내의 팔을 붙잡고 질질 끌듯이 발길을 돌렸다. 조금 전까지 옆에 서 있던 노인이 가슴에 화살을 맞고 쓰러지는 모습이 보였다. 아내가 비명을 지른다.

—무슨 짓을 했다는 거야.

내가 대체 무슨 짓을 했다고. 쇼코에게 거스른 놈은 자신과는 관계없는 자들이다. 그 녀석들 때문에 어째서 나나 내가족이 목숨을 잃어야만 하는가.

큰길에서 우왕좌왕하는 사람들과 함께 일단 달려 눈에 보이는 불기운에서 멀어져 내환도로 나간 그는 사방에서 치솟는 불길에 몸을 떨었다. 여기서도 저기서도. 아마도 열두 방향에서 불이 번지고 있을 것이다. 문 옆으로 추정되는 곳에서 치솟은 불길은 눈 깜짝할 사이에 기와지붕 위를 훑고 옆 불과 이어져 불기운을 한층 키웠다.

—이럴 수가.

도망칠 길은 없으나 마찬가지다. 잠에서 깬 딸이 품속에서 울음을 터뜨렸다.

—하다못해.

그는 뒤돌아보았다. 붉은 불빛이 비쳐 시커먼 성벽이 위용을 드러냈다.

"애랑 같이 향성으로 달려가."

반박하려는 아내에게 품속의 아이를 건넨다.

"쇼코를 쓰러뜨리고 쓸데없는 짓을 한 놈들이니까 너희를 버리지는 않겠지. 어서 가."

처자식을 떠밀었을 때 눈앞의 향성 서쪽, 백호문이 열렸다. 우르르 쏟아져 나오는 사람들을 보고 그는 흠칫 놀라 몸이 얼어붙었다.

"물러서!"

날아온 목소리에 그는 질주하는 사람과 말을 빤히 보았다.

"복병을 조심해! 불은 간단히 큰길을 넘지 못해! 틀림없이 아직 시가에 남은 방화대가 불을 지를 거야!"

알겠다는 대답을 남기고 그를 앞질러 달려가는 사람들. 어쩔 줄 모르고 움직이지 못하는 그에게 문 앞에 남은 말 위의 소년이 손을 저었다.

"저들이 선도한다! 그 뒤를 쫓아 도망쳐!"

사람들 움직임이 어지럽게 뒤얽힌 백호문 앞, 간타이는 길량에 훌쩍 탔다. 부하 두 사람을 돌아본다.

"너희는 될 수 있는 한 성벽에서 떨어지지 마. 혼란을 틈타 공격해 올지도 모른다. 부상자는 성안으로 들여도 되지만 동향을 잘 살펴. 주사의 복병이 섞여 있을지도 몰라."

"역시 가시는 겁니까."

눈앞의 남자를 보며 간타이는 쓴웃음을 지었다.

"그런 소리를 듣고 안 갈 수는 없잖아. 누구에게 칭송받는들 고쇼가 겁쟁이라고 깔본다면 참을 수 없으니까."

간타이는 그리 말하고서 창을 어깨에 멨다.

"뒤는 너에게 맡기겠다. 부탁하마."

간타이는 고개를 끄덕인 남자를 향해 가볍게 손을 들고 길량을 타고 달렸다.

002

"고쇼!"

요시의 목소리에 주위를 둘러보니 골목에서 남자 몇 명이 튀어나왔다. 손에 든 무기를 확인하고 고쇼는 대도를 휘둘렀다. 맨 앞사람을 베어서 날려버린 뒤 대도를 되돌리면서 두 번째 사람을 때리고 세 번째 사람을 찌른다.

앞질러 달려간 요시가 안으로 파고들어 나머지 두 사람을 깨끗하게 처리했다.

“복병이 제법 많군.”

“그런 것 같아.”

백호문에서 곧장 유문으로 향하는 중대위(큰길), 주위에서 갈팡질팡하는 시민에게 향성으로 가라고 재촉한 고쇼는 대도에 묻은 피를 떨어냈다. 제아무리 동기라도 날이 무뎌지기 시작했다.

동료들과 남은 거리를 달려서 우대경(큰길)을 건너갔다. 불은 대경 남쪽까지 밀어닥쳤다. 고쇼는 대경을 따라 조금 내려가서 걸음을 멈추었다.

대위 양쪽에 늘어선 작은 점포를 쓰러뜨리면서 다가오는 기마병의 그림자가 보였다. 작은 가게들만 없으면 길은 팔십 보 가까이 된다. 어지간해서는 불길이 넘어오지 않는다. 길 양쪽의 업화業火도 놈들을 태우지는 못한다.

“놈들은 빨라. ……말의 다리를 노려.”

고쇼가 조용히 말하자 주위에서는 알았다는 대답이 돌아왔다.

서로 대치하기를 잠시, 먼저 기마대가 움직였다. 호령 한 번에, 지축을 뒤흔들며 질주하는 기마병이 오기를 기다리던 고쇼 일행이 흩어졌다.

요시는 고쇼에게서 약간 떨어져 몸을 낮추고 자세를 취했다.

발밑을 향해 속삭였다.

"부탁한다."

예, 라는 목소리가 들리고는 사라진다.

내달려 오는 기마병 선두에 선 한 마리가 갑자기 고꾸라졌다. 고쇼는 놀라서 눈을 부릅뜬다. 쓰러진 기마에 걸려 나뒹구는 후속대. 간신히 피한 기마병도 무슨 영문인지 비틀대며 쓰러졌다.

"무슨 일이지?"

"운이 좋았군."

시원시원한 목소리가 옆에서 들려 고쇼는 요시를 바라보았다. 시선을 향했을 때, 요시는 쓰러진 기병을 향해 달리고 있었다.

간타이가 도착했을 때 큰길에는 적과 아군이 뒤섞인 상태였다. 서 있는 기마병이 거의 없다. 쓰러진 말과 달려오는 민중들, 허둥지둥 그에 응전하는 병사.

"제법이군."

간타이는 길량의 등에서 고쇼 바로 옆으로 뛰어내렸다. 길량은 스스로 방향을 틀어 향성으로 돌아갔다.

"우리의 힘이 아니야. 뭐가 우리 편에 씐 것 같아. 말이 멋대로 쓰러지고 있어."

"호오."

간타이는 중얼거리며 창을 겨누었다. 자루까지 강철인 철창鐵槍, 간타이 자신의 동기다.

"게다가 어찌된 영문인지 이렇게 밝은데 아까부터 화살이 하나도 날아오지 않아."

"우리 편에 운이 따른다면 그걸로 충분해. 단숨에 유문까지 제압한다."

"좋아."

대답을 남기고 고쇼가 달려간다. 뒤쫓아 달려가는 간타이도 말에서 떨어져 어쩔 줄 몰라 하는 병사들에게 돌진했다.

일어난 병사와 검을 겨루며 요시는 내찌른 창끝을 쳐서 부러뜨린다. 무기를 잃고 도망치는 병사는 굳이 쫓지 않았다.

요시가 고개를 든다. 가까이에 유문이 보인다. 상자노인 듯한 물건이 보이는데 아까부터 날아오는 화살이 없다.

살짝 웃자 발치에서 목소리가 들렸다.

"문밖의 병사는 패주하기 시작했습니다."

"고마워. 다치지 않았어?"

사령이라고 해도 불사신은 아니다. 동기로 공격하면 당연히 상처 입힐 수 있다. 예리한 무장이라면 모습을 감추어도 다가오는 기척을 알아챘다.

"다소 상처를 입었으나 대단치는 않습니다."

"미안하군. 한 번 더 싸워주겠어?"

"유문에 모인 주사 말입니까?"

"맞아."

요시는 대답하면서 가까이에 있는 적에게 검을 겨누었다.

"알겠습니다."

목소리가 사라짐과 동시에 적이 검을 뽑으며 달려왔다. 내려치는 검을 검으로 막자 작게 불꽃이 튀었다. 검을 위로 쳐내며 이번에는 무기를 쥔 손을 노렸다. 검을 떨어뜨린 상대는 소리를 지르며 도망쳤다.

"사람을 죽이기는 싫은 걸로 보이는군."

말을 건 사람은 간타이였다. 요시는 솔직히 대답했다.

"죽이지 않아도 된다면 그보다 좋은 건 없어."

"죽여서 병력을 줄이지 않으면 의미가 없지 않나?"

"사기가 떨어지는 것만으로 충분해."

"이상한 녀석이로군. 그토록 검을 능숙하게 다루면서 그런 무른 소리를 하나."

간타이의 목소리는 웃고 있는 것 같았다.

"아까 누군가와 이야기를 나누지 않았어?"

"아니. 아무래도 혼잣말하는 버릇이 있나 봐."

"그래?"

그 말을 남기고 간타이는 요시 곁을 지나쳤다. 검을 겨누고 달려오는 병사 세 사람을 철창으로 후려쳤다. 무거운 무기가 웅웅 소리를 냈다. 무릎 위를 강타당한 세 사람이 한꺼번에 포개어지듯 쓰러졌다.

요시는 기가 막혔다. 백 근에 달하는 대도를 휘두르는 고쇼의 완력과 체력에는 감탄했지만, 강철로 만들어진 철창을 아무렇지 않게 쓰는 간타이에게는 감탄을 넘어 혀를 내두르고 만다. 고쇼조차 슬쩍 휘둘러보고는 황당해했다. 무게만도 삼백 근 가까이 된다. 다소 듬직해 보이는 체격인 이 남자의 체중이 삼백 근에 미치지 않으리라. 자신의 몸무게에 필적하는 철창을 들고 다니며 휘두르는 완력과 체력은 상식을 뛰어넘었다. 지금도 특별히 무게 때문에 지친 기색은 없었다.

"저 녀석은 괴물이로군."

혀를 내두르는 듯한 목소리의 주인은 고쇼, 그 또한 헐떡이고 있다. 손에는 곡도를 들고 있었다.

"대도는?"

"부러졌어."

요시는 그러냐며 고개를 끄덕이고 큰길을 달렸다. 삼천 명이 향성을 나왔다. 그들을 큰길 중간에 떨어뜨려 그 자리를 지키면서 불을 끄게 한 뒤 전진해 왔다. 유문을 눈앞에 두고 요시 쪽 숫자는 눈에 띄게 줄어 있었다. 그래도 어떻게든 유문을 점거해 향성 정문에서 시가까지의 길을 확보해야 한다.

잠깐 돌아본 시가의 불기운은 조금 수그러들어 있었다.

003

스즈와 쇼케이는 동료들과 말을 달려 시가지를 돌았다. 불길에 쫓겨 갈팡질팡하는 사람들에게 남쪽을 가리켰다.

"불을 꺼요! 도망칠 거면 유문으로 가세요!"

시가 여기저기에 복병이 숨어 있다. 어떻게든 복병을 피하더라도 기마병의 숫자는 순식간에 줄어갔다.

또다시 여러 복병의 공격을 받고 쇼케이 가까이에 있던 한 기가 쓰러졌다. 간신히 도망치자 무기를 든 병사가 달려들어 화살을 쏘고 창을 찌른다. 또 한 기가 다리를 베여 쓰러졌다. 쇼케이 바로 옆에 있던 스즈가 비명을 질렀다.

"셋키!"

쓰러진 말의 기수는 셋키였다. 굴러떨어진 셋키에게 경장한 병사가 달려온다. 쇼케이는 말머리를 돌렸지만 도저히 손쓸 틈이 없다. 곡도를 쳐드는 병사를 보고 쇼케이 또한 비명을 질렀다. 셋키에게는 몸을 지킬 무기가 없다.

"셋키!"

쿵 하고 격렬하게 때리는 소리가 들렸다. 곡도를 쳐든 병사 쪽이 무기를 떨어뜨리고 머리를 감싼 채 웅크리고 있어서 쇼케이는 눈을 동그랗게 떴다.

"자…… 작작 좀 해……!"

또다시 병사에게 막대기를 휘두른 사람은 백발이 성성한 노인이었다.

"우리를 뭐라고 생각하는 게야!"

허를 찔린 쇼케이 옆으로 기마병이 달려와서 남은 병사의 숨통을 끊었다.

셋키는 몸을 일으키고 문빗장을 쥔 노인을 쳐다보았다.

"감사합니다."

아니여, 하고 딱딱한 손을 내밀었다. 셋키는 그 손에 매달려 일어났다. 걷지 못할 정도의 상처는 없었다. 놓으려는 손을 노인이 꼭 쥐어서 셋키가 돌아보았다.

"쇼코는 죽었나."

"생포해두었습니다. 국부로 연행하기 위해서요."

노인은 그러냐며 손을 놓았다.

"내가 할 일이 있니?"

셋키가 생긋 웃었다.

"불을 꺼주세요."

고개를 끄덕인 노인이 등을 돌리고 옆에 있던 말 위에서 손을 내밀었다.

"알아주는 사람도 있구나."

웃음 지은 스즈의 손을 잡고 셋키는 스즈 뒷자리에 뛰어올랐다.

"서두르자. 아직 시가지를 다 돌지 않았어."

유문 앞에 도착해 남아 있던 몇 안 되는 병사를 쓰러뜨리자 문 앞은 조용해졌다. 날아드는 화살은 없다. 궐문 위의 망루는 침묵하고 있었다.

요시는 남몰래 웃었다. 미심쩍어하며 망루를 올려다본 고쇼가 요시를 돌아보았다.

"너, 무슨 짓을 한 거야?"

요시는 고쇼를 보며 고개를 조용히 가로저었다.

"무슨 소리야? 그보다 문은 안 열 건가?"

고쇼는 눈살을 살짝 찌푸리고 문으로 달려갔다. 여기에 있는 현문은 내리지 않았다. 궐문에 있는 크고 작은 세 개의 문 앞에 적의 발을 묶어두기 위해 설치한 새문도차塞門刀車•를 밀어내고 빗장을 벗긴다.

문을 연 순간 화살이 날아올 가능성도 있다. 그런 생각에 고쇼는 주저했지만 옆의 작은 문을 여는 요시의 손은 막힘이 없었다. 요시는 이런 조심성 없는 태도를 이상할 정도로 자주 내보였고, 그럴 때마다 반드시 위험이 없었던 것을 고쇼는 여태껏 전투로 학습했다.

"호오……."

고쇼의 오른쪽 옆, 또 다른 작은 문을 연 간타이가 흥미로워하며 감탄했다. 문에 달린 고리를 벽걸이에 걸어서 고정하는 요시를 바라보았다.

"요시, 너 문밖에 적이 없다는 걸 알았나?"

실제로 문밖에는 적이 보이지 않았다. 시체와 부상자, 내버린 무기로 바깥은 쥐 죽은 듯 고요했다.

요시는 아니라며 고개를 가로저었다.

"그런 것치고는 망설임 없이 문을 열더군."

"바깥에 적이 있을지도 모른다는 걸 깜빡했어."

• 앞쪽에 칼이 박혀 있는 수레.

"너……."

입을 연 간타이를 요시가 가로막았다.

"다른 곳에서 적이 올 거야. 우리도 서둘러 태세를 정비하는 편이 낫지 않겠어?"

고쇼와 간타이가 눈빛을 교환한 순간, 달려오는 남자가 있었다. 남자는 고쇼가 손을 대고 있던 문으로 달려와 밀어젖히고 고리를 벽걸이에 걸었다.

고쇼는 그자를 명곽 사람이라고 생각했다. 간타이는 그자를 척봉 사람이라고 생각했다. 남자는 문을 고정하고 문 앞의 새문 도차를 가리켰다.

"저걸 움직여서 수비하는 편이 좋지 않소?"

응, 하고 대답하려던 고쇼와 간타이는 그 남자가 이가 딱딱 울릴 정도로 떨고 있음을 알아챘다. 이제 와 이 상황에서 떨 만한 자는 고쇼의 동료나 간타이의 동료 중에는 없다.

고쇼는 활짝 웃고 남자의 등을 시원스레 두드렸다.

"맞아, 그렇군. 고마워."

문밖에 포진할 틈도 없이 달려오는 기마병의 소리가 들렸다.

"왔다."

고쇼가 경계하며 성내듯이 거칠게 말했다.

"제길……. 사람들을 도망치게 할 틈이 없군."

그 얼굴을 시가지에서 온 붉은 불빛이 비추었다. 요시는 망루를 올려다보았다.

이 불빛이 도움이 될까, 아니면 연기 때문에 고생하게 될까. 적을 쏘는 데 불빛이 없으면 이야기가 되지 않는다. 그러나 짙은 연기가 주변에 가득해서 불빛이 있어도 시야가 나쁘다.

"고쇼, 어쩌지. 도시 안으로 돌아가 문을 닫을까?"

"그 선택밖에 없겠어."

"전차가 있어……."

요시의 귀에 간타이의 목소리가 들렸다. 검자루를 쥔 손가락이 움찔움찔 떨렸다.

장애물이 없는 공터, 평지에서 전차는 기마 열 기에 상당한다. 차바퀴가 무겁게 움직이는 소리가 연기 너머에서 울려 퍼졌다.

용기를 낸 시민들이 큰길과 향성의 수비를 맡아준 덕에 전투에 익숙한 자만이 유문에 집결해 있었다. 그래도 요시 일행은 압도적으로 불리했다. 주사는 유문으로만 돌진해 오는 것이 아니라서, 다른 문으로도 병력을 나누어야 한다. 유문에 모인 사람은 고작해야 오백 명 정도. 주사에 상비된 병력은 통상 칠천오백 명 삼군, 일군 중 이천오백 명이 기마군으로 명곽에서 척봉으로 보낸 주사는 이군, 기마군만 한발 먼저 달려왔다 해도 그 수가 오천 명은 된다. 열두 개의 문에 나누어 배치해도 각각 사백 기 남짓, 일단 유문을 봉쇄한 주사는 후퇴했지만 그래도 여전히 사천오백 명의 기병이 척봉을 포위하고 있다는 계산이 된다.

"문을 닫아라!"

고쇼가 말하고서 발길을 돌렸다. 바퀴 소리가 가까워졌다. 연기 너머에 희미하게 모습이 보여서 요시는 눈을 부릅떴다. 전차가 아니다. 저 벽 같은 것은 뭐지.

쐐기 모양 벽 같은 것이 천천히 다가온다.

간타이가 나직하게 중얼거렸다.

"운교雲橋인가. 저런 걸 가지고 왔나."

"운교?"

"앞에 방패를 세운 차야. 저 뒤에 흙 부대를 쌓고 병사가 숨어 있어."

"뭐……?"

"그것을 전호차塡壕車라 하지. 전호차를 거대하게 만든 것을 운교라고 해. 저건 총운교叢雲橋라는 녀석이로군. 전호차 여러 개를 말로 끌어와 갈고리로 연결해. 말이 지치니까 보통 기마로는 쓰지 않는 방식인데."

"너도 보통내기는 아닌 것 같군……."

"너 정도는 아닐걸. 어쨌든 성을 공격하기 위한 물건이다. 저

놈을 처리하지 않으면 문을 닫아도 곽벽이 무너질 거야."

"어떻게 공격하면 되지?"

요시의 목소리에 간타이가 고개를 들었다.

"고쇼."

간타이가 왜 그러느냐며 돌아본 고쇼에게 철창을 내밀었다.

"불화살을 준비해. 보장에서 가능한 만큼 쇠뇌를 써서 운교를 미는 놈들을 노려. 너는 이걸 써. 밑을 들고 휘두르는 거야. 혼자 감당하지 못하겠거든 둘이서 휘둘러. 어떻게든 북쪽에서 오는 운교를 막고 기병의 발을 묶으면 도시 안으로 도망쳐."

고쇼는 철창을 받아들고 얼굴을 찌푸렸다.

"뭐, 하는 데까지 해보지. 남쪽은 어쩌려고?"

"나한테 맡겨."

요시가 간타이를 쳐다보았다.

"맨손으로?"

간타이가 웃는다.

"맨손 이상이지. 엄호는 너에게 부탁하마."

요시는 눈살을 찡그렸지만 운교가 가까이 왔다. 느긋하게 되물을 틈이 없다.

"가볼까. 위쪽 놈들! 제대로 엄호해!"

고쇼의 거침없는 목소리가 들리고 문 앞의 사람들이 북쪽으로 우르르 밀어닥쳤다. 간타이가 다리에 가볍게 탄력을 실어 남쪽을 향해 달렸다.

—빠르다.

범상치 않게 빠른 다리를 쫓으며 요시는 검을 뽑았다. 사령이 움직이고 있다. 궁사를 맨 먼저 해치우도록 명령해두었으니 화살을 두려워하지 않아도 되는 것이 그나마 다행이다만…….

고민하던 요시는 눈을 부릅떴다. 간타이의 몸이 내려앉았다. 화살에 맞았나 싶어 내심 철렁했을 때, 간타이의 몸이 더욱 내려앉았다. 내려앉은 것이 아니라 줄어들었다는 인상을 받았다. 화살을 맞은 것이 아니다. 그 증거로 간타이는 앞으로 나아가고 있다.

—저건.

간타이의 모습이 녹는 것처럼 보였다. 눈 깜짝할 사이에 다시 부풀어오르기 시작했다. 녹아내린 모습이 부풀어 새로운 형태를 이룬다. 그런 것처럼 보였다.

보장에서도 전방에서도 술렁임이 일었다. 간타이는—간타이였지만 지금은 다른 모습을 한 자는—양손을 짚었다. 정확하게는 앞다리였다. 화살처럼 대지를 가르며 운교에 이르자 작은 산 같은 몸을 둥글게 구부리고 두꺼운 앞다리로 운교를 후려쳐 쓰러뜨렸다.

한 방으로 선두의 전호차가 가볍게 떠올랐다. 연결되어 있는 다른 차까지 붕 뜨더니 땅바닥에 떨어지고는 전진을 멈추었다.

—이 남자는 반수인가.

적은 뒷다리로 일어난 거대한 곰을 향해 창을 내찔렀다. 요시는 달려가 창날 부분을 잘라서 떨어뜨렸다.

“고맙군.”

웃음기 섞인 두꺼운 목소리가 들리더니 거대한 곰이 앞다리를 휘둘렀다. 선두의 전호차가 대열에서 어긋나며 옆으로 쓰러졌다.

요시는 검을 털면서 웃었다.

“어쩐지 괴력이 범상치 않다 싶었어.”

척봉 동쪽 산지에 해가 떠올랐다. 척봉의 시가에는 여전히 연기가 피어올라 부옇게 햇살을 가렸지만 더이상 불길은 보이지 않았다.

향성 백호문에서 유문까지 이르는 큰길에는 모아놓은 마차를 길 입구마다 쌓아서, 곧장 유문까지 가는 길을 확보해놓았다. 십이문 망루에 사람이 우글거리고 궐문에서 뻗은 곽벽 위에도 남녀를 불문하고 수없이 많은 사람이 보였다.

도시를 둘러싼 화주사 기마군은 완강한 저항에 후퇴했다. 간신히 척봉 남쪽 가도에서 도착한 보병과 합류, 공터를 끼고 오문 앞에 포진했다.

달려온 주사는 적의 총수를 알 수 없었다. 척봉 시민 중 얼마만큼이 적에 가담했는지, 아니면 그저 성곽 안에 틀어박혀 보호받고 있는 건지 모를 일이었다.

백성의 모반이라 우습게 여겨서는 안 된다는 전령을 보냈다.

이미 곽벽은 백성의 손에 함락되었고, 향부에는 풍부한 물자가 있다.

그들은 척봉이라는 견고한 성새 도시를 공격해야만 한다. 암담한 심정에 빠진 그들을 더욱 경악하게 한 소식이 후방에서 도착했다.

금일 미명, 명곽에 반란이 일어났노라는 소식이.

20
장

001

"좋아, 이제 간타이가 바라는 대로 사흘만 버텨보자고."

고쇼가 활짝 웃었다.

도시 구석에 있는 성루에서 보더라도 포진한 주사가 허둥거리는 것을 알 수 있다. 원래가 견고한 향성인데다 쇼코가 대대적으로 보강 공사를 시켜 척봉은 주도급 성새가 되었다.

"어떻게든 해냈군. 놀라워."

놀랍기보다 기가 차다는 투로 간타이가 말했다. 쇼케이도 스즈도 성루 구석에서 얼굴을 마주보며 웃었다.

"……배고파."

고쇼가 축 늘어져서 걸상에 주저앉았다. 향성 안이니 먹을거리는 풍부하지만 식사를 마련할 일손이 없었다. 어마어마한 숫자의 포로에게 먹일 음식은 향부의 숙수에게 맡기면 그만이지만, 무엇을 넣을지 모를 일이라 고쇼와 동료들은 그 음식에 손댈 수가 없었다. 어제, 비로소 간신히 일손이 늘어나 가까스로 밥을 지을 수 있게 되었지만 저녁에 먹은 것을 끝으로 여태껏 식사할 여유가 없었다.

스즈가 큭큭 웃었다.

"마을 여자들이 밥을 가져다준다니까 조금만 기다려."

고쇼가 한심하게 한숨을 쉬었을 때 성루 계단 위에서 목소리가 들렸다.

"고쇼! 원군이!"

"뭐야?"

고쇼는 벌떡 일어나 위로 이어지는 계단으로 달려갔다. 그 자리에 있던 자들이 그 뒤를 따랐다.

"……고쇼!"

계단 위에서 내려다보는 남자는 창백해져 있었다.

"원군이라고?"

"깃발이……."

남자는 흥분해서 소리를 질렀다.

"서쪽에 용기龍旗가……!"

고소와 간타이가 앞을 다투듯 달려 올라갔다. 쇼케이는 멍하니 중얼거렸다.

"용기라니……. 왕의 깃발이잖아……."

고소와 교대로 달려 내려온 남자의 팔을 쇼케이가 붙들었다.

"정말로 용기가 맞아?"

"그래……."

"군기軍旗의 색은?"

"……보라색."

쇼케이와 스즈는 넋이 나가 눈을 부릅떴다. 요시가 위로 달려 올라갔다.

—용기와 보라색 군기. 그것을 내세웠다면.

"……금군."

위에서 뛰어 내려와 보장을 향해 달려가는 고소. 간타이와 교대로 쇼케이도 스즈도 계단 위로 서둘러 올라갔다.

"요시, 정말로 금군이야?"

창밖을 보던 요시는 스즈의 외침에 핏기 없는 얼굴로 고개를 끄덕였다.

"말도 안 돼, 어째서 금군이 온 거야?"

"모르겠어."

요시는 창문으로 전방 언덕을 내다보았다. 가도를 따라 기마군을 선두로 다가오는 대군. 내세운 용의 깃발. 틀림없다. 저들은 요천에 있어야 할 금군이다.

"주사를 제압하려는 것은 아닌 듯하군."

쇼케이가 요시 옆에 섰다.

"요천에 가호의 편이 있다는 얘기로구나. 그것도 금군을 움직일 수 있는 위치에 말이야."

요시는 쇼케이를 돌아보았다.

"하관夏官?"

"대사마가 누구야?"

"분명히……."

요시는 생각에 잠겼다가 눈을 부릅떴다. 조정의 권력 구조도. 하관은 누구의 파벌에 속하지?

대사마의 독단만으로 군은 움직이지 않는다. 움직일 자가 있다고 한다면 조정 안에서 확실한 권력이 필요하다.

"세이쿄."

"응?"

쇼케이는 고개를 갸웃거렸다.

"전 총재야. 궁중에서 권력이 가장 큰 파벌의 우두머리."

"그놈이구나."

"잠깐만."

스즈가 당황해서 소리를 질렀다.

"어째서 총재가 가호를 위해 군을 움직이는 거야? 그렇다고 왕사가 움직이다니 이상하지 않아? 게다가 금군이라니. 요시는 여기에 있는데!"

"가호를 돕기 위해서야. 그렇게 생각할 수밖에 없지 않아?"

쇼케이의 말에 요시는 눈을 크게 떴다.

"가호가 쇼코를 이용했듯이 총재가 가호를 이용했다는 얘기네."

"하지만 세이쿄는 가호를 미워했는데……."

"미워해서 무슨 조치를 했어?"

요시는 저도 모르게 숨이 멎었다. 가호를 용서하지 말라는 목소리만은 요란했지만, 증거가 없으면 아무것도 할 수 없다고 분통해하며 한숨을 쉬었다.

"미워하는 척은 간단해. 더러운 일을 시켜놨으니 당연히 싫어하는 시늉쯤은 하겠지. 왕을 우습게 보고 멋대로 금군을 움직이는 놈이 그 정도 일도 안 했을 것 같아? 맥후를 경질하라고 주장한 것도 그 총재 일파겠지?"

"그랬어. 확실히……."

"다시 말해 총재는 맥후가 미웠던 거네. 도를 안다고 백성들이 흠모하는 주후가 눈엣가시가 아닐 리가 없는걸."

스즈가 안타까운 목소리로 말했다.

"엔호라는 사람을 유괴한 것도 송숙이란 곳에 불을 지른 것도 총재의 명령일지도 몰라."

"송숙을?"

"가호의 명령이었대. 엔호도 명곽으로 보냈다고 했어."

"그럼 틀림없이 그럴 거야. 화주후가 다른 주의 의숙에 쌍심지를 켜서 뭐하겠어? 흑막이 총재였다면 이해 못 할 것도 없어. 송숙 출신 주후가 방해가 되니 송숙 일문 전부가 미웠겠지. 송숙 출신 사람이 맥주에서 자꾸 추천받아 국부로 들어온다면 큰일인걸. 그런 것 아니겠어?"

쇼케이가 말하자 요시는 가볍게 한숨을 내쉬고는 눈을 가늘게 떴다.

"쇼케이는 예리하구나……."

"궁중 사람의 사고는 잘 알아. 괜히 삼십 년이나 궁중에서 살았던 건 아니구나 싶어서 스스로도 감탄하곤 해."

"그러게나 말이야."

요시는 쓴웃음을 지었다. 요시의 웃옷을 스즈가 잡아당겼다.

"그런데 어쩔 거야? 주사만으로도 그렇게 벅찼는데, 금군이 왔다면 끝장 아니야?"

요시가 눈살을 찌푸렸다.

"금군은 강해. 특히 금군 공행사는 숫자도 많으니까 무섭지."

"열다섯 기보다도 많아?"

"금군 삼군 전부 출진했다면 삼졸 삼백. 그 밖에도 기수를 가진 병사가 상당수 있어."

"어떡해."

스즈가 말을 잃었다. 돌아보는 요시의 녹색 눈에 강렬한 빛이 떠올랐다.

"내 허락 없이 멋대로 움직이게 두지 않겠어."

002

도시를 둘러싼 금군의 깃발에 백성들은 크게 동요했다. 주사와는 차원이 다르다. 백성에게 용기는 왕 자체이며, 나라를 짊어지고 있는 존재다.

—왕사가 토벌하기 위해 왔다.

절망의 목소리가 퍼졌다. 투항해도 큰 처벌이 있으리라. 어쩌면 한 사람도 용서받지 못할지도 모른다며 사람들은 동요했다.

고쇼나 간타이의 동료들 또한 예외가 아니었다.

역시 왕이 쇼코를 감싸고 있었던 것이라는 목소리와 자신들의 선택은 잘못된 거였냐고 불안감을 외치는 목소리가 있다. 어쨌거나 그들은 역적이 되었다.

일군이 대열을 갖추고 더욱이 후속으로 이군의 깃발이 보이자 척봉 사람들이 궐문으로 쇄도했다. 왕사에 투항하겠다고 한다.

"왕에게 미움받으면 끝장이야."

"우리는 모반에 가담하려는 생각은 없었어!"

"쇼코 눈에 찍힌 것만으로도 그렇게 비참했잖아. 나라에 미운 털이 박힌다면 어찌될지 상상도 안 돼."

멋대로 날뛰어서 척봉을 재난으로 빠뜨렸다며 시민의 비난은 고쇼에게 집중되었다.

"너희가 쓸데없는 짓을 했기 때문이야!"

"어떻게 할 거야."

고쇼는 풀이 죽어서 향성 정문 망루에 앉아 있었다. 주위에는 몇 사람 없다. 고쇼의 목을 쳐서 왕사에 투항하면 용서받지 않겠느냐고 그럴싸하게 수군대는 자가 있기 때문이다.

"……어쩐다."

간타이가 말하자 고쇼는 고개를 떨어뜨린 채 바닥에 한숨을 내쉬었다.

"어쩌고 자시고도 없잖아. 일단 오문을 열고 도망치고 싶은 사람은 가게 해."

말투는 가볍지만 말에는 패기가 없었다.

"문을 연 순간에 왕사와 주사가 들이닥칠 거야."

"그것도 어쩔 수 없지."

고쇼는 그렇게 대꾸하고 앞에 선 간타이를 쳐다보았다.

"간타이, 댁은 신원이 알려지지 않았어. 길량을 타고 도망쳐."

"멋대로 사람을 겁쟁이로 만들지 않았으면 좋겠는데."

"그래?"

고쇼는 웃으며 주위를 둘러보았다.

"어차피 살아남을 거라고는 생각하지 않았어. ……그래도 남을 끌어들이지는 말아야지."

고쇼는 한 남자에게 말했다.

"가서 문을 지키는 놈들에게 향성으로 돌아가든 도망치든 하라고 전해줘. 이성을 잃은 놈들의 공격을 받지 않도록 조심해."

"하지만 고쇼……."

"역적으로 처형당하더라도 우리 나름의 인의만은 관철하자고. 이대로 척봉 사람들을 가둬두는 것은 인질을 잡고 있는 것 같아서 못 참겠어."

"기다려, 고쇼!"

스즈가 외쳤다.

"그건 안 돼. 성급하게 움직이지 마."

맞는 말이라며 쇼케이도 한목소리를 냈다.

"잠깐 기다려. 어차피 놈들은 우리가 이렇게 알아서 항복하기를 기다리고 있는 거야. 그렇지 않으면 벌써 공격했을 테니까. 아직 시간이 있어. 그러니까 서둘러 결론을 내리지 마."

고쇼는 가볍게 한숨을 쉬고 고개를 들었다. 자조 섞인 쓴웃음을 짓고 있었다.

"나는 비겁한 놈이 되고 싶지 않아."

"잠깐이면 돼."

쇼케이와 스즈가 한목소리로 말해서 고쇼도 간타이도 의아한 듯이 눈살을 찌푸렸다.

고쇼가 손을 들었다.

"그러고 보니 요시는 어디에 있지?"

그 질문에 스즈는 쇼케이와 시선을 교환했다. 입을 연 사람은 쇼케이였다.

"오문에서 대기하고 있어. 열라고 해도 요시는 오문을 열지 않을 거야."

고쇼가 입을 열고 무슨 말을 하려는 순간 누군가 망루 계단을 올라왔다.

"고쇼."

"왜 그래?"

"마을 대표라는 사람들이 찾아왔는데."

다들 눈살을 찌푸렸지만 고쇼는 의연하게 올라오게 하라고 말했다. 맨 먼저 셋키가 움직여 고쇼 곁으로 다가갔다. 다른 사람도 그에 따랐다. 만에 하나 고쇼를 해치려는 이상한 생각을 한다면 가만있을 수 없다.

찾아온 중년 남성 여섯 명 중 대표는 가쿠고革午라는 사람이었다.

"우리는 댁한테 협력한 게 아니야. 댁들 역적의 포로지."

가쿠고가 말을 쏟아냈다.

"풀어줘. 우리까지 역적 취급당할 수는 없어. 애초에 네놈 같은 무뢰배들이……."

가쿠고가 온갖 욕설을 퍼붓자 다른 다섯 명도 한목소리로 고쇼를 다그쳤다. 고쇼가 한숨을 쉬자 스즈가 큰 목소리로 말했다.

"그만들 해요!"

가쿠고 일행은 물론이고 고쇼와 간타이까지 눈을 동그랗게 떴다.

"당신들은 쇼코가 밉지 않았어요? 쇼코의 방식이 좋다고, 그렇게 생각했어요?"

"계집애, 너는 가만있어."

"가만 못 있어! 쇼코를 용서했다면 당신들은 쇼코의 동료야. 이러쿵저러쿵 말 들을 이유 없어. 지금 당장 여기서 쇼코와 똑같이 오라를 지워줄 테니까!"

"스즈."

고쇼가 나무라자 스즈는 쏘아보았다.

"어째서 위축되어 있는 거야? 이런 사람들 말을 듣고 풀이 죽을 필요 따위 하나도 없어!"

고쇼가 잘못했다고는 생각지 않는다. 시민들이 쇼코를 원망하지 않았다는 말을 하게 두지 않겠다.

"나는 동생 같은 아이를 쇼코의 손에 잃어서 고쇼의 동료가 되었어. 쇼코가 마차로 치어 죽였지. 아무도 쇼코를 나무라지 않았어. 쇼코를 쫓아가 마차에서 끌어내지 않았어. 다들 쇼코에게 겁먹었기 때문이라고 생각했어. 만약 그게 아니라 이 도시 사람 모두가 쇼코를 용납하고 있었던 거라면 이 도시 사람 모두가 내 원수야! 용서 못 해!"

"계집애, 잘 들어. 우리도 쇼코가 밉지 않았던 게 아니야. 하는 수 없잖아. 그런 놈에게 머리를 숙이지 않으면 살아갈 수가 없는데!"

가쿠고가 거칠게 내뱉었다.

"쇼코를 쓰러뜨려줘서 고마워. 하지만 우리는 목숨이 아까워.

가족이 소중해. 그렇게 생각하면 안 되나. 댁들은 쇼코라는 짐승을 쓰러뜨려주었지만 대신에 왕이라는 더 거대한 짐승을 불러들였어."

"왕은 우리의 적이 아니야!"

"금군이 왔잖아!"

가쿠고가 호통쳤다.

"왕이 척봉 반란을 용서하지 말라고 한 거야. 그런 거잖아, 안 그래?"

"아니야."

단호한 목소리의 주인은 쇼케이였다.

"왕은 모르시는 일이야. 당신은 이 나라에 세 마리의 짐승이 있다는 것을 알아?"

가쿠고는 숨을 헐떡이면서 눈을 깜빡였다.

"지수향 향장 쇼코. 화주 주후 가호. 그리고 전 총재 세이쿄."

이봐, 하고 말한 사람은 고쇼였다. 다른 사람들도 일제히 쇼케이를 미심쩍게 바라보았다.

쇼케이는 그 사람들을 향해 미소 지었다.

"그런 거야. 지수에서 착취한 것이 화주로 들어가고, 화주에 모인 것이 세이쿄에게 흘러들었어. 의숙을 불태우거나 인망 있는 주후에게 오명을 씌워 조정에서 쫓아내고, 이가를 습격하게 하는 대신에 신병을 지켜주었어. 주사가 달려온 것과 같은 논리야. 쇼코와 가호가 붙잡히면 세이쿄의 지위까지 위태로워져. 그러니까 금군을 보낸 거야."

"너, 그런 이야기를 어디에서……."

간타이의 물음에 쇼케이는 스즈와 시선을 교환했다.

"어쩌다 보니 알게 됐어. 왕은 금군을 보내지 않으셨어. 척봉의 백성을 가엾게 여기고 계셔. 세이쿄가 멋대로 보낸 거야. 그러니까 금군은 문 앞에 대기한 채 공격해오지 않는 거야. 사실은 움직여서는 안 되는 군대니까. 저렇게 우리를 압박해서 알아서 투항하기를 기다리고 있는 거야."

"하지만……."

"있지, 간타이. 세이쿄가 큰 힘을 쥐고 있으면 있을수록 반발도 있는 법이야. 조정은 세이쿄파와 반세이쿄파로 나뉘어 있어. 멋대로 금군을 출격시켰는데 반세이쿄파가 가만히 있을 것 같아? 출정시켜 압박했을 뿐이라면 변명할 길도 있겠지. 난을 진압했다고 공적을 방패 삼아 얼버무릴 가능성도 있을지 몰라. 하지만 전투에 참여시켰다가는 설령 전 총재라 할지라도 변명할 방도가 없어. 금군은 왕의 소유물이니까."

"하지만 공격해 올지도 모르잖아!"

가쿠고가 외쳤다.

"공격해 온다면 끝장이야. 알고 있는 거야?"

"왕이 구해주실 거야. 반드시 막아주실 거야."

가쿠고는 쇼케이에게 삿대질했다.

"그런 보증이 어디에 있어! 왕이 세이쿄와 유착했을지도 모르잖아!"

"있을 수 없어."

쇼케이와 스즈가 한목소리로 말하고는 서로 작게 웃었다. 간타이가 피식 웃음을 흘렸다.

"왕을 아는 것 같은 말투로군."

쇼케이와 스즈는 다시 한번 얼굴을 마주보았다. 먼저 스즈가 입을 열었다.

"알아."

"그럴 리가 없잖아! 어떻게 너 같은 어린 계집애가 왕과 면식이 있을 수 있어! 얼토당토않은 소리 하지 마!"

가쿠고가 소리쳤다. 스즈는 차마 입이 떨어지지 않아 난처한 표정을 지었다. 스즈의 시선에 쇼케이가 고개를 끄덕였다.

"가쿠고라 했는가. 내가 왕과 면식이 있는 것이 이상한가."

"당연하잖아!"

쇼케이가 뒷말을 제지했다.

"나는 방국 전 봉왕의 공주, 쇼케이라 하오. 일국의 공주가 왕과 면식이 있으면 이상한가. 신원이 미심쩍다면 방국의 혜주후 겟케이에게 물어보시오. 전 봉왕의 공주 손 쇼를 아시느냐고."

가쿠고는 물론이고 고쇼와 동료들까지 입을 떡 벌렸다.

"나는 부왕이 붕어하시어 경왕을 믿고 경국에 왔소. 경왕의 부탁으로 화주의 실상을 알아보러 온 것이오. 묘한 인연으로 고쇼를 돕게 되었으나 이는 경왕도 아시는 일. 경왕께서는 이번 기회로 한 번에 세이쿄 일파를 붙잡으실 의향이오. 동요해서 고쇼를 질책한다면 오히려 왕의 노여움을 사게 될 것이라 생각하오만."

"설마……."

믿기지 않는다고 가쿠고의 얼굴이 말하고 있다. 스즈는 갑자기 품속에 손을 넣었다.

"가쿠고, 이걸 봐."

가쿠고는 소녀가 내민 물건을 받아들고 고개를 갸우뚱했다. 평범한 정권으로 보였다. 무슨 의미냐고 고개를 들자 뒷면을 보라는 말을 들었다. 정권을 뒤집은 가쿠고는 얼어붙었다.

묵서와 도장. 아니, 이건 도장이 아니라—어명어새.

"저는 재국 파산의 주인 취미군을 섬기는 사람입니다. 채왕께서 직접 지시하셔서 경국 경왕을 뵈러 왔습니다. 믿지 못하시겠다면 장한궁에 문의하십시오. 어명어새를 믿지 못하겠다면 말입니다만."

가쿠고는 정권과 두 소녀를 번갈아 보았다. 소녀들은 화사하게 웃었다.

"경왕을 믿고 기다려. 절대로 당신들에게 해가 되지는 않을 테니까."

"이거 황공하군."

고쇼는 스즈의 정권을 이리저리 뜯어보았다. 정권을 다시 스즈에게 내밀며 눈을 들여다본다.

"조금 전에 두 사람이 한 말이 사실이야?"

일단 가쿠고 일행은 납득하고 내려갔다. 소문이 퍼지리라. 적어도 마을에 감돌던 험악한 기척은 엷어지기 시작했다.

스즈는 쇼케이를 보았다. 쇼케이가 어깨를 살짝 으쓱했다.

"정말이라고 생각해도 돼. 결과적으로는 거짓말이 아니니까."

고쇼가 고개를 갸웃거려서 쇼케이가 손사래를 쳤다.

"왕사가 정말로 공격해 오지 않을지에 대해서는 솔직히 자신이 없어. ……하지만 공행사도 오지 않고 아직 공격도 하지 않으니까 크게 틀리지 않았을 거라고 생각해. 우리가 해야 할 일은 경왕을 믿고 기다릴 것, 그건 거짓말이 아니야. 진짜로 그래."

고쇼가 무릎을 탁 쳤다.

"좋아, 만에 하나라는 게 있으니 곽벽의 수비를 강화해."

고쇼, 하고 스즈와 쇼케이는 동시에 말했다.

"두 사람을 믿고 경왕인지 뭔지가 구해줄 때까지 기다려보자."

다행이라고 한숨을 토하고 쇼케이는 도시를 둘러보았다. 오문 쪽을 돌아보고 눈을 동그랗게 떴다.

"스즈……!"

"어?"

쇼케이는 달려온 스즈를 향해 하늘을 가리켰다.

"저거……."

고쇼 일행도 창가로 다가갔다.

"저건……."

도시에는 여전히 긴장감이 감돌았다. 불안이 도시 분위기를 침울하게 만들었다.

왕사는 무섭지만 역적도 무섭다. 머물고 싶어 하는 자는 왕사의 공격과 그 뒤의 처벌을 두려워하고, 도망치고 싶어 하는 자는 역적의 보복을 두려워했다. 결국 사람들은 움직이는 것을 두려워하고 있다. 오랫동안 쇼코가 척봉 백성에게 베푼 것이라고는 이런 불안이 전부였다.

하루에 몇 번이나 불안하게 곽벽을 올려다보았다. 곽벽 위에서 있는 사람의 움직임이 없다면 당분간은 괜찮다는 소리였다.

몇 번인가 곽벽을 올려다본 한 여자의 입이 딱 벌어졌다.

"저거……."

목소리가 들렸는지 주위 사람들 역시 곽벽을 쳐다보았다. 여자와 마찬가지로 눈을 부릅뜨고 입을 벌렸다.

003

요시는 오문의 망루에서 공터를 둘러보았다. 공터 너머 구릉지에 진을 친 군세는 명백히 늘어 있었다.

군은 아직 움직일 낌새를 보이지 않지만 싸울 마음이 없지는 않은 듯했다. 군이 주둔한 비탈, 앙상한 겨울 숲에서 나무를 벌목하고 있었다.

왕사는 위협이 될 거라고 쇼케이는 말했다. 확실히 그럴지도 모르지만 주사에는 명백히 움직임이 있다. 망루에서 함께 대기하고 있는 남자의 말로는 공성기攻城器를 만들 작정일 거라고 했다.

"이제야?"

"공성기는 커. 전쟁터에 목재가 있으면 거기서 만들지. 엄청난 물건이 아니라면 한나절도 필요하지 않아. 차바퀴만 준비해

두었다면 말이야."

"그렇군."

요시는 고개를 끄덕이면서 시선을 공터로 돌렸다. 솔직히 말하면 지켜보고 있는 것은 적군이 아니다.

해가 점점 중천을 넘어간다. 요시는 이제나저제나 기다리던 것을 하늘에서 발견하고 눈을 크게 떴다.

"왔군."

"뭐?"

옆에 있던 남자가 요시의 얼굴을 본다. 요시는 개의치 않고 몸을 돌려 망루를 뛰어 내려갔다.

성벽 위에 있던 사람들은 크게 놀라 하늘을 쳐다보았다.

"저것 봐."

"뭐지."

술렁이는 목소리가 하나, 둘. 한 사람, 두 사람 서서히 손을 올려 하늘을 가리켰다.

"어떻게……."

"하지만 저건……."

성벽 위로 무언가 내려오고 있었다. 공행사도 아니고 요마나 기수도 아니고, 당연히 인간도 아니다.

짐승임은 확실했다. 사슴과 닮은 체구와 자황색 털, 금빛 갈기의 의미를 모르는 자는 이 나라에 없다. 관아에서, 종묘에서, 이사에서. 온갖 곳 어딘가에 눈에 띄지 않게 그려져 있는 모습을 본 적이 있다.

"……기린."

넋을 잃고 소리를 지른 사람들을 헤치고 요시가 달렸다. 무작정 소리를 질렀다.

"게이키!"

그것은 낮게 하늘을 달리다 성벽 위로 내려왔다. 사람들은 경악인지 두려움인지, 또는 환호인지 모를 소리를 질렀다. 요시는 어쩔 줄 몰라 하며 제자리에서 발을 구르는 사람들을 밀어젖히고 곧장 짐승에게 다가갔다.

"와주었구나……!"

언짢은 목소리가 짐승에게서 들렸다.

"이런 곳으로 부르시다니. 고약한 피비린내가 납니다."

"미안."

"걱정하지 말라고 말씀하시고서 이런 몰골입니까? 게다가 제 사령을 저토록 더럽히실 줄이야."

"불평은 나중에 얼마든지 듣지. 왕사가 진을 친 곳까지 데려다 줘."

"저에게 기수 흉내를 내라는 말씀이십니까?"

"말해두지만, 금군이 출정한 것은 네 책임이야."

보랏빛 눈동자가 요시를 보더니 눈을 획 돌린다.

"게이키, 잠깐만 참아줘."

전쟁터에 둘 상대가 아님은 거듭 알고 있다. 그렇게 많은 피를 묻힌 뒤이니 자신을 태우는 것은 고통이리라.

"그러지요."

더없이 우아하고 아름다운 목을 공터 쪽으로 돌린다. 요시는 등에 올라탔다.

"요시!"

곽벽 아래에서 들린 날카로운 목소리, 내려다본 큰길에서 손을 든 쇼케이와 스즈를 발견했다. 미소 지어줄 새도 없이 짐승이 날아올랐다. 왕사의 깃발을 향해 질주하기 시작한 찰나, 게이키의 은근한 목소리가 들렸다.

"그 아이, 목숨을 건졌습니다."

"그랬군."

요시는 미소를 지었다.

공터 끝에 펼쳐진 군세 모두가 하늘을 우러러보고 입을 떡 벌렸다. 금군 좌군 장군 진라이迅雷도 예외가 아니었다.

어째서냐고 그는 숨을 삼켰다. 어째서 기린의 등에 사람이 탔는가.

기승한 사람이 있는 것은 그렇다 쳐도, 그 짐승이 곧장 진라이를 향해, 군기를 향해 달려와서 그는 저도 모르게 한 걸음 물러났다.

그러니까 반대한 것이다. 금군을 움직이는 것은 너무나 위험하다고.

대사마가 출격하라고 명령하면 진라이는 거부할 수 없다. 하물며 대사마가 세이쿄의 이름을 내비치니 더욱이 거부할 수 없었다. 어렵게 얻은 장군의 지위를 그런 일로 잃고 싶지는 않았다.

—그러나…….

달려오는 신수, 기승한 사람의 붉은 머리카락, 열여섯 살쯤 먹은 젊은 여자, 그녀가 누구인지 진라이는 알고 있었다. 금군 좌군은 즉위식에서도, 즉위식 직후의 교사에서도 바로 옆에서 수행했다.

가까이 달려온 기린은 용기 옆에서 허공에 머물렀다. 등 위에서 꿰뚫을 듯한 강렬한 시선이 내리꽂혔다. 동시에 잘 울려 퍼지는 목소리가 눈빛 이상의 분노를 고스란히 전달했다.

"진라이."

이름을 불린 진라이는 저도 모르게 또 한 걸음 물러났다. 주위

병사들 역시 술렁이며 뒷걸음질쳤다.

“누구의 허락을 얻어 척봉에 왔지.”

“저는……”

“어느 나라 왕의 명령인가.”

해명해야 한다. 그렇게 생각은 하나 목소리가 나오지 않았다. 할말을 찾으며 사고는 괜히 헛바퀴를 돈다. 꼬마 계집애라고 생각했다. 선왕과 마찬가지로 범용한 왕이라고. 한데, 진라이를 위축시킬 정도의 패기는 어찌된 것인가.

“아니면 금군 병사는 장군과 함께 사직하고 사병私兵이 되었는가.”

“……주상, 저는…….”

“너희의 주인은 언제부터 세이쿄가 되었지? 세이쿄를 위해 척봉을 공격한다면 금군 모두를 반군으로 간주해도 되겠나!”

진라이는 물론이고 주위 병사 또한 우두커니 서 있기만 했다. 매우 나지막한 목소리가 그들에게 말했다.

“무얼 하고 있느냐.”

기린의 두 눈동자가 정확히 진라이를 향하고 있다.

“주상의 어전에서 어찌하여 허락도 없이 고개를 들고 있는가.”

진라이의 의지가 꺾였다. 그는 허겁지겁 무릎을 꿇었다. 진라이를 따르듯이 병사들이 잇따라 무릎을 꿇고 그 자리에 머리를 조아렸다.

"진라이."

"예."

진라이는 이마를 땅바닥에 문질렀다.

"칙명으로 명한다. 금군을 끌고 명곽으로 가서 화주후 가호를 추포하고, 주성에 붙잡혀 있는 엔호라는 영주 고계 여서를 구하라."

"예."

"일군을 요천으로 돌려보내 세이쿄의 신병을 구속하라. 무사히 세이쿄, 가호를 붙잡고 여서를 구명한다면 이번 일은 불문에 부치겠다. 금군 병사와 화주 주사 모두다."

"틀림없이 분부 받들겠습니다!"

21장

001

스즈는 오문 근처 곽벽에 내려 등에 탔던 인물을 내리고 사라지는 짐승을 바라보았다.

"기린……."

"응."

쇼케이의 목소리가 들렸다.

"이런 곳으로 데려와도 괜찮을까."

멀찍이 에워싼 사람들은 꿈쩍하지 않았다. 모두의 얼굴에 어떻게 대응해야 할지 모르겠다고 씌어 있었다. 그것은 스즈도 마찬가지였다. 요시라고 부르며 달려가고 싶지만 그래서는 안 될 것 같았다.

망설이고 있자 기린을 배웅하던 요시가 스즈를 돌아보았다.

"이제 끝났어."

미소에 이끌려 스즈는 달렸다. 쇼케이와 함께 바로 옆으로 달려갔다.

"끝났어? 정말로?"

"왕사는?"

"명곽으로 보냈어. 반드시 가호를 잡겠어."

스즈와 쇼케이는 한목소리로 잘됐다고 말했다. 기쁨을 나누려고 뒤돌아보자 우두커니 선 사람들은 아직 얼이 빠져 있었다.

"고쇼, 이제 다 끝났대."

"간타이, 가호는 왕사가 맡는다는데."

다 큰 남자 두 사람이 당황하며 눈을 깜빡이더니 그제야 긴장감을 풀었다.

맨 먼저 무릎을 꿇은 사람은 간타이였다.

"주상."

허둥지둥 주위 사람들이 무릎을 꿇는다. 멍청히 그 모습을 돌아보는 고쇼를 향해 무릎을 꿇은 셋키가 말했다.

"형, 고두해."

"아니, 하지만…… 그래도."

어쩔 줄 몰라 하는 고쇼를 보고 요시가 키득키득 웃었다.

"그럴 필요 없어. 다들 일어나."

하지만 고개를 든 사람은 없다. 고쇼만이 난처한 듯이 우뚝 서 있었다.

"내가 부족한 탓에 백성들에게 불필요한 걱정을 끼쳤군. 면목 없다."

요시는 그렇게 말하고 고쇼를 보았다.

"특히 고쇼와 그 동료들에게 정말로 고마워. 쇼코 밑에서 굽히거나 포기하지 않고 용케 도를 바로잡아주었어. 사실은 내가 해야만 하는 일이었는데. 고마워."

"아니, 그게……."

가볍게 미소 짓고 요시는 드문드문 고개를 드는 사람들을 둘러보았다.

"간타이에게도 진심으로 감사해. 보답하고 싶어. 바라는 바가 있다면 말해주지 않겠어?"

간타이는 흠칫 놀란 것처럼 고개를 들었다.

"……정말로 부탁드려도 괜찮겠습니까."

"상관없다."

간타이는 양쪽 두 사람에게 시선을 던지고 요시를 올려다보더니 다시 손을 짚고 고두했다.

"그렇다면 전 맥주후 고칸 님의 대역 혐의를 풀어주시고 조정에 복귀를 허락해주십시오!"

"고칸……."

요시가 눈을 크게 떴다.

"간타이, 그대는 맥주 사람인가."

"저는 전 맥주 주사 장군 세이 신靑辛이라 하옵니다. 이들은 마찬가지로 맥주사의 사수師帥였습니다."

간타이가 돌아본 두 사람은 함께 깊이 머리를 조아리고 소리쳤다.

"나는, 아니, 저는 주상께는 면목없게도 위왕이 등극했을 때 맨 먼저 위왕군에 투항했습니다. 그 치욕을 설욕할 기회가 있을까 하여 세이 장군을 따랐습니다. 저 같은 자가 부탁드리는 것은 무례인 줄 압니다만 부디 맥후를 향한 진노를 풀어주십시오……!"

요시는 고개를 끄덕이고 고두한 세 사람을 응시했다. 어쩐지 간타이는 평범한 사람으로 보이지 않았다. 간타이의 많은 동지는 옛 부하였던가. 돌이켜보니 간타이의 동료는 대부분 간타이에게 정중한 태도를 보였다.

"간타이에게 묻고 싶다만, 혹시 그대들이 화주에 모인 것은 고칸의 명령인가?"

"그러하옵니다."

"그렇게 된 거였군."

딱 한 번 즉위 축하 때 만났겠지만 요시는 고칸을 기억하지 못한다. 하지만 사람됨은 대충 알았다. 신하를 보면 상상이 간다.

"나 대신 고칸에게 감사를 전해다오. 이런 어리석은 왕이라도 섬길 마음이 있다면 꼭 요천을 찾아달라고."

간타이는 고개를 들고 한순간 요시를 올려다보고는 다시 머리를 조아렸다.

"분명히 명 받들었습니다……."

요시는 고개를 끄덕이고 고쇼에게 다가갔다. 여전히 난처해하는 고쇼의 팔을 가볍게 두드리며 망루를 가리켰다.

"문을 열자. 이제 막을 필요 없어."

"아, 그렇지."

고쇼는 활짝 웃었다. 요시와 나란히 서둘러 걸어가는 고쇼를 요시가 쳐다보았다.

"고쇼는 바라는 거 없어?"

"생각한 적이 없어서. 일단 쇼코가 제대로 벌을 받으면 돼."

"욕심이 없군."

고쇼가 쓴웃음을 지었다.

"줄곧 그것밖에 생각하지 않았으니까. ……아, 참."

고쇼가 걸음을 멈추어서 요시 역시 걸음을 멈추었다.

"나는 처분 안 받나?"

요시가 웃음을 터뜨렸다.

"처분? 어째서?"

"어쨌거나 반란을 일으켰으니까……."

"너를 벌한다면 나도 똑같은 형벌을 받아야겠군."

"아, 그건 그러네."

고쇼는 웃다 말고 "그렇지" 하고 요시를 보았다.

"깊은 인연이라고 할지, 한솥밥을 먹은 사이라고 해야 할지. 그래서 말이야, 살짝 부탁하고 싶은 일이 있는데……."

"뭐지?"

"너, 높은 사람이니까 위에도 입김이 세겠지. 그걸 이용해서 영주 소학에 셋키를 넣어줄 수 없을까?"

고쇼와 요시를 지켜보던 스즈와 쇼케이는 저도 모르게 웃음을 터뜨렸다. 요시 역시 어이없다는 듯이 고쇼를 보고는 곧 웃기 시작했다.

"응? 왜 그래?"

햇살보다 밝은 웃음소리가 곽벽 위를 서서히 채웠다.

002

명곽으로 향한 금군 이군은 닷새 뒤에 척봉으로 돌아왔다.

요시는 곧바로 떠나지 않고 척봉 정리를 도왔다. 백성들이 다가와서는 발치에 평복하는 통에 넌더리가 난 요시는 향성 안에 틀어박혔다. 스즈나 쇼케이와 태평하게 이야기를 나누면서, 부러져서 여기저기 버려진 무기를 줍고 부상자를 위해 식사를 날랐다. 고쇼가 그런 태도인데다 처음부터 긴 공방을 함께 헤쳐온 사이라서 고쇼의 동료들은 눈 깜짝할 사이에 긴장감을 잃고 이전처럼 요시라고 불렀다. 간타이 일행은 태도를 완전히 바꾸었지만 원래 장군이니 어쩔 수 없는 부분인지도 몰랐다.

성루에서 왕사가 왔다는 소리가 들려 요시는 성벽에 올랐다. 곧장 척봉으로 들어오는 마차 한 량을 발견하고 정문으로 달려 내려갔다.

정문을 들어온 마차는 요시의 모습을 보고 멈추었다. 마차에서 내려 고두한 병사가 자그마한 사람을 내려주었다.

"엔호."

엔호는 병사를 쳐다보던 얼굴을 요시 쪽으로 돌렸다. 엔호가 활짝 웃는다.

"오오, 무탈해 보이는구나."

"무사하셨습니까."

고개를 끄덕이는 엔호의 눈빛이 그윽하다.

"란교쿠와 게이케이는……."

요시는 가슴에 사무치는 아픔에 고개를 떨어뜨렸다.

"란교쿠는……."

어깨에 손이 툭 놓였다. 쳐다보자 고쇼가 중문 쪽을 가리켰다.

"노인장과 서서 이야기하는 건 아니지. 하다못해 어디에 앉아."

요시가 고개를 끄덕였다. 엔호가 흐뭇한 미소를 지었다.

"한 번 뵌 적이 있었지."

"동생이 신세를 졌습니다."

"동생분은 무사하신가?"

"덕분에요. 나중에 데려와도 될까요? 선생님을 뵙고 싶어 합니다."

"기다리고 있지."

고쇼는 고개를 가볍게 숙이고 정문 쪽으로 걸어갔다. 요시는 엔호를 재촉해 중문 쪽으로 걸음을 떼었다.

"면목없습니다……."

"무엇을 사과하지?"

"제가 이가에 있어야 했어요. 그랬다면…… 그런……."

"게이케이는 어찌되었나."

조용한 목소리가 뼈아팠다.

"게이케이는 요천에 있습니다. 간신히 목숨을 건졌습니다."

"그러한가."

엔호는 그 말만으로 모두 이해한 것처럼 고개를 끄덕였다.

"자네 탓이 아니네. 그만 마음 쓰게. 내 탓도 있어. 아무래도 내가 목적이었던 모양이니까."

요시가 고개를 들었다.

"가호는 어째서 엔호를? 역시 세이쿄입니까."

엔호는 고개를 떨구었다.

"맞네. 이전에 맥주 산현에……."

"혹시 송숙인가요?"

"들었는가."

"역시 그거였습니까."

엔호가 자조하듯 웃었다.

"그거였지. 내가 세이쿄의 초대를 거절했어. 그게 시작이었지."

"역시 세이쿄의……."

"국부에서 송숙으로 사자가 찾아와서 모두 세이쿄의 부리府吏(하관)가 되라는 게야. 세이쿄는 교활한 자이지. 놈을 섬기면 도에 어긋나네. 나는 송숙의 여서 같은 존재였던 터라 의논을 해 오기에 거절하라고 권했네. 그 결과 많은 사람의 목숨을 빼앗고 말았어…….”

엔호는 몸을 살짝 굽히듯이 걸었다.

“어디 다치신 데라도 있습니까?”

“뭘, 이제 다 나았네. 걱정하지 마시게. 나는 도를 관철할 작정이었지. 하나, 도란 타인의 목숨을 희생으로 삼는 것은 아닐 터인데. 그러면 내가 관철한 것은 무엇이었을까. 이 나이가 되어서도 아직 이리 헤맨다네.”

“……네.”

“이따금 나는 도를 설법하는 것보다 밭을 일구고 무기를 들고 싸우는 것이 훨씬 의의가 있는 것처럼 여겨질 때가 있어. 거드름 부리며 남을 가르치더니 이 모양 아닌가. 그렇다면 가을에 결실을 얻는 농민 쪽이 훨씬 의의가 있는 일을 한 게지.”

“엔호는 백성에게 씨앗을 뿌리고 계시지 않습니까.”

엔호가 요시를 쳐다보았다.

“그렇군.”

엔호는 숨을 내쉬고서 웃었다.

“나처럼 오래 살아도 여태 갈피를 잡지 못하지. 그대 같은 젊은이 덕분에 깨우쳐. 인간이란 존재는 그 정도 물건일세. 그대가 자신을 업신여기거나 가벼이 여길 필요는 없어."

"그럴까요……."

"그 정도의 일이라고 알아두는 데에 의의가 있을지도 모르지."

요시는 고개를 숙이고 잠시 뒤 끄덕였다.

"부탁드리고 싶은 일이 있습니다."

"무엇인가?"

요시가 안뜰에서 걸음을 멈추었다.

"조정으로 모시고 싶습니다. 부디 태사太師로 와주실 수 없겠습니까?"

엔호는 참으로 이상하다는 듯이 웃었다.

"이 늙은이를 삼공의 수장이 되라 말씀하시는가."

"저에게는 스승이 필요합니다."

엔호는 그러냐며 고개를 끄덕였다.

"모처럼 맥후가 거처를 마련해주었는데 이제 돌아가도 의미가 없구나. 그대가 이런 늙은이라도 필요하다고 한다면 흔쾌히 가지."

"감사합니다."

"그래."

엔호는 고개를 끄덕였다.

"맥후는 송숙 출신이었군요."

"그렇지. 내가 송숙에서 따로 가르친 적은 없지만 숙두塾頭가 데려와서 말이지. 요시에게 가르치듯이 가르쳤던가. 훌륭한 제자였어."

"죄송합니다. 세이쿄의 말을 그대로 믿고 파면해버렸어요……."

"그리 말하는 것으로 보아 오해는 풀렸는가. 그거 잘되었군."

엔호가 활짝 웃었다.

"사이보도 기뻐하겠군."

"사이보요?"

"맥주 주재지. 그 사람도 송숙 출신이야. 고칸이 경질당하고 그이도 관직에서 파면당했지. 그 뒤로는 수배자 신세야. 그래도 고칸의 심부름을 하러 몇 번이나 나를 찾아와주었네만. 그대도 한 번 만난 적이 있지 않나."

"……네?"

"이가를 찾아왔지. 이튿날 자네가 그이가 누구냐고 물었지 않아."

요시는 눈을 크게 떴다. 쓰개를 쓴 남자.

"그 사람이 사이보였습니까?"

"맞네. 옛 제자를 만난 것은 기쁘나, 모처럼 잘난 제자의 불우

함이 한탄스러우니 괴롭지. 그래서 란교쿠에게는 걱정을 끼쳤네만……."

요시는 하늘을 올려다보았다.

"왜 그러지?"

"아뇨. 많은 오해를 했었구나 싶어서."

엔호는 의아해했지만 요시는 그저 고개를 내저었다.

"아무튼 무사해서 다행입니다. 다치신 듯해서 걱정했어요."

"무얼, 내 상처 따위 별것 아니네. 곧 나을 정도지. 그 탓에 이가를 습격한 놈들이 놀라서 나를 데리고 돌아간 모양이네만."

"네?"

엔호는 훗 웃고는 그 이상은 대답하지 않았다.

"보자, 그나저나 금파궁이라니 그립구먼."

"엔호 선생님."

엔호가 빙그레 웃었다.

"그럴 때에는 씨를 붙이지. 오쓰라고 하네."

"오쓰 선생님?"

엔호는 고개를 끄덕였다.

"맥주 산현의 지금 출신이지. 현재의 지송支松이란 곳이야. 씨명을 오쓰 에쓰라 하네. 별자를 노송老松이라고도 했지."

엔호는 참으로 우습다는 듯이 웃었다.

"달왕께서는 송백松柏이라고 부르셨지."

"네?"

고개를 갸우뚱하는 요시를 향해 엔호는 그저 웃기만 했다.

003

"돌아가?"

스즈는 요시의 얼굴을 보았다. 쇼케이와 세 사람, 향부 일곽에 있는 하인이 썼던 듯한 침실을 빌려 잠자리에 들 준비를 하던 참이었다.

"응."

요시가 고개를 끄덕였다.

"오래 궁을 비울 수는 없어. 게이키에게 원망을 살 테니까."

"그래……. 그렇겠구나."

"이런저런 일로 망설였지만, 조금 결심이 섰어."

"임금님도 큰일이네."

응, 하고 요시는 다시 한번 고개를 끄덕이고 스즈와 쇼케이를 번갈아 보았다.

"두 사람은 앞으로 어떻게 할 거야?"

"어?"

스즈는 눈을 동그랗게 떴고 쇼케이도 고개를 갸웃거렸다. 요시는 쓴웃음을 짓듯이 웃었다.

"나를 만나러 왔다며? 벌써 만났잖아."

앗 하고 쇼케이와 스즈가 함께 소리쳤다.

"정말이네. ……어쩌지."

스즈는 말하고, 쇼케이는 생각에 잠겼다.

"그 생각밖에 하지 않았던 거야?"

"생각하지 않았어. 우선 재로 돌아가야겠지. 채왕께 감사 인사를 해야 하니까."

스즈의 말에 쇼케이는 천장을 응시했다.

"나도 고맙다는 말, 미안하다는 말을 하고 싶은 사람이 고향에 있지만 돌아가도 내쫓길 뿐이겠지."

쇼케이는 말하고서 "아아" 하고 웃었다.

"약속했었어. 일단 안국으로 가야겠어."

"약속?"

스즈의 물음에 쇼케이는 웃었다.

"라쿠슌을 찾아가서 보고하겠다고 약속했거든."

쇼케이가 말하자 요시는 눈살을 살짝 찡그렸다.

"왜 그래?"

"안국에는 화주의 내란 이야기가 전해졌을까."

"전해지지 않았을까. 타국 사정에 제법 밝은 것 같았으니까."

"걱정하겠네. 잘 전해주지 않을래? 어떻게든 심각한 상황이 되지 않고 끝나서 안정되었다고."

말을 마친 요시는 눈을 살짝 치뜨고 쇼케이를 쳐다보았다.

"……할 수 있다면 내가 여기에 있었다는 이야기는 비밀에 부쳐줘."

쇼케이가 키득키득 웃었다.

"알겠어."

은밀한 웃음이 침실에 가득차고 대화가 뚝 끊어졌다. 요시가 불쑥 중얼거렸다.

"아직 해결하지 못한 문제가 있었군……."

쇼케이와 스즈가 바라보자 요시는 고개를 갸웃했다.

"좋은 나라는 어떤 나라일까?"

"쇼코 같은 놈이 없는 나라."

시원스레 말한 사람은 스즈였다. 요시는 쓴웃음을 지었다.

"그건 알지만. 두 사람은 어떤 삶을 살고 싶어? 그러기 위해서는 어떤 나라였으면 좋겠어?"

요시가 묻자 쇼케이도 스즈도 잠시 생각에 잠겼다. 먼저 입을 연 사람은 쇼케이였다.

"춥거나 배고픈 건 싫어. 이가에서 무척 힘들었어. 내가 할 말은 아니지만 역시 누군가에게 학대받거나 업신여겨지는 건 싫었어."

스즈도 맞장구쳤다.

"맞아, 나도 그랬어. 참지 않았으면 좋았으련만. 그런 걸 참다 보면 점점 의기소침해져버리니까."

"맞아, 점점 안으로만 파고들지."

"척봉 사람들처럼 말이지. 하지만 이건 전혀 대답이라고 할 수 없네. 미안."

스즈가 말하자 생각에 잠긴 듯했던 요시는 허둥지둥 고개를 가로저었다.

"아니. 참고가 됐어."

"진짜로?"

"응."

요시가 대답했다. 그러고 나서 고개를 갸웃거렸다.

"일단 두 사람이 어떻게 할지는 알았는데, 그 뒤에는?"

스즈와 쇼케이는 얼굴을 마주보았다. 쇼케이는 침상 위에서 끌어안은 무릎 부근을 응시했다.

"나는 공부하고 싶어. 아무것도 모르는 것이 부끄러웠으니까."

스즈도 입을 열었다.

"나도. 학교에 가고 싶은 거랑은 다르지만. 이것저것 많이 알고 싶어. 송숙이 없어져서 유감이야."

요시가 웃었다.

"그래. 그러면 이런 건 안 될까? 사실은 엔호를 태사로 불렀어. 금파궁에서 일하면서 엔호의 가르침을 받으면 어때?"

스즈와 쇼케이가 눈을 동그랗게 떴다.

"잠깐만. 그 말은……."

"말도 안 돼."

요시가 두 사람을 응시했다.

"나는 지금 나를 도울 사람이 한 사람이라도 더 있었으면 좋겠어."

숨을 죽인 스즈와 쇼케이의 눈을 차례로 들여다보았다.

"고쇼랑 간타이는?"

"당연히 처우를 생각해봐야지. 나에게는 궁중에서 믿을 수 있는 사람이 한 사람이라도 더 필요해."

쇼케이가 크게 한숨을 쉬었다.

"하는 수 없지. 가줄 수도 있어."

"그러게. 요시가 제발 부탁한다고 하면 도와주지 못할 것도 없으려나."

"제발 부탁해."

스즈가 키득거리며 웃었다. 쇼케이도 소리 죽여 웃었다. 그 웃음에 이끌리듯 요시 역시 경쾌하게 웃었다.

작은 침실에 평화로운 웃음이 계속해서 울려 퍼졌다.

종장

경국 도읍 요천. 본격적으로 볕이 따뜻해진 왕궁에 유학중이던 왕이 드디어 귀환했다.

귀환한 지 닷새, 왕은 왕궁 안쪽에 틀어박혀 나오지 않는다. 전 총재 세이쿄, 화주 주후 가호, 그리고 화주의 지수향 향장 쇼코가 붙잡혔다. 체포를 명한 사람은 왕이고, 이에 관리는 경악하며 어떤 자는 심하게 반발했으나, 내전조차 나오지 않는 왕에게 따질 방도가 없다. 조의는 왕 없이도 시끄러웠다. 뒤편에서 자신의 죄까지 밝혀져 세이쿄 일당과 같은 운명을 맞이하지 않을지 전전긍긍하며 암약을 펼치는 자도 있었지만, 그것들은 전부 수면 아래의 일이었다.

앞으로 조정은 어지러워질 거라고 신료들은 은밀히 속삭였다. 세이쿄를 잃고 조정의 권력은 반세이쿄 측으로 옮겨졌다. 적어도 옮겨간 것처럼 여겨졌다.

갖가지 꿍꿍이가 뒤얽힌 지 닷새, 드디어 왕이 제관을 소집해 주요한 관리를 외전에 모았다.

외전에 모인 관리들은 먼저 그곳에 파면당한 전 맥주후 고칸 등 낯선 얼굴을 발견하고 경악했다. 술렁술렁 시끄러운 주전主殿의 옥좌에 재보를 대동한 왕의 모습이 나타나자 제관의 당혹스러움은 한층 깊어졌다. 왕이 관리들과 마찬가지로 관복을 입고 있었기 때문이었다. 아직 여자로 피지도 않은 채 신적에 오른 왕이 관복으로 몸을 감싸자 감히 여왕이라 업신여기지 못할 묘한 분위기가 감돌았다.

각자의 당혹스러움은 일단 제쳐두고 제관은 그 자리에 고두했다. 의례대로 고개를 들라는 목소리가 들리자 제관은 무릎을 꿇은 채 그 자리에서 몸을 일으켰다.

"먼저 오래 자리를 비워 미안했다."

왕이 아무런 예고도 없이 갑자기 이야기를 시작해서 제관의 당혹감은 더욱 깊어졌다. 전통의 예법에 따르면 왕은 신하에게 말을 걸지 않는다. 신하도 왕에게는 말을 걸지 않는다. 서장에 적어 폐하의 시종에게 건네고 그것을 읽은 왕이 시종에게 조용히 대답을 전한다. 그 말을 시종이 신하에게 이야기한다. 물론 지금은 그런 풍습을 지키는 나라 따위 없지만, 그래도 역시 왕은 웬만해서는 신하에게 직접 말을 걸지 않는 법이었다.

"헛되이 시간을 보낼 작정은 아니었지만 제관에게 부담을 준 것을 사과한다."

왕은 말을 끊었다.

"일전에 체포한 관리에 대해서는 길게 말하지 않겠다. 그들의 죄를 명백히 밝히고 벌을 판단하는 것은 추관의 역할이다. 단, 세 사람을 잡으라고 명령한 사람이 나임을 추관은 잊지 말도록 하라."

흠칫 놀라 숨을 삼킨 관리는 한두 사람이 아니었다. 이것은 아무리 생각해도 추관에게 허투루 하면 용서하지 않겠다는 협박이었다.

"일전에 재보에게 주사를 움직이도록 요청했으나 이를 이루지 못하였다. 주사 삼군의 장군은 아무래도 지병이 있는 듯하더군. 그렇다면 장군직은 힘들겠지. 해서, 삼 장군에게는 사직을 권했다."

몇 사람이 더 흠칫 놀랐다.

"빠진 관리의 구멍을 메우기 위해 네 사람을 불렀다. 먼저 주사 장군의 구멍을 메우기 위해 금군 삼 장군을 주사로 이동한다."

말도 안 된다고 외친 자가 있었지만 깨끗하게 묵살당했다.

"대신하여 금군 좌군 장군에 전 맥주사 좌군 장군 세이 신을 앉힌다. 간타이."

"예."

관복을 입은 장군은 고개를 깊이 숙였다.

"우중右中의 이군二軍 장군은 간타이의 추천을 허한다. 금군의 기강을 바로잡아라."

"명 받들겠습니다."

"고칸."

"예."

대답한 남자는 젊다. 자못 영리해 보이는 서른 전후의 남자였다. 대부분의 관리들은 이자가 맥주후 고칸인가 싶어 빤히 쳐다보았다.

"총재에 임명한다. 조정의 기강을 바로잡아라."

말도 안 된다고 반박하는 목소리가 곳곳에서 들렸다. 이 또한 깨끗하게 묵살당했다.

"마찬가지로 전 맥주 주재 사이보를 화주후에 임명한다. 또한 송백을 조정으로 불러 태사에 임명한다. 이에 따라 대대적인 관리 이동을 시행한다."

왕은 말하고서 좌중을 둘러보았다.

"양심에 부끄러울 것 없는 자는 당황할 필요 없다. 여왕予王의 관리라고 하여 냉대할 마음도, 송숙 출신이라 하여 우대할 마음도 없다. 또한……."

옥좌의 왕이 명했다.

"모두 일어나라."

제관은 술렁거리며 당황해서 얼굴을 마주본다. 머뭇머뭇 일어나 몸 둘 바를 모르고 주위를 둘러보았다.

옥좌의 왕은 그 모습을 지켜보고 고개를 끄덕였다.

"이는 게이키도 들어주길 바란다. 나는 남이 나에게 경배하는 것을 좋아하지 않는다."

"주상……!"

비난하는 재보의 목소리에 왕은 살며시 쓴웃음을 지었다.

"예의라 말하면 듣기에는 좋지만 인간 사이에 서열이 있는 것이 탐탁지 않다. 남과 대치했을 때 상대방의 얼굴이 보이지 않는 것이 싫다. 나라의 예절과 외관의 중요성은 이해하나 남에게 머리를 조아리는 것도 머리를 조아린 사람을 보는 것도 불쾌하다."

"주상, 기다려주십시오."

말리는 재보를 무시하고 왕은 제관에게 명령했다.

"이후로 예전, 제전, 그 밖에 여러 규정이 있는 의식, 타국에서 온 빈객을 맞는 경우를 제외하고 복례를 폐지하고, 궤례跪禮와 입례立禮만 허락한다."

"주상!"

재보의 제지에 왕의 대답은 퉁명했다.

"이미 정했다."

"업신여겨졌다고 화내는 자가 있을 겁니다."

"그런데 어쩌라는 거지?"

"주상!"

"남에게 고개를 숙이게 함으로 자신의 지위를 확인해야 안심하는 자 따위 내 알 바가 아니다."

재보는 말을 잃었고, 신료들도 기가 차서 입을 떡 벌렸다.

"그런 사람의 긍지 따위 알 바 아니다. 그보다 남이 고개를 숙일 때마다 어그러져가는 것이 더욱 문제라고 본다."

"하오나."

"게이키, 사람은 말이지……."

왕이 재보에게 말했다.

"진심으로 상대방에게 감사하고 마음에서 우러나온 존경심을 느꼈을 때에는 자연히 고개가 숙여지는 법이야. 예의란 속마음을 표현하기 위한 것이지 형태로 마음을 재기 위한 것이 아니지 않은가. 예의란 이름으로 타인에게 경배를 강제함은 타인의 머리 위에 발을 올리고 땅바닥에 짓누르는 행위처럼 느껴져."

"그러나 그래서는 기강이……."

"무례를 장려하려는 것이 아니다. 타인에 대해서는 예의로 접한다. 그런 것은 당연한 일이고, 지키고 지키지 않고는 본인의 품성 문제일 뿐 그 이상의 것은 아니라는 소리를 하는 거야."

"그것은 옳으신 말씀이옵니다만……."

"나는 경의 백성 모두가 왕이 되었으면 한다."

단언하는 목소리는 명확했다.

"지위로 예의를 강요하고 타인을 짓밟는 데 익숙한 자의 말로는 쇼코의 예를 들 것도 없이 명백하겠지. 또한 짓밟힌 것을 당연히 여기는 이들이 이르는 길 또한 명백하다. 사람은 누구의 노예도 아니다. 그러기 위해 태어난 것이 아니야. 타인의 학대에도 굴복하지 않는 마음, 재난이 닥쳐도 꺾이지 않는 마음, 부정이 있으면 시비를 밝히는 것을 두려워하지 않고 짐승에게 아첨하지 않는, 나는 경의 백성이 그처럼 속박당하지 않는 백성이 되기를 바란다. 자기라는 영토를 다스리는 유일무이한 군주가 되기를 바란다. 그러기 위해 먼저 타인 앞에서 의연히 고개를 드는 것부터 시작하기를 바란다."

그렇게 말하고 왕은 제관을 둘러보았다.

"제관은 나에게 경을 어디로 이끌지 물었다. 이것으로 대답이 되었을까."

신료들은 대답하지 않았다. 시선만 왕을 향했다.

"그 증거로 복례를 폐지한다. 이를 초칙으로 삼는다."

적락 2년 2월,
화주 지수향 척봉에 반란이 일어나다.
향장 세키 온,
잔인하고 경박한 인품으로
부세를 크게 늘려 재물을 탐하고 지나치게 교만하였다.
향곡을 무력으로 억압하여 백성들은
이를 원망하면서도 두려움에 눈을 밝히고 이에 따른다.

2월,
수은殊恩이라 칭하는 의민이 반란을 일으키다.
화주후 척봉을 몰살시키려 하고,
태재는 이를 원조하기 위해 명령을 날조해 군사를 보낸다.
왕, 군사로 화주후를 토벌하고
태재의 지위를 박탈하여 척봉을 안녕하게 하였다.

—『경사적서慶史赤書』

바람의 만리 여명의 하늘(하) — 십이국기 4

1판 1쇄 2015년 7월 15일
1판 8쇄 2023년 3월 10일

–

지은이 오노 후유미 ◎ **일러스트** 야마다 아키히로 ◎ **옮긴이** 추지나
책임편집 지혜림 ◎ **편집** 임지호 ◎ **아트디렉팅** 이혜경 ◎ **조판** 이현정
저작권 박지영 형소진 이영은 ◎ **마케팅** 정민호 이숙재 김도윤 한민아 이민경 안남영 김수현 왕지경 황승현 김혜원 ◎ **브랜딩** 함유지 함근아 박민재 김희숙 고보미 정승민
제작 강신은 김동욱 임현식 ◎ **제작처** 영신사
펴낸곳 (주)문학동네 ◎ **펴낸이** 김소영 ◎ **출판등록** 1993년 10월 22일 제2003-000045호

–

주소 10881 경기도 파주시 회동길 210
문의 031-955-1901(편집) ◎ 031-955-2696(마케팅) ◎ 031-955-8855(팩스)
전자우편 editor@elmys.co.kr ◎ **홈페이지** www.elmys.co.kr

ISBN 978-89-546-3679-7(04830) ◎ **SET** 978-89-546-2614-9(04830)

–

엘릭시르는 출판그룹 문학동네의 장르문학 브랜드입니다.

잘못된 책은 구입하신 서점에서 교환해드립니다.
기타 교환 문의 031) 955-2661, 3580